17 + 17

岁的路，　　岁的梦，
是只管往前走的　是不需要停下来的

谁都有过这样
盛放着烟花的
青春

01
成长卷

青年文摘图书中心 编
李钊平 主编

17岁的怦然心动

My First Crush at Seventeen

中国青年出版社

目录

I 时光匆匆九道弯

我亲爱的陌生人 - 002　　男孩集邮册 - 008　　鹏 鹏 - 015　　叶圈儿 - 020　　姐 妹 - 024　　我不比任何人更看得起自己 - 030　　世间奇妙相遇 - 033　　时光匆匆九道弯 - 041　　没有人陪你到最后 - 048　　像风一样自由 - 053

II 暗恋日记

纸上的玫瑰 - 060　　17岁的怦然心动 - 063　　多伦多的苹果树 - 067　　影子人 - 073　　暗恋日记 - 080　　迷 失 - 088　　大熊的独舞 - 095　　我在浮光掠影里等你 - 102　　恋爱密码：曲有误，周郎顾 - 108　　要么别想，要么别放 - 112　　懂得这么多道理，还是谈不好一场恋爱 - 119

III 早开的晚霞

姐 姐 - 126　　早开的晚霞 - 133　　你一直都在离我最近的天涯 - 138　　待我归来时 - 143　　属于别离的四个词语 - 149　　你落在心口，像一滴被忍住的泪 - 156　　艾宾浩斯曲线上的青春 - 163　　樱花座女孩 - 167

IV 我亲爱的陌生人

最佳损友 - 170　　原来那天的阳光 - 176　　我的朋友很多，可就算少一个也舍不得 - 183　　像个孩子 - 188　　永远的白雪和孔雀 - 192　　别问我二十几岁努力奋斗的意义 - 200　　风马藏地，以歌取暖 - 205

V 我们都是平庸的沙和尚

我在寻找那片野花 - 212　　四只小狗 - 216　　如果回忆变丑了 - 220　　厕所里的书房 - 223　　童话，你还活着吗 - 226　　我们都是平庸的沙和尚 - 229　　天上没有珍珠雨，而你有自己 - 232　　体验吃苦 - 236　　哆基朴的灵魂 - 239　　大大的世界 - 242　　那朵花，那座桥 - 246　　一只烟的故事 - 251

VI 走到哪儿，哪儿就是你的路

短发与女汉子 - 256　　我花了四年，才能和你一起聊电影 - 259　　我的王国 - 262　　总有累觉不爱时 - 267　　校花们都已嫁为人妻 - 271　　罗大哥 - 277　　如果一辈子只能重复某一天 - 280　　你走到哪儿，哪儿就是你的路 - 283

VII 成为一道光

大礼堂电影院 - 288　　天是怎样黑下来的 - 292　　遇见青春遇见你 - 295　　成为一道光 - 299　　你是我生命里最重要的缘分 - 304　　人间卧底 - 309

VIII 站在世界的中心

中了"学习好"的魔咒 - 314　　一天用来醒来，一天用来出发 - 317　　站在世界的中心 - 322　　水晶 - 325　　100种生活 - 331　　年轻的爱小要有恨 - 334　　不能说出来的秘密 - 336　　我和你一样，和世界没有默契 - 339

I 时光匆匆九道弯

我亲爱的陌生人

文／八月长安

一

我有一个表姐，到目前为止 26 年的人生里，我只见过她三次。

第一次见到的时候，我大约 5 岁。

大舅和舅妈是工农兵大学生，读医科，刚结婚就被一同分配去西藏做援藏医生，而这个姐姐，就是在拉萨出生的。她大我 7 岁，皮肤黑黑的，脸上有两团因日晒而生成的高原红，说起和爸爸妈妈回家乡探亲这件事，会将它称为"回内地"。

可她一点都不土，土的是我，5 岁的我还没有坐过飞机。她的桌子上有一个餐盒，是从飞机上带下来的，我端详着保鲜膜里面的小蛋糕和榨菜，不知道为什么，同样的蛋糕和涪陵榨菜，一旦被放在那个白色的塑料盒子里，就变得特别的……圣洁。

我盯了一会儿飞机餐，嘴馋了，又知道不应该偷吃，所以就转开视线，在打开的行李箱表面看到了一个漂亮的硬壳笔记本。我识字比较早，阅读随手翻到的那一页完全没有障碍。

"赵毅，我不像别的女生一样缠着你，是因为不想看到你不学好。我对你冷冰冰，只是因为我喜欢你。"

这种情感对我的年纪来说实在太超标了，然而越是令人费解的事情就越会被我记住。我仔细揣摩每一句话，却不明白为什么喜欢一个人就要对他冷言冷语。

还有，什么是喜欢呢？

还好我终究会长大，会懂的。

姐姐推门进来时，看到我拿着那个日记本，整个人都呆住了。

几个小时前，我躲在大人背后对她说了一句"姐姐好"。几个小时后，我拿着她的笔记本，对她说的第二句话是：

"赵毅是谁？"

姐姐抢走笔记本，低下头严肃地盯着我的眼睛说："这是我们的秘密，不可以告诉任何人。"

我懵懂地点头，她满意地捏捏我的脸，随手拿起桌上的飞机餐盒，说，这个给你吃。

我眉开眼笑，去他的赵毅，我姐姐最好了。就这样激动地吃完最后一口干巴巴的蛋糕时，我变成了这个陌生姐姐的脑残粉。

不知道是不是担心我透露她的秘密，自打那天之后，姐姐对我出奇地友好，时刻陪着我玩。她教我折从高空落下时会自动旋转的纸蜻蜓，听我絮叨自己那点不足挂齿的小烦恼，给我看她带回来的奇奇怪怪的讲"血型"和"星座"的书。

除了读书，她每天也陪我玩我那堆大小不一却同样丑陋的娃娃。她给大棕熊起名叫绒绒，小白熊起名叫小雪。她主导的过家家是一部漫长的连续剧——我们今天让绒绒和小雪扮演自己的父辈母辈，令他们结仇；明天再让绒绒和小雪相识，相爱；后天让绒绒和小雪得知彼此是世仇,让他们痛苦纠结……我每天醒来都急吼吼地想要知道,今天绒绒和小雪又怎么了?我问她为什么绒绒和小雪要那么苦,明天他们是不是就能在一起,她却摸摸我的脑袋说,这样才有意思呀。

我 12 岁的姐姐,觉得波折横生的人世,才算有意思。

她只待了十几天,在我的记忆中却很漫长。直到最后一天,绒绒和小雪的故事也没有演完,她到底没告诉我结局是什么。

二

姐姐离开后,我消沉了很长一段时间,但还好,我深信我们还会见面的,毕竟我们是血亲。她亲口说我是她最喜爱的小妹妹,而且我知道了自己是 B 型血,双子座。姐姐当初拿着那本书对照着说,6 月出生的人是双子,古灵精怪,特别聪明,伶牙俐齿的。

于是我此后变本加厉地嘴贱,生怕活得不像双子座。

上了小学以后,我是我们班级第一批知道星座,第一批捧着脸忧伤地说"谁让我是双子座"的,却也是最后一个知道原来星座是按阳历生日划分的,我报给姐姐的是 6 月,可我的阳历生日是 8 月。

原来我竟然是狮子座,这让我往后可怎么活?

我从当年的小破孩成长为引领风潮的大队委员,我有太多太多消息想要告诉姐姐,也有太多太多话想问她。

然而再次见到她时,我已经初二了。8 年过去,她上了大专,再次回来探亲却满是波折。

舅舅、舅妈先行回到家乡,我们都在等待姐姐放寒假后直接飞回来过年。一天晚上,舅妈在北京的家人打来电话,说姐姐的确已经到达北京准备转机,可是飞来的还有另一个人,舅舅和舅妈当场脸色就变了。

这时我才知道，姐姐成了与传统相对抗的"坏女孩"——文身、吸烟、逃课、打架、和古惑仔谈恋爱。她就读的大专远在陕西，整个人都自由了，那个将被带回来的男孩就是古惑仔。

一夜电话密谈之后，姐姐最终还是孤身一人出现在了家门口，却一直冷着脸。

那张冷冰冰的脸打退了我所有亲近的念头，明明有那么多话想要问，却都憋成了腼腆的笑。而舅妈恨铁不成钢时，居然拿我这个半大孩子来举例，说荟荟期末考了第一名，你看看你，你像什么样子。

我局促不安，只能用眼神告诉姐姐，我一样喜欢她，我没有她好，我永远是她的脑残粉。

我想姐姐没有看懂吧，她根本就没有看我。

那一次全家团聚，我终于明白我离这个姐姐有多远。她和其他几个与她年纪相仿的兄弟姐妹一起聊911乐队的解散，聊Take That最喜欢哪首歌，推荐他们去几个非常有趣的聊天室，讨论《大话西游》，说白晶晶和紫霞谁才更值得爱……

所有关乎"我能走进这个人的世界"的想法，都是错觉，一切理解不过是因为对方给了你理解的资格与机会，我万分难过。

绒绒和小雪的一切疑问都那么难以启齿，但至少星座话题还是经久不衰。我找到机会，怯怯地跟她说，姐姐，我发现我不是双子座的，我是狮子座。

姐姐的眼神从"你在说啥"渐渐转变成"那又怎样"，彻底冻住了我的一脸僵笑。

尴尬了几分钟之后，我忽然大脑短路一般伸出手去摸了摸她的手腕——那上面有几道浅浅的伤痕。姐姐迅速拉低袖口盖住手腕，再次露出了我问出"赵毅是谁"之后的那种求我不要声张的、讨好的笑容。

"疼吗？"我问。

她摇摇头说，小孩子别瞎问。

我已经13岁，是她第一次见到我时的年纪。我已经懂得为什么越喜欢一个人越要冷冰冰，也知道那一道道的伤口是什么，但我已经没办法让她了解到我的成长了。

她毕业，回到拉萨做公务员，听说和军人结婚了，又听说和军人离婚了，而我也有自己的人生要过。我也会对小孩子不耐烦，也迷上了上网，有了自己喜欢的歌手，有了喜欢的"赵毅"，有了许多许多秘密。

三

第三次见面时，我大学一年级，她26岁，文身已经全部洗掉。我终于踏入西藏，看了雪山，游了圣湖。她和舅妈一同陪伴我们，话不多却很周到，眉眼神态都淡得像水墨背景，没有了桀骜不驯的气息，我的爸爸妈妈都说她长大了。

我终于不再小心观察她的喜好与表情，不再患得患失，不再表现自己，也不再好奇于她是否发现我长大了。

距离上次见面又过去了6年。现在我26岁，是我最后一次见到姐姐时她的年纪。听说她得了抑郁症，在家休养。这似乎没什么奇怪的，她从小见多识广，古灵精怪，有太丰富的精神世界，太骄傲太不驯服，怎么可能在西藏做一个安分的公务员。

当我对满心不解的妈妈说出自己的看法时，妈妈很奇怪地问：

"你跟你姐私下有联络吗？你怎么知道她在想什么？"

我也不知道我想的对不对，也许都是我一厢情愿的臆测。

然而我还始终记得，在西藏游玩时，其他人都下车去照相，只剩下我和她一同坐在车里，沉默中的气氛很尴尬。我忽然觉得难过，她本是我最亲的大姐姐，我们血脉相连，可实际上，我们是陌生人。我们是一对见面时要亲切拥抱、问候彼此近况，实际上却对对方毫无了解、连笑都笑不自然的陌生人。

就在我终于鼓起勇气主动开口问她是否还记得绒绒和小雪时，别的亲属拉开车门上来了，话题戛然而止。

我只听到她轻轻地笑，说，你还记得。

这一句之后是永远的沉默。

我们是姐妹，我们没话说。

又能如何呢？我从未与这位表姐共同成长，每次见面，她都从天上降临，带着一身谜团和变化，我跟不上，也无法靠近。

她可能永远都不知道她对我有多重要吧！我们如此不善于表达感情，如此笃信血缘可以跨越一切，这让我觉得悲哀又无力。

如果我第四次见到她，我想我一定会鼓起勇气邀请她喝一场酒。没话说也没关系，只需要醉一场，告诉她，当年那个只会玩娃娃的小妹妹可以喝酒，可以聊天，真的长大了。

真的长大了。我现在早已明白，不管是爱情、亲情还是友情，只要喜欢一个人，就永远不要冷冰冰。

男孩集邮册

文／巫小诗

徐浪浪有一个神秘的木盒子，上着锁，里面只有一个本子。本子里贴着一张张男生的照片，这些男生，类型各异，却有着同样的身份——都是她喜欢过的人。

你大概会认为徐浪浪是一个长发飘飘高跟鞋超短裙不化妆不出门活得无比风情万种的人，那很抱歉，你被严重误导了，她其实只是一个短头发不会化妆踩不稳高跟鞋永远在探寻自己风格的姑娘。说白了，就是看起来波澜不惊，实际内心惊涛骇浪。

这一天，结束暑期旅行的徐浪浪风尘仆仆地回到了寝室，身旁领着一位新朋友，这位新朋友名号乔哥，典型的女汉子。她俩在西部旅行中认识，结下深厚的友谊。

为了向新朋友表示最高友谊，徐浪浪毅然拿出了自己的宝贝本子。

"这个本子是16岁以后才有的。16岁生日时，爸爸送了我一台拍立得，我喜欢得不得了，可因为相纸太贵，所以我只给喜欢的人拍。于是，有了你现在看到的第一页的这张照片。这家伙真小啊，只有16岁呢。"

"那时你不也16岁啊？"乔哥笑道。

"不，现在我是大人了，而他还是16岁，他一直会是16岁。我喜欢的所有人都是这样，我喜欢他时他多少岁,他就永远多少岁,我只喜欢那个时候的他们,这是我储藏情感的方式。"

徐浪浪接着往下讲。

"他不算高也不算帅,成绩不算好,家境也一般。知道我为什么喜欢他吗?就因为在我烦事缠身脑袋纠结得快爆炸的时候,打篮球的他一个球飞来,误砸到我,让我一下忘记了纠结,心情豁然开朗。那一个瞬间我感觉他像天使,世界都仿佛静止了,整个球场就剩下我和他两个人,他真是酷毙了,那一秒我就决定要喜欢他。

"后来,他到教室里来向我道歉,我们成了朋友。可真正认识后,又觉得他不是我那一瞬间喜欢上的样子了。厚脸皮给他拍照的那一天,拍完照片突然好惆怅,似乎预感到那一张照片会带走他身上我喜欢的那个瞬间,我多想对他说,你再用球砸我一次吧,对着脑袋,帅帅地再砸一次。"

"然后呢?"

"然后,就没有然后啦。"

"第二张照片,是我的高中化学老师。他看起来显老成,其实也才20多岁。我当时的梦想说出来可能会被你笑死——我一心想着嫁给他!可惜,他今年过年的时候结婚了,在祝贺电话里我都哭了。他以为我是替他高兴,一个劲儿地说谢谢,其实我是难过得哭了。

"他超级有魅力,那么无聊的化学,被他讲得非常幽默。他懂音乐,居然给元素周期表谱曲,很容易背,我现在都还会唱。

"在实验课上,他拿着化学药品的罐子到座位上来分发白磷。你知道吗,给我的那一颗,比所有人的都大都匀称!特别漂亮,简直像一颗钻石。当时我想,他肯定是故意的,他肯定觉得我跟别人不一样。我根本舍不得把那一块白磷用掉,我把它带出了实验室,打算好好珍藏,那是化学老师送给我的礼物。

"我把它藏在口袋里。回家的路上,我感觉有点什么不对劲,肚子滚烫滚烫的,低头一看,天哪!我的棉袄着火了!凶手正是那颗白磷,我才猛然想起老师说过,它的燃点很低。"

"哈哈,你好可爱啊!不过,女同学爱慕男老师,好像蛮能理解的,然后为了吸引老师的注意力,努力学习,对吧?"

"拜托,这样的戏码太老套了,知道我怎样接近他吗?我每次化学都考得好烂,然后他多次找我谈话,我跟他私聊的机会,比课代表还多。"

"这张照片还是拍毕业合照的那天,我红着脸把化学老师从人堆里拉出来拍的,为了不引起误会,还浪费了好几张相纸,给所有科任老师都拍了一张。再后来,高考毕业联系寥寥,除了教师节就找不到理由套近乎咯。"

"这一张跳过,后几张会出现一个跟他情况类似的,那一个故事更传奇些。

"第四张,嘿嘿,这个人我现在还经常见到他。他是我大学的班长,为人处世比较有魄力又爱穿黑色衣服,同学们尊称他为大哥。我从小看黑帮片长大,一心要当大哥的女人,当活生生的大哥就在面前,怎能不心动呢?

"我们学校很大,宿舍到教室很远,同学们要不是坐公车,就是骑自行车。大哥骑摩托车上学,还是改装的那种!从校园里经过时,轰轰的响声太好听了。我有时会幻想车后座坐着一个我,然后出现一些天好冷只有一个头盔非要给我戴上之类的狗血韩剧的剧情。

"别看大哥现在成熟稳重,上大学前可是打架斗殴、抽烟喝酒、逃课泡妞样样拿手的问题青年,我就爱这种浪子回头型的男生!

"老师有时会布置一些小组作业，我次次都想跟他一组，有时就我们两个，有时也被迫三人一组。而当另外一个组员是女生时，我必然将她假想成我的情敌，不，不是假想，就是情敌！

"瞧！大哥对她笑，没理我。看！她聊天窗口的头像是大哥，他们居然在私聊，我无法忍受。终于，作业完成了，然后，更可恶的寒假就来了。

"整个寒假，我们几乎都没有任何联系，连他给我发的新年问候，都明显是群发的。为了不败下阵来，编辑了许久的短信，我一赌气，群发给了全班同学，怕他多想，还故意加上了'同学们'的前缀。

"刚开学，没有小组作业，我没有正当理由接近他，他更是不会主动接近我，可我依然无比喜欢他。对人爱理不理就是他的性格，这种性格让他跟别的男生不一样。我喜欢他不理我的样子，理我了，就不酷了。

"而现在，他是完全不理我了，而我也不觉得他酷了。"

"第五个嘛，就是跟刚才跳过的第三个类型相似的学长，这种类型里，他是比较有代表性的一个。

"他长我一个年级，属于技术宅类型，摄像啊，剪片啊，采访啊，样样精通。那时候我崇拜他崇拜得要死。我告诉自己，要么成为学长这样的人，要么成为学长夫人。

"我为了学长，报名加入了学校的电视台，经过层层选拔，最终如愿成为他直接负责的新成员。他在室外教我拍摄，在机房教我剪辑，他觉得我有些笨，学东西比别的组员慢。其实是这样的，他教我的时候，我的注意力无法完全集中……

"但我也好歹成了他旗下的核心成员。我每天都仰望着他，像在地球上仰望着星辰，终于，脖子都看僵了我才发现，他有女朋友，女朋友在异地上大学,只是学长为人低调,他不谈起,我便不知道。

"再后来,等我升上大二,自己也成为一名学姐时,我便觉得他泯然众人矣。其实他没变,只是我看他的角度变了。现在,我跟他站在一样的位置,他跟别的男生没有了差别。果然,喜欢一个人,是一件非常有时效性的事情。"

"这张照片是一件衣服?没有人?"乔哥对唯一的一张静物照很好奇。

"你看不出这是警服吗?

"这发生在一次旅行中。那原本是一家青年旅社,我找上门去时,已经倒闭不再营业,可天色已黑,青旅原来的老板是位警察,他担心女孩子晚上再找别的地方不安全,就收留了我和我的同伴免费住了下来。

"那段日子非常闲适,他很放心地给了我钥匙,白天他上班,我们自己瞎玩,晚上我们给他做饭,感觉很神奇又很神气。

"后来,我感冒拖了很久都没好,要去医院挂水,他正好要去执勤,我搭他便车去打针。晚上有些冷,他怕我着凉,随手拿了件警服让我披上,然后,我就这么公然地穿着警服、坐着警车去看病了。

"在车上,我说我一个人在陌生的城市看病有些害怕,他侧脸对我一笑,说,有警察开着警车送穿着警服的你去看病,哪个医生敢乱给你开药啊,有人欺负你,你就说,我朋友是警察!哈哈,那时的我,感觉自己可真有点土豪气息。

"走的那天是周末,我不忍打扰难得好好休息的他,悄悄地离开。我连一张他的照片都没有留下,离别匆匆,给警服拍了一张照片留作纪念。

"他是警察,他穿警服,所有的警服都会让我想起他。"

"这张照片,大概是整个本子里最帅的了吧,他会唱歌,皮肤比女生还好,英语更是一级棒,是我上雅思班时认识的。

"他着装永远一尘不染,即便外面大雨滂沱。他是个富家少爷,父亲是广电高层,凭他的长相和歌喉,只要想进娱乐圈,绝对容易。可他似乎对此并不感兴趣,只想当同声传译。

"他把热爱的英语学到了极致,我坐在他旁边上课,听他的发音就感觉像听广播一样!

"我没有合适的机会给他拍照,他的这张照片,是我对着培训机构的墙面广告拍下来的,他雅思超级高分!这样的高分还长得帅的人,优秀得令人发指。

"现在,我依旧在这里打着酱油,他却已经在另一个半球吸引着洋妞。虽然我总抱怨人世间的各种不平等,但不得不说,总有那么一些让我恨都恨不起来的人,他们什么都好,什么都有,还比我努力。"

"最后一位,是位外国友人呢。我之前从未想过我会对一位老外产生情愫,要知道,我英语并不好。可是,跟他交流,不费什么劲儿。跟他在一起,你要专注的,只是眼前的风景。

"他是一位滑翔伞教练,我在尼泊尔认识的。初次见他,他坐在他的同事中间,体形高高瘦瘦,笑起来很阳光。一上车,我的目光就无法从他身上挪开。

"飞翔之前,别的教练都跟客人说了很多注意事项,他的话很少,只是轻轻在我耳边告诉我,'等风来的时候,就跟我一起跑。'这句话,和他说这句话的语气,简直是在为我吟诗。

"风把我们带了起来,这是我生命中的第一次飞翔,我现在还记得那种奇妙的感觉。他举着一个微型的相机,给我拍了几十张照片,这些照片他都会出现在画面里。他笑得非常灿烂,这当然是他工作分内的事情,可我总觉得,他对别人的笑,跟对我的笑,是不一样的。

"飞翔的过程,他只是温柔地告诉我,'你看,这地上的人,小到看不见,你在这个世界之上,你是世界的王。'也许这句话他跟无数人说过无数遍,但我是第一次听,我喜欢,便足够。"

"我不知道两次的短暂飞翔会不会让他记住我,可我注定忘不了他。"

"我跟他的合影每看一次,就像在飞。"

"这些都是我喜欢的男孩子,我却没有和其中任何一位谈过恋爱,想想也真搞笑。"

"为什么不踏出那一步呢?"

"为什么要呢?你难道不觉得喜欢一个人的感觉是世界上最奇妙的吗?相恋大多相似,爱慕各有不同。我喜欢上的,或许不是这些男孩本身,无关长相、无关才华,甚至无关性格。"

"那是什么?"

"我喜欢的,是他们身上的传奇。一个人有了传奇,就有了一切魅力的源泉。"

"真羡慕你,你抓住了每个动心的机会,去痴狂,去相信,却依然留着内心的纯真。"乔哥的话,大致是徐浪浪这一辈子听过的最贴心的评价。

"现在,我只有一本男孩集邮册,以后,我要有一座男孩图书馆。"

"就这么将男孩一直收集下去吗?"

"不会的,收集的过程也是一种等待,最后,等到一个末日终结者,他也许不会给我一张照片用作收藏,而是亲手在我的男孩图书馆放上一把火,一切都不复存在,整个图书馆,只剩下他一个男孩。"

鹏鹏

文／田纮毅

一

鹏鹏是我上小学第一天认识的两三个人之一，当时我们班有五十多人。如果稍微留心，就能把这群小朋友归成几类：古灵精怪最得老师宠的，张牙舞爪只知道捣乱的，一声不吭缩在角落的，当然，还有一两个不那么灵性的。

鹏鹏一开始就算不上灵性。语文课上，他总记不住生字的笔画；数学课上，他总掌握不了加减法；体育课上，他跳绳的动作永远不得要领。包括我在内的很多小朋友，都给鹏鹏起过外号，多半脱离不了傻、笨、呆的意思。

有一天，早上第一节课，鹏鹏因为出去倒垃圾而迟到，老师告诉他劳动光荣，但不能耽误学习。我看着他，他的扁脑袋，他沾着灰尘的鼻涕，他脏兮兮的衬衣短裤，我突然很鄙夷地笑了。我对同桌说："他这种人就配倒垃圾。"我的声音不大，老师和鹏鹏都没有听到，但还是在周围引起一阵笑声，我挺得意。

十五年之后，我发现自己仍然没有忘记那句话。相反，那个句子里的每个字在我舌头上跳动而过的感觉，脱口而出后在四周空气里轻轻震荡的回响，都保持了那一天那一刻的真实和准确。年幼时的残忍无情丝毫不输长大后的刀光剑影，可它究竟是从哪儿来的？

三年级开始，男孩们好像一夜之间长出了獠牙利爪，打架成为风靡全年级的体育活动。班上的几个男孩隔三岔五把鹏鹏堵在教室门口，二话不说就在他身上练起拳脚。鹏鹏不哭也不还手，唯一的反抗也是口头上的："我告诉老师呀！"他经常在整个过程临近尾声时，才扯着嗓子用极高的音调发出这样的威胁。打人的男孩们一开始有些心虚，但很快发现鹏鹏只是喊喊，根本没有胆子去告诉老师。

四年级时，我从小组长升为中队长，经常被老师委派到几个所谓差生的家里，向他们的家长告状。

有一次，我奉命和鹏鹏一块儿回家。鹏鹏他爸开门一看见是他，就咆哮起来："你又咋了？"他一只手揪着鹏鹏的耳朵，把鹏鹏往门里拽。

"叔叔，崔鹏又没写数学作业，他还跟老师说他忘带了。"

"你又给我惹事，看老子今天怎么收拾你！"他掐着鹏鹏的脖子，把他拽进另外一个房间。

门摔得响亮，整栋楼微微颤动。咆哮声紧接着传来，含混不清，鹏鹏的哭喊声变得尖锐。唯一令我感到庆幸的是，我没有听到皮带在肉上"硬着陆"的那种爽脆利落的声音。后来，我从一个同学那里得知，鹏鹏的爸爸经常用那种木质小板凳打鹏鹏，砸他的脑袋。那声音是钝的，埋藏在父子俩的喊叫声中。

门开了。鹏鹏他爸在鹏鹏背上推了一把，鹏鹏一个趔趄，几乎是滚着出来的。

"你给老师说，我已经教育过崔鹏了。"他脑门上结满汗珠。

我和鹏鹏走出院子，天还是一大片稠浊的灰色。我们穿过路上的布匹摊子朝学校走去，花花绿绿的窗帘布从我们脸上轻轻拂过。

我们都哭了。

二

六年级的一次作文课，题目是"以后的我"。按照惯例，动笔之前老师会叫一些学习好的同学说说自己的想法。鹏鹏在课堂上从不主动发言，但那天鹏鹏第一个举起了手。他坐在他的"特座"上——那是老师专门给他安排的座位，就在讲台旁边——右手慢慢举起来，在半空晃悠着。

"来，崔鹏，你说说。"

"长大的我，"他站起来，声音变得庄严，一字一顿地说，"会当一个董事长，我会有一个大公司。我的公司里人很多，生意很好，人们都尊敬我。每天早上我上班，门口的保安小李都会跟我说：'崔总，您的信！'我对他说：'你辛苦了！'这就是以后的我。"

巨大的、海浪般的笑声瞬间爆发，险些震碎玻璃。有人笑趴在桌上，有人高喊着"崔总"，有人接着高喊"您的信"。

这好像是个分水岭，所有之后发生的事情都罩上了一层模糊的壳，所有的声音都变得瓮声瓮气。时间在这毛玻璃罩子下撒开腿飞奔，快得发狂，仿佛有人突然按下了快进键。

姜文电影里的孩子把书包高高抛起，书包落地，孩子已长成少年。其间的苦乐，让它停在云端，落在枝头，消失在鸟儿的嘴尖吧。多浪漫！恍惚中，我看到毕业典礼之后，鹏鹏一个人站在操场上，他也把自己的书包向天空抛去，却久久不见它落下来。

三

鹏鹏消失了八年。直到大二那年暑假，我偶然联系到一两个小学同学，才猛然想起他。

同学们的样貌大都脱离了小学时候的"初稿"，青春一下子跳跃在纸上。鹏鹏是个例外，好像有一双大手为了省事，只是把他从头到脚全部选定，拖着一个角把整个人按比例放大，除此以外再无变化。老师说这次聚会是鹏鹏发起的。

"同学们，朋友们，"鹏鹏的嗓音粗了些，"今天是个快乐的日子，今天是我们相会的日子！我们有的上了大学，有的工作了。以前有些人欺负过我，但我们还是好朋友。大家今天都要吃饱玩好，祝我们的友谊天长地久！"说完，他把手里那张皱巴巴的发言稿塞回裤子口袋。

再没有海浪一样的笑声，所有人都鼓着掌，老师说："我们的崔鹏确实长大了。"

我终于没有哭。彼时彼刻，我像一个被关押已久等待执行的死刑犯人听到赦免的消息，像一个恶贯满盈的江洋大盗在佛前滚鞍下马。

我没有作恶。我在心里像默诵经文一样默诵这几个字，终于感到一丝宽慰。

鹏鹏告诉我，他在一所警官学校学习，过几个月就去派出所实习。他说他爸爸在一次车祸中去世，家里只剩他一个人。他在警校谈了个女朋友，长得很漂亮。聚会结束时，他要了个塑料袋，把桌上的剩菜一股脑儿倒进去，说是要喂他的警犬。

那天晚上，我和一个小学时候的好友聊天，说起鹏鹏。

"你在国外吃汉堡、薯条吃傻了？"他对我言语中流露出的欣慰大感不解，"那都是编的！我们给警校打过电话，人家说根本没听过这个人！"

"你上网去看,他所有在警校的照片要么只有他一个人,要么只有别人没有他。我估计他的警服都是借来的。"

"那他的女朋友呢?"

他笑得呛住了:"他从别人的 QQ 空间里复制照片,说是他女朋友。"

"他说他爸去世了,这不会是假的吧?"

"放屁!我们上周还见他爸了。你都不想想,你家喂警犬用蕨根粉和麻婆豆腐?"

我一下愣住,脑子爆炸了,但悄无声响。

刚刚过去的这个夏天,鹏鹏通知所有人他要结婚了。这消息突如其来,让人不免心生怀疑,但包括老师在内的多数人还是准备参加婚礼。婚礼当天,人们按照鹏鹏的指示在一家饭店门口集合,却被告知当天根本没有婚宴。傻等半小时后,鹏鹏打来电话说通知错了地方,他已经租好面包车来接大家,从此再无音讯。

我问过几个同学,这是不是鹏鹏蓄谋已久的报复?他们并不这么认为。那为什么呢?他们撇撇嘴:"可能还是傻吧。"

这便是我能想起来的所有关于鹏鹏的故事。

我眼前一遍又一遍浮现出鹏鹏遭受欺负的模样:他的衣服上满是鞋印和污泥;他孤零零地站在教室的中央,噘着嘴,鼻涕正不急不缓地流下来。在另一间屋子里,那个被按比例放大的他也站在中央,但他脸上一片模糊。

我作恶了吗?夜空里的钟摆来回晃着,轻轻触碰我大脑空间的边缘。

叶圈儿

文 / 李斐洋

叶圈儿是外号，不是本名。他的字和外表看起来非常不合拍，是很童稚的笔法，好似一个个圈儿堆砌起来，形成了一种难以辨认的天真。所有人都会对一个十八九岁的少年有这样天真的笔迹而印象深刻，所以我们就直接叫他圈儿。

后来我仔细想过，他固执不肯改变的笔迹好像暗示了性格里一些根深蒂固的东西，但最初他给我的完全是一个漫不经心、无定性的印象。那时候他坐我前排，正和他的转校生女朋友闹分手。两个人本来是同桌，却把桌子刻意拉开一个带着明显疏离意味的缺口，不管上课还是下课，坐在老师眼皮底下的他们肆无忌惮地互相进行语言和肢体攻击。而仅仅是两周前，他们两个还在班里轰轰烈烈地秀着恩爱。我对这种儿戏般的恋爱一向非常反感，所以最初叶圈儿在我心目中的形象实在说不上好。

在越来越熟悉后，我发现自己再也找不出第二个比叶圈儿更适合用"灰色"这个词来形容的人了。喜欢他的人几乎和讨厌他的人一样多。高二下半学期换了几次座位，有一天晚自习，教室在一片寂静之中突然响起一声尖锐的椅子拖动声，一个身材高大的女生跳起来指着叶圈儿的鼻子破口大骂，说自己受到了侮辱，另一只手噼里啪啦地把书和文具摔了一地。同学们震惊而茫然，叶圈儿坐在劈头盖脸砸下来的骂声里，一脸茫然和惯常的无所适从。后来我听到过不少男生女生都明里暗里地骂他，有些是相当难听的话。朋友带着不屑问我，你怎么会和叶圈儿关系那样好？

怎么说呢？我知道他说话没忌讳，常常得罪别人，而且他是向来顾不上这种忌讳的，有时候连敷衍都懒得做。女孩子在那里写作业，他坐过去痞子似的一笑："妞儿，给大爷我笑一个啊。"他不喜欢班上的几个男生，迎面走过去连招呼都不打。在与他关系不大或者不讨他喜欢的人和事里，他的情商低得惊人，但是我能看见他性格的另一半，那不过就是个正常的、和气的，甚至温柔的普通男孩。

我在校外租了房子，每天上下学要步行很远，他每天下晚自习都用电动车载我回家，仿佛那是一件天经地义的事情。朋友借钱，虽然他也很穷，但还是二话不说就借出去了。和他聊天时，他总是频繁地提到他母亲，絮絮叨叨地说：我妈可像个小孩了……说起家庭，他的神情会变得异常柔软，好像合欢粉色流苏一般细密的花朵，羞涩而温存。

他是个灰色的人，他身上永远带着一股时而浓郁、时而浅淡的烟草味。偶尔在我租的房子楼下，他会抽一根烟，坐在电动车上一脚蹬地，摸出打火机，勾着头"啪"一声点燃。一片昏暗中，火光明灭，一卜照亮他脸上浓烈的茫然。

他热爱文艺，村上春树和莎士比亚的作品都能平静地读下去。只有一段时间，他非常喜欢蔡智恒。晚自修时，他递给我一张纸条，

是从学案上撕下来的,微微发黄,上面用拙稚的圆圈抄写着这样的诗句:

那时我们有梦／关于文学,关于爱情／关于穿越世界的旅行／如今我们深夜饮酒／杯子碰到一起／都是梦破碎的声音

他的混乱和无所适从来自于他对自己和未来的不确定,所有人都能怀着这样的茫然正常生活,可是他不行。他把指甲剪得短而干净,课桌收拾得比女孩子的还要整洁,却在课堂上发呆走神,读手头所有除课本以外的书。我们顺着学校日复一日的轨迹麻木前行的时候,只有他带着一脸彷徨焦躁,在原地顿足。

毕业后,意料之中,他去了一所很烂的大学。中间我们有几个月几乎没有联系,直到开学前夕我接到他的电话,仍旧是那种带点痞子似的笑意的嗓音。

他用声音一点一点地铺陈这几个月的生活。父亲突发脑出血,手术后虽然命是保住了,但不能再去工作。他母亲每天忙得脚不沾地,又要上班,又要照顾病人,熬得脸色青白。

我站在电话这头,他的语调很平静,波澜不惊的,我却能够想象这些事发生的时候,对他会是怎样的惊心动魄和心如刀绞。他父亲是个出租车司机,母亲是高速公路收费站的员工,家境很普通,医药费必定是巨大的负担。而现在,他是这个面临不幸的家庭唯一的希望。我只是觉得心酸,生活的重压猝然降落时,他要经历过多么激烈的心理对抗才能说服自我,才能在此刻平静地把这一切宣之于口。

"你知道我现在在干啥吗?在百货大楼那个广场上卖家电,有人经过,我就把推销词跟他说一遍……"电话那头隐隐的嘈杂声都变成微茫的背景,只有他的声音在这片混沌中逐渐鲜明起来,形成某

种不可摧毁的坚硬:"现在你见了我估计都认不出了,胳膊跟脸都黑得不能看。前一段时间,我在肯德基打工,拿到的第一笔钱请我妈吃了顿饭。她吃着吃着就哭了,还骂我乱花钱,弄得我好难受……"

我突然觉得自己好像从来也没有认识过叶圈儿。现在的他不是那个混乱敏感有着灰色影子的少年,在我不知道的时候,他突然被生活把所有的任性都洗刷干净,留下了一个干干净净的男人的样子。其后,我断断续续地跟他联系,知道了一些他的情况:去各种地方打工、在学校做团支书、努力学习拿奖学金。他忙得没有时间伤感,因为生活逼迫着他马不停蹄地走下去。

从前,我不太相信一个人真的会这么迅速地成长,但现在我切切实实地看到生活在叶圈儿身上碾轧出的痕迹,看到他坚决地与少年光阴割裂开的努力。还有另一些东西——譬如固执的坚强和近乎天真的善良——从来不曾离开。

生日那天,我收到他寄过来的包裹,是一本高中时代我们都很喜欢却一直没来得及买的诗集。打电话致谢时,他突然笑问:"你看我的字,有进步吗?"

我看了看邮包上拿圆珠笔很努力画上去的一堆天真的圆圈,说:"没有,一点也没有长进。"

姐妹

文/远航

一、阿玉

我和阿玉认识那年，我4岁，她也4岁。

我家刚搬到一处地方，幼儿园还没有落实。父母双职工，无奈之下只好每天出门前把我锁在家里。我家没有电视，我也不认字，无法读书，便跑到阳台去消磨时光。

那天我正在阳台眺望院子里隐隐约约的花坛，隔壁阳台门一响，也钻出个小姑娘来，手里攥着一个苹果。她看到我，笑嘻嘻地问："你是谁？"

我们搭上话，她告诉我她住在隔壁，我告诉她我刚搬来，爸爸妈妈上班去了，她说她也是，不过她奶奶在家，奶奶给她苹果，她便跑到阳台来吃。

她一边说着话，一边咬了一口苹果，"咔嚓"一声，那声音听起来真香。

我还没到懂得掩饰的年龄，脸上的馋相大概被她看见了，她看看我又看看苹果，突然把苹果从阳台丢了过来。苹果在空中划出漂亮的弧线，"咕咚"掉在地上，我捡起来，苹果磕坏了一小块，旁边有两个小小的牙印。

阿玉笑得极欢快，她说你快吃，我家还有。

之后的日子里我一直跟着阿玉混，她家成

了我的托儿所,她奶奶待人极好,吃完饭常常从衣服里摸出两颗糖块,我们一人一块,含着躺倒在床上,叽叽咕咕吹一些"我哥哥是孙悟空""我认识七仙女"这样的牛皮。

我和阿玉的友情从4岁一直走到9岁,我们吃在一起,玩在一起,常常央求父母让我们睡在一起。9岁我家又一次搬家了,搬家那天,我几乎是被妈妈硬从阿玉的怀里掰出来的,阿玉大声哭喊着。那是我至今为止经历过最撕心裂肺的分离,痛过失恋。

二、阿 杨

搬家后我就转学了,小学四年级插班。我性子不算怯弱,但很慢热而被动。

新学校的教室在我看来像魔王的洞窟,班主任像狼外婆,同学们像《西游记》里的小妖怪,我每天能不说话就不说话,下课就一个人坐着。没有人喜欢我,阿杨是第一个。

那天我们小组值日,我被分配了最糟糕的活儿——墩地。最累,也要最后才能走。而小组长说了让我墩地后,另一个小姑娘的声音就响起来,特别脆生生特别爽利,她说:"我也墩地。"

我打量那姑娘,小小的个子,发黄的自来卷,她看到我打量她,就冲我一乐,龇出两颗虎牙来。

别的同学擦完桌子扫完地以后,陆陆续续背着书包走掉了,教室里只剩下我们两个。我拎起水桶,她几步跑过来,把手搭在水桶的把手上,极张扬地对我说:"往那边点,给我腾个地儿。"我们一起拎着水桶去厕所接水,又一起拎回教室,一路上她的手挨着我的手。

我出汗了。

墩完地,我们一起走出学校,放学时分的校门口,全是各色摊位,她小小欢呼一声,拉着我跑到小摊子前面,郑重地拿出一块钱,买了一根双棒。她撕开包装纸,把连在一起的冰棍一掰两半,一半给我,一半自己拿在手里,咬一口,又龇出虎牙笑了一下。

那天阳光晴好,照得我满眼生花,我觉得我又看到几年前站在阳台上的阿玉,洒脱地一甩手,丢过一个苹果。

三、阿 乐

我和阿杨形影不离地相处了三年,在升入初中的时候,因为选择了不同的中学终于让我再一次尝到分离的滋味。

阿乐是我的初中同学。准确地说,她是我同桌。

那时我的性格已经被阿杨锻炼得外向张扬,爱笑爱闹。阿乐从小家教极严,3岁学芭蕾,5岁背古诗,长到13岁,便是整日不苟言笑的小小淑女一名。她不爱同人讲话,也从不疯闹。在我们都玩得一头热汗满身尘土的时候她依然身不沾尘,修长的脖子挺起来,像一只天鹅。所以说,从第一眼看到她,我就讨厌她。同时,她也讨厌我。

我们友情的契机是一只水壶。我攒了很久的钱,买了一只进口的水壶。淡蓝色,上面画着可爱的熊,外面有厚厚实实的一层保温层,我对它爱逾性命。

事故发生的那天她路过,撞掉了我桌上的水壶,别的同学接着路过,没看到一脚踩上去,水壶的保温层裂了,水壶坏了。

我大发雷霆,她依旧沉默,我心里恨恨地说她就是我这辈子最讨厌的人了。

没想到几天之后她赔给我一个水壶，和我的不一样，但同样好看而精致，能看出价格不菲。她一边把水壶递给我，一边说："找了几天也没找到一样的，你先用这个，回头我再给你买。"

我默默地纠结了一上午，终于不得不承认，对比她用几天时间来帮我找一个相同的水壶，我为了一点事情大发雷霆，实在是太丢脸了。想来想去我就坐立不安起来。

午休时我再也坐不住了，跑去小卖部，把整个星期的零用钱都买了她爱吃的零食，其中包含一支在当时的我看来是天价的、价值四块五的可爱多。把零食给她的时候，我们都有点尴尬，大眼瞪小眼了一会儿，我就看到她拆开了那支让我心疼得滴血的可爱多，示威地冲我乐了一下。

我当时真想踹她。

我们就这样成了朋友，她每个学期开学时不厌其烦地为我所有的书本都包上两层书皮。而我在学校楼后面发现一片布满杂草的荒地，人迹罕至，午休时便拿一个随身听，两人一人一只耳机躺在杂草丛里，天蓝幽幽的。

初三的时候，我们约定一起考本校，然后我们都成功了。可中考发榜之后，我便被父母送到了国外读书。千里之外的异国，国际漫游还无比昂贵的年代，下了飞机我只打了两通电话——父母的，她的。

我给了她我的地址，9月以后便收到她的信。我看到那封信的信纸上，坑洼不平的水迹。

四、阿 雅

阿雅也是我的初中同学，她和我，还有阿乐，是铁三角一样的存在。

阿雅是个漂亮而张扬的女孩子，皮肤雪白，生就一副好容貌，初中时，我们都还是懵懵懂懂的丑小鸭，她就已经有了护肤意识，课桌里放着一个小包裹，洗手液洗面奶防晒霜润肤露样样齐备。

阿雅家出事那年，是高三。她妈妈得了癌症，而她爸爸，卷走了家里所有的钱，消失了。

我知道消息的时候，事情已经发生了几个月。那几个月里她一直和我有通信，没有半分反常。还是阿乐忍不住，打电话给我说这件事。我"啊"的一声惊跳起来。阿乐安慰我，说自己家已经托人安排了阿雅妈妈的病房和手术，也时常叫阿雅去吃饭。

我放下电话怒火中烧地给阿雅打电话问为什么不告诉我。阿雅笑笑说，告诉你又没有什么用，你一个人在外面已经不容易，不想你陪着我不开心。我挂了电话继续给自己家里打电话，告诉爸爸妈妈时常叫阿雅来吃饭。

然后我跳起身子跑出门，去买了我能买得起的最昂贵的毛线，熬了三个通宵织了一条很长很宽的围巾给她。

阿雅就这样熬过了高三，上学，回家，做饭，去医院送饭，一边给妈妈陪床一边复习，时常被我和阿乐家里叫去吃饭甚至留宿。她高考那三天，我这个没有宗教信仰的人，到教堂为她许了三天愿。发榜的时候她考上了第一志愿，我傻乐了一整天。

再回国见到她是她大一那年。她戴着我织给她的围巾，在大学门口等我。她依旧张扬而漂亮，皮肤雪白。我到她宿舍玩，看到她桌子上端端正正一排护肤品，虽都是平价牌子，却依然一应俱全。

阿雅妈妈的癌症因为发现得早，已经痊愈，后来又熬过了复发期，开了个小卖部，谈了个新恋爱。她爸爸事后回来过，被阿雅横眉立目地赶出了门。大学毕业她申请了奖学金，去了美国。

她说，老天越不让她活得好，她就越要活得漂亮。

五、姐 妹

阿玉的父母后来离了婚，她被妈妈带到了其他城市。

阿杨已经结婚，生了儿子，是个略微发福的小主妇。

阿乐在我回国之后，被派去了我读书的国家工作。

阿雅在美国混得风生水起，年年见她都更漂亮一层。

我们联络不多，各自有了各自的生活。

我知道我们都在长大，都在改变，不会一直是小时候的样子。我们会变得复杂，变得世故，甚至变得庸俗。我们最终有一天会老去，都会遗忘。可在那一天到来之前，我会拼命去记得。

记得那个印了小小牙印的苹果，记得和我一起握住水桶的手。记得那年冬天围着我亲手织就的围巾的少女，冲我粲然一笑。

那天我听歌读书，记住一句古词，一句歌词。

一曰：流光容易把人抛，红了樱桃，绿了芭蕉。

一曰：你是我的姐妹，记得你的笑。

我不比任何人更看得起自己

文／桥边红药

学校是普通的省会地方院校，大都是省内的同学，四面八方聚在一起，天南海北地聊。姑娘拉着行李箱突然出现在班会的教室里，客气又礼貌，"对不起，我报到晚了，有幸赶得上参加第一次班会。"说完，她俏皮地眨眨眼，朝大家一鞠躬，这阵势逗得全班一笑，算是集体欢迎她的迟到。姑娘落落大方的姿态很是顺眼，辅导员顺势推舟，迟到的同学负责主持下半场班会。开学第一天行李没落停，气喘吁吁站在陌生众人面前，几行水深几行水浅尚且拿捏不住，姑娘想推，看看辅导员又一脸为难，咬咬牙，甩开胳膊就上了讲台。

班会主持得活泼流畅，火候刚刚好，掌声起落间，姑娘就在众人心里登台。那是我对姑娘的第一印象，就一个字，敢！

开学一个月后，学校进行体能检测训练。大家都抱着无所谓的态度，60分及格多一分浪费，体育老师睁只眼闭只眼一定会让大家通过，所以整套检测下来，基本都是拖拖拉拉，做做样子。其中一项是静力性拉伸，双腿站直，下腰，手指摸到脚尖并保持8～12秒才算及格。过程中小腿酸痛，抻筋拉骨，别说摸到脚尖，怕是下腰小腿都绷得叫苦连天，大多数人弯弯腰就自我感觉良好了。到姑娘检测这一项时,她深吸口气,一个猛子般弯下腰手指摸到脚尖,足足保持了半分钟。旁人看着都腰酸腿痛,她愣是憋红了脸,不说一句放松。那次体能检测,姑娘是最高分。女伴们打趣,一半佩服一半酸涩,"你这么认真干吗?"姑娘豪爽地笑笑,"女人嘛,就得对自己狠点儿!"这让我对她再一次刮目相看,狠!

大二时,班里推选积极分子,经过一年的考察转为预备党员,大四毕业前就能转正,对以后的工作和考试都有深刻影响,竞争惨烈自不必说。姑娘也是候选人,相比其他对手,各有千秋,难算突出。最后敲定了名单公布时,班里就炸了锅,却是私下里。姑娘来自北京,据说父母在京城还有一官半职。来小地方读大学已经足够让人好奇猜测其中的不甘,得些荣誉更不免让人心生猜疑。不外乎是靠了父母的门路,若有能力还能沦落在地方院校?这其中连带的自我鄙夷怕是当事人都分不清,如小庙的地方院校也是当年跨了千军万马才挤破脑袋挤进来的。

风言风语姑娘不是没听到过,谁都盼望着姑娘能出面澄清前因后果。姑娘不肯,她清晨六点起床背单词,准备考雅思出国,晚自习上到夜深,专业课拓展得能和教授两个小时探讨一首词。她在图书馆一星期一星期地查资料,写一篇很多人看来左摘右抄就能交期末作业的小论文。没人再说姑娘靠门路了,很多人花前月下回来碰到姑娘抱着一摞一摞的资料,形单影只,开起玩笑,"图什么呢,到时候领到毕业证就好。"姑娘笑而不语,但姑娘的笔记本签名却是:在三流的大学里做一流的好学生。

我听着觉得直接又犀利，直直戳到心里去。

你问我姑娘现在在哪里？对面半球，世界高等学府。毕业时，姑娘一桌一桌地敬酒，如当年初见主持班会，一顶一的落落大方，而后一笑泯恩仇。这些年谁都说姑娘家世好，背景好，原本的高平台注定了她只能成倍付出才能获得认可。姑娘醉倒在桌下，眼角水盈盈，"谁都希望我一分耕耘一分收获不带额外的阳光雨露，我不比任何人更看得起自己，却只能一把一把逼自己，才不负众人不负心"。

世间奇妙相遇

文／风间鹿枝

一

直到 16 岁时，我才意识到自己的人生是多么的无趣。

按部就班，然后顺理成章得到不会让人失望的结果。

这种白开水似的生活让我感到厌倦。直到那年六月的梅雨季。

通常在这个时节，每天早上去学校前，母亲都会在我书包里塞好雨伞，以防变天。

那天早晨出门时，还是阴天，天空灰蒙蒙的。到了快放学的时候，窗子上忽然飘上了密密的雨丝，没多久，雨就缠绵了起来。

教室里，很多没带伞的同学开始哀号。

"幸好我带伞了！"我内心窃喜，表面做出一副同情的样子，帮我的同桌一齐咒骂这鬼天气。

下课后，我收拾好书包下楼。突然发现，伞面上竟然还有个洞。

几分钟前的喜悦荡然无存，收起伞，走在雨中，心里埋怨母亲出门前也不看看伞的好坏。

当我满脑子都是愤怒的时候，忽然听到不远处同班的罗文冲着我喊："陈象你可真有个性啊,有伞都不撑!"

"酷啊,陈象!"另一个同班同学骑着自行车经过,还拍了一下我的肩。

忽然之间,不快消失了,反而因为被人关注而有些欣喜。

我长期以来作为"隐形人"一样存在,除了每次老师念考分发试卷时会被同学抬头看两眼,其余时候都是被忽略的角色。

雨在这时开始变大,雨点落在头顶,带来微微的痛意,但胸腔里却洇开了一丝温柔。

第二天到学校后,几个同学调侃起我昨天带伞不打的事情,我才第一次有机会参与到这种看似日常的课前闲聊中。

很多时候,小小的契机总会给人带来欣喜的转变。我开始脱离从前那个沉闷安静的自己,开始有些小小的叛逆:在下雨天拎着雨伞在雨里走,折枝桃花插在自己桌上的笔筒里,用一整个晚自修在自己的白T恤上画喜欢的动漫人物……

这些小花样总是在同学中大受欢迎,我因此而被大家接受了。

不过老师们往往用一副"痛心疾首"的样子看着我,眼光里说:"以前那个认真踏实的好孩子去了哪里?"

二

初中时,我在好莱坞大片的熏陶下,立志将来也成为叱咤美国华尔街的精英。

因此我将大把的时间奉献给数学,不以高考为目的地钻研。

高二时的班主任有一句名言,在历届学生中流传甚广:一切不以提高考分为目的的行为都应坚决批判。她对我课本之外的大量数学探索深恶痛绝。多次谈话未果后,她把我调到了教室最后,单独一桌,并且禁止我上晚自习。

我曾经愤怒过,感到不公,甚而绝望,然后我想到带了破伞的那天。

后来,继续类似这种与众不同的行为,就成了一种反抗。

高二下学期,我参加了数学竞赛,竟意外地拿到全省第一。

媒体来采访时,校长很激动。班主任站在我身旁,得体地对着镜头笑。

当记者把话筒递到我面前,我说:"都是我自己坚持的结果,和他们都无关。"

我感受到了记者的尴尬,还有校长和班主任瞬间黑掉的脸。

第二周我看到校报上转载的关于我获奖的报道,我的"胡言乱语"一字未提。

这时候,班长跑过来,"政教处主任让你去他的办公室。"

一进政教处的门,我就看到了陆一白。我知道他,每周一班会课时,全校广播通报批评里经常会出现的人。

主任在开会,陆一白闭着眼睛睡起了觉。我摸出口袋里的 iPod,插上耳机按下了播放键。

陆一白睡得太熟,我则听歌听得太入神,直到主任站在我们面前才察觉到。抬起头,就看到主任一脸"孺子不可教"的神情。

在长达半个小时苦口婆心的规劝后,主任满意地挥挥手:"好了,回自己教室吧。"

出了办公室,我和陆一白去往不同的方向。

转身前,我听到陆一白问:"你刚刚听的是山姆·库克的 Wonderful World?"

我一惊。

我以为自己所热爱的这位半世纪以前的歌者近乎被人遗忘,山姆·库克落寞地站在偏僻的角落里闪着光,光里只有我。这次,我看见陆一白也站在了光里。

似乎只要倒霉过一次,人的运气就会开始背起来。

因为和室友一起半夜去玩网络游戏被抓,我第二次造访了政教处。那天同时被抓到的学生里,仍然有陆一白。

共患难过的人总是会变得亲近些。当我了解到陆一白在这款游戏中选择的种族角色和我一样,都是玩家最少的兽人时,我终于不再对陆一白有所顾忌。

对于男生来说,共同的兴趣爱好会迅速拉近彼此的心。

三

于是我和陆一白成了要好的哥们儿。

陆一白也不再正正经经地叫我名字,而是给我起了"Elephant"这种恶趣味昵称。

当我越来越多地和陆一白结伴在校园里行动时,更加深了很多人对我坏学生的印象。只不过,我再也不在乎这些了。

当你有同盟者的时候,敌人的数量再多,你都不会介意了。

寒假里,陆一白去学习街舞,理所当然拉上我。

于是整个寒假,除了复习,我们就琢磨各种舞步。后来,我们建立了学校第一个舞团。

12月末,学校会举行全校性质的迎新晚会。迎新晚会是高一高二的舞台,高三的学生只有观看权。一切都要为高考"让路"。

我作为舞团的代表,去和主任谈判。

我和主任达成了"一模进年级前二十"的条件,"还有,陆一白各科得达到均分"。

想到陆一白那屎一样的分数，我不禁叹了一口气。

当我向陆一白传达了条件，他特别温柔地冲我一笑时，我知道，我得给他补习了。

给陆一白讲题其实一点也不费力，在把解题思路和基本题型给他理清楚之后，他很快就能举一反三。也许是为了舞团的表演机会，那天下午陆一白做题的时候尤其专心。

到了下午五点多，我和陆一白去吃晚饭。

吃饭的时候我和陆一白聊起了以后。

这是我第一次正经地和陆一白谈起未来，当我问他"为什么能够学好却不用心"时，陆一白说："反正我爸会帮我安排的。"

不知怎么的，我忽然就说："陆一白，从现在开始好好上课吧，然后我们大学也一起混。"

陆一白嚼着红烧肉头也不抬地说："我让我爸把我弄到你那里不就好了。"

"陆一白！你就不能自己努力达到目标吗！"

我站起身快速地去前台付了餐费，愤愤地走了出去。

我也不知道为什么要这么生气，陆一白的纨绔我从一开始就知道。和他做兄弟，不仅是因为共同的兴趣爱好，也因为他简单、直白。

可是，正是因为接触多了，彼此熟悉了，才更希望他往好的方向去，成为一个更好的人，成为一个让人赞叹的好兄弟。

距离校门很近时，我看到电子滚屏上滚动的红字：拼一个春夏秋冬，搏高考无怨无悔。

然后陆一白的手搭在了我肩上，气喘吁吁："你……生气什么，我好好念……书就是了,小心到时候我大爆发,排名超过你了可别哭啊。"

四

一模,我班级第二,年级十五,陆一白每门功课都高出平均一两分。

主任说话算话,迎新晚会同意了我们的登台。

演出反响很好,台下欢呼不断,一些以前都很少搭理我的老师在上课时竟然对我说:"陈象,迎新那天的节目很不错哦。"

而陆一白,因为他一模的成绩是他进入高中以来最好的一次,他那暴发户老爸非常满意地奖励了他最新款的篮球鞋。

"Elephant,我要好好学习,争取让我爸奖励我更多!"他眼睛里发着光向我发誓。

之后的每个周末,陆一白开始主动拉着我去图书馆做题。

不管陆一白学习的真正动机是什么,他都像是换了一个人。

陆一白说,高考最后的一百天冲刺,他要试一试自己究竟能够做到多好。

人不全心努力一次,永远都不会知道自己的潜力会有多大。

我见证了陆一白从倒数十名,一步步名次前移,最后基本稳定在班级前五。

"洗心革面"后的陆一白,开始会和我讨论试卷上的一题多解,偶尔还会在我做题时探过头来,摇头晃脑地告诉我哪道语法题做错了。他说,当个好学生的感觉还真不赖,可惜他在还剩一百天才体会到这个道理。

有一天,陆一白在晚自习时叫我去顶楼天台。他告诉我,他三模考砸了。

他说:"以前我还笑话那些好学生,一考差就难过得要死要活,现在我算是明白了,这种努力了却与期待不符的结果,真的让人特别愤怒。"

从来不为成绩烦心的他,竟然会因为成绩而不开心。

陆一白真的改变了,他学习不再是为了他那暴发户老爸的奖励,或是为了我的一句话。

他的路开始为了自己而走。

五

陆一白保持了高三最后阶段的水平,考上了省会的一所重点大学。我呢,超常发挥,考了班级第一,全校第五,被省里最好的大学录取了。

我和陆一白虽然不同校,但是彼此的大学相隔只有一站公交的路程,散步就可以到对方那里。

大学里自由而宽松的环境适合我。我和陆一白进入了各自学校的街舞社团,并在升入大二那年都竞选上了所在学校的街舞社社长。我们两校的街舞社团常常一起活动、聚餐、演出。

有次新学期招新后的聚餐,我和陆一白按例介绍了对方学校的成员,并像往常一样,在我吹捧了陆一白的"帅气、睿智和丰厚的财力"后,陆一白夸赞我是"当地大学城网游界的排位之王"。

陆一白学校的一个学弟有些腼腆地问我:"陈学长,请问你在游戏里的 ID 是叫 2009 吗?"

"那……"学弟没有就此结束,"你为什么用这个 ID 呢?"

是啊,为什么用这个 ID?

2009，就是 2009 年。我高三，我认识了生命里最好的朋友、最好的兄弟陆一白。

我看向陆一白，不再像之前一刻那样和他插科打诨："我在高中的三年里，度过的没有存在感的时光和莫名的恶意是你们想象不到的。很长一段时间里，我感受到的都是深深的孤单。直到后来，我有了陆一白这个最好的兄弟。"

陆一白也看着我，笑了："我想说的只有一句，就是一定要找到一个同频率的人，发光、温暖彼此，一起快乐地运转下去。"

Wonderful World。

能在这个奇妙的世界相遇实在是件太好的事。

伟大的友谊万岁。

时光匆匆九道弯

文/午歌

一

我和宋玉是发小，5岁那年，我和他在家属院后的货仓里玩火时，点燃了一张大油毡。油毡燃烧时滴下的沥青溅到我的棉裤上，我的新棉裤迅疾燃烧起来，我蜷着身子疼得在地上嗷嗷直叫。宋玉见状，慌忙褪下他的裤子，一泡尿撒在上面，浇灭了大部分的火苗。眼看着剩下的火种死灰复燃，宋玉光着屁股就抱着我的大腿打起滚来，最终熄灭了所有的火苗。

我的左腿上至今还有一条八寸长的"火疤瘌"，宋玉说，那是我们伟大友谊的见证。

我说，宋玉，你是我的救命恩人，你想要什么，我都买给你！

宋玉嘿嘿一笑说，不用了，你先欠着，我想到了你再还。

二

到了小学，我们被分到了同一个班级。我因为成绩还不错，是老师眼里的好学生，宋玉则是调皮捣蛋的孩子王。

五年级，文艺会演，宋玉找我一起演舞台剧。

宋玉说，《大闹天宫》里缺一个重要角色，玉皇大帝你演不演？

我说，算了，整个《大闹天宫》里玉皇一直都被揍得很惨，有损我的好孩子形象。

宋玉说，蒋一燕会演王母娘娘，你再考虑一下。

蒋一燕是我们全校闻名的学霸，不但成绩好，人也生得十分清秀，而且画画也非常棒。那个年龄段，男生都争着和蒋一燕做朋友，借她作业，收藏她的画，陪她一起大扫除。

于是我不假思索地就答应了下来。宋玉也最终兑现了承诺，整个《大闹天宫》被他改得面目全非，主要戏份就是王母娘娘和他演的孙悟空在蟠桃园斗法。

六年级时，蒋一燕参加了学校的绘画兴趣班，放学比普通同学晚一小时。因为在"大闹天宫"里结下"仙缘"，我和宋玉主动担任护花使者，时常陪伴"王母娘娘"圣驾左右。

一路上，我们三个说说笑笑，从马路边的白杨树上摘下知了壳，在月季花苗圃里抓住西瓜虫，一遍遍清点落在电线上的小麻雀。日子过得简单美好，仿佛天空一般了无褶皱，仿佛流云一般长生不老。

毕业前的那年夏天，我们仨路过一个叫九道弯的胡同。胡同的转角里，突然蹿出一个高中生模样的小混混拦路打劫。因为宋玉家境很好，这个土豪上来就掏出二十块钱稳住了局面。

"小姑娘，长得挺漂亮啊！"混混一脸坏笑，说着向蒋一燕伸出一只手来。

宋玉一个箭步挡在前面，"拿了钱还不走？"

那小混混发出一声古怪的冷笑，一脚踹在宋玉的肚子上。宋玉捂着肚子倒在地上，使劲跟我使眼色，让我拉着蒋一燕快跑。我当时完全傻掉，直到混混再伸手去摸蒋一燕时，我才把自己的脸蛋凑了过去。

"你也找死是吗？"混混果断地给了我左脸一记耳光。

我不知从哪里来的勇气，用眼神示意那个混混，你可以在我右脸上再来一下，可是休想跨过去。那混混心领神会，迅速满足了我的美好愿望！

捂着肚子的宋玉发疯似的冲过来，抱住混混的大腿，咬了一口。那混混痛得号叫了一声，跳出去半米开外，骂骂咧咧着一步一瘸地走开了。

宋玉从地上缓缓地爬起来，蒋一燕走过来，伸手碰触着我发烫的脸颊问我："疼不疼？"宋玉抢过来说："哎呀，我的肚子疼死了！"我尴尬地笑笑说："我没事，左右各一下，正好平衡了。"

后来三个人一路上没再多说话。蒋一燕吓坏了，眼里一直噙着泪水。我忽然觉得，眼泪才是检验美女的唯一标准，燕子比起平时清秀素雅的模样，更像一株挂着露水的粉荷。就在那个黄昏，我人生第一次体会到了心中的痒痒，就像我热辣的双颊一样，不可抑制。

很久以后，宋玉问起我，为什么那天蒋一燕会先跑来问我疼不疼？

"我离她近一点啊，可能是近水楼台先得月吧。"

"你是不是喜欢她？"

"我没有！"

"别和我争燕子好吗？我知道你也喜欢她，兄弟，其他的我都可以给你，命也可以！"宋玉忽然郑重地抓住我的肩膀。"好吧，看在你当年为了保住我的大腿的分上！"我忍不住哈哈大笑起来，生怕宋玉听出我的尴尬。

作为毕业礼物，蒋一燕送给我和宋玉一人一幅水彩画。我的那幅上，画着九道弯胡同附近的白杨树和五色的月季花，蓝天下，飞翔着一只轻盈的燕子。

宋玉问我："她给你画了几只燕子？"我说："一只啊。""给我画了两只，这是不是比翼齐飞的意思？"宋玉喜笑颜开。"嗯！那恭喜你啦，哈哈哈！"这次我笑得很开心。

真的，仿佛在沉闷的天空里戳开一个豁亮的口子。

三

初中毕业后，我转学去了邻市的重点中学，蒋一燕继续留在本地，而宋玉因为没考上高中，被他爸安排进了南京空军地勤的汽车连。

这期间，只要宋玉回来，一定安排我和蒋一燕一块出去海搓。我们的伟大友谊顺利升级换代，从有难同当，到有福共享。我没想过太多，也没想过将来，只觉得日子好像美味得不真实。可惜好时光总是溜得很快，转眼间，就是各奔前程的匆匆散场。

好在我和蒋一燕都考进了北京的大学。宋玉让我指天为誓，并约法三章：第一，不能爱上蒋一燕；第二，不能让蒋一燕爱上我；第三，要注意蒋一燕的周围，不能让其他男人有机可乘。

刚到北京的时候，我有意回避和蒋一燕见面。如是几次，那周蒋一燕来科大玩，她到学校的时候，我推说学生会有事，让她先去宿舍等我。

半小时后，我风尘仆仆地跑回宿舍，看见蒋一燕坐在我的床边上，宿舍的衣架上，我的衣服已被她洗干净，正滴滴答答地淌着水滴。

那天我送蒋一燕回学校，一路走了七站地铁的马路，说了几辈子没说完的话,却丝毫没有疲倦的感觉。轧马路的长短是检验真爱的唯一标准。我深谙此道,可是我有承诺在先,所以当蒋一燕装作无意问起我有没有女孩子追求时,我却含含糊糊地回答她:"我知道宋玉爱的是你!"

蒋一燕眨着细长的眼睛笑起来,她的双颊红热,我忽然想起多年前,那片红霞满天飞的斜阳,她用眼泪把我铸成琥珀,自此我的灵魂一直凝练在那个百转千回的黄昏。

在我心里,她和宋玉已然成了比翼齐飞的一对。我陆续买了几套运动装,都是深深浅浅的紫色。每次我去见蒋一燕,或者她过来我都精心把自己装扮成一个长条茄子。我们沿着地铁线步行,一路迎来送往,谈人生,谈艺术,唯独不谈感情。

后来,宋玉和蒋一燕顺理成章地走到了一起。

毕业后,我远走他乡,在上海一家代理进口变频器的公司里,找到了一份安装调试的工作。

宋玉和蒋一燕大婚,宋玉一天打十八个电话让我回去做伴郎,我推说买不到火车票,在电话里和宋玉大吵。宋玉说,你要是把我当兄弟,把燕子当妹子,你就给我滚回来!

最后,我还是赶回去了!

婚礼正进行得如火如荼,新娘踮起脚尖,正准备接受新郎的香吻。我出现了,不合时宜地捧着一大束紫罗兰出现了。

宋玉看到我,撇下闭着眼睛的燕子,径直从礼台上冲下来,一把抱住我,把我擞得要死,我说:"你这个疯子!"眼泪瞬时飙了出来,我已经两年没见过他俩了。

我噙着眼泪给蒋一燕献花,蒋一燕只是淡淡地说:"来了就好,来了就好!"

四

在上海的生活并不容易,后来我辗转来到了宁波,做着一份登高作业的弱电调控工作。一年后,我认识了武汉女孩吴小云,我们的感情发展很顺利,又过了半年,我带吴小云返回老家成亲。

宋玉开着他的新路虎来给我做婚车,蒋一燕亲手来给吴小云画婚妆。

新婚的那天夜里,吴小云忽然很警觉地问我,蒋一燕是不是从前喜欢过我。女人的直觉有时敏感得吓人,我问小云,怎么判断的?小云说:"挑头花的时候,我想选粉的,她却说你一直都中意紫色,这么细节的问题都记在心里,你们一定有鬼。"

我笑笑说,那只是一个误会,燕子初中毕业时送我和宋玉每人一幅水彩,那时候他俩就决定比翼双飞,而让我自立门户,独上青天啦。

两年后,宋玉家里出事了。他爸因为经济问题被批捕,家里为了减轻量刑拼命往外掏钱,宋玉也已经离职半年了。我见到宋玉的时候,他正在卡车货场准备装货跑长途,人黑瘦,脸上透着一股倔强的神气。

我说:"有我能帮上忙的,一定告诉我!"宋玉说:"没什么,能扛得住!"

人生就是这样,苦难就像九道弯胡同里随时跳出来的小混混一样,有时一个耳光接着一个耳光地抽你,有时突然一脚把你踹在地上。

8月,台风"海葵"在宁波登陆,我被困在栎社机场的候机厅,延误的航班没有丝毫消息。我在手机通讯录里不断地翻看着宋玉的名字,仿佛手指轻点一下,就能联通到他的世界。

就在几个小时前,我接到燕子的电话,她告诉我宋玉出事了。

我赶回老家时,宋玉已经被安排下葬。人生匆匆,我竟赶不上见他最后一面。

据说那段日子,宋玉为了多赚点钱,经常连夜赶路。出事那天,他的车子坏在了高速公路上,虽然支起了三脚架,可惜那晚的视线太过模糊,后面的卡车发现路障时已经来不及反应,直接将他撞在前面卡车的翻斗上。

在宋玉老家的最后一个下午,我和蒋一燕一起整理着他的遗物。我在书架上发现了一幅被压得很平整的油彩画,画上有高大的白杨树和五色的月季花,蓝天下,并排飞翔着三只小燕子,手拉手一般,围成一个半圆。

我恍然想起来,在多年前的那个黄昏,在那个被拉长的美丽背影后,蒋一燕忽然在家门前转过身来,破涕而笑,用婉转的声音说道:"我很好,谢谢你们!"

九道弯的胡同虽然很长,而我们终究能走出来。

没有人陪你到最后

文／宁子

2010年初秋,我和葡萄一头扎进了青岛传说中的秋老虎。

整个晚上身上都蒙着一层湿漉漉的汗水在追蚊子,一分钟没睡成。葡萄坐在上铺看着我,同样没睡。

第二天一大早,我顶着熊猫眼问葡萄,怎么办呢?

她叹口气,跳下床去,洗了把脸,准备下楼。我跟了几步,她回头指了指,别跟着我。

我便停下脚步,看着她款款下楼而去。我很早就知道,只要有葡萄,就没有解决不了的问题。

一

1998年9月第一次见葡萄时,我6岁半,跟着爸爸从乡下到他工作的临沂市,住在他的宿舍里,和妈妈两地分居。直到10年后,妈妈才从老家调到了市里。

那整整10年的时间,葡萄成为我生命中最重要的人,取代了母亲对我的照顾。

那时候,我不仅胆小,且自卑,笨到当城里的孩子嘲笑我土气的麻花辫和小花衫时,只会心慌慌地躲来躲去。

葡萄就是在一次我被"围攻"时出现的。她一把就将气势最凶的胖男孩拽了一个趔趄，我吃惊地看着这个穿红裙子的漂亮女生，她有一双大眼睛，高了我半头的样子，她指着他们：告诉你们，陈家宝的爸爸是有枪的公安，以后你们谁敢欺负她，我就让她爸爸把你们抓走！

欺软怕硬的小孩们一哄而散。葡萄走近我身边，温柔地说，家宝，别怕，有我呢。

从那天起，坐在最后排的葡萄，成为我的救世主。

大一些的时候，我想人和人上辈子一定是有渊源的，就像我和葡萄，不然她为什么要护着我呢。而她不止保护我，还有许多让我钦佩不已的本领。她成绩一般但画画很棒，读到三年级时，便自己设计衣服让她妈妈拿了样子去做。于是年少的她，总是拥有独一无二的漂亮行头。有时候她会磨着妈妈多做一件，在生日时送给我。

她还不怕事，连最厉害的班主任都不怕。比如，葡萄觉得把生字写十遍是件愚蠢的事，坚决不执行。最后班主任竟然拿她没办法。所以，我们写十遍生字的时候，她就写三遍。

这样一个女孩子身上，有一种奇怪的魔力，有时我会想，这世上有葡萄真好，即使妈妈不在身边也没关系。11岁时葡萄帮我挑选卫生棉，12岁时帮我买文胸，还帮我应对小男生的纠缠。

我跟着葡萄从初中一路读到高中。中考后，因为成绩好，临沂一中派了老师挖过我好几次，我毅然拒绝。对我来说，一所重点学校简直没法和葡萄相比。

二

然后，便到了 2010 年的高考季。我毅然决然随着葡萄报考了她想去的青岛那家院校，因为院校的服装设计系小有名气。

就这样，我和葡萄来到青岛，和这个海边城市的秋老虎狭路相逢。那天葡萄出去了小半日就回来了，拎着几个大袋子。个把小时后，我和葡萄的床铺上，便悬挂上了簇新的蚊帐，帐顶还垂着彩色的小风扇，呼啦呼啦，即刻打败蚊子和闷热。

于是我们在这个新城市复制曾经的时光，我每天跟在葡萄身后上课、下课、去食堂。用她的账号上网、支付宝购物……

空闲时，葡萄领我游览青岛，从古老的栈桥到中山路，从沈从文故居到蒋介石旧官邸……包括品尝那些隐匿在小巷子里的各种美食。葡萄从不迷路，可以在任何地方准确找到学校的方位。

我以为可以这样过下去。

大二开学后不久，葡萄在一天晚上被亲戚连夜接走，灾难突如其来，葡萄的爸爸在一场车祸中丧生。

一周后，葡萄回来办休学手续，她瘦成了一枝秋天的荷，隐匿在沉寂的黑色里。

没有哭泣和诉说，葡萄看着我，沉默良久。这场变故后，葡萄的母亲受不了打击，精神失常，葡萄需休学照顾母亲。

我的心又疼又慌，为葡萄疼痛，又自私地为自己慌乱：葡萄走了，我怎么办？

葡萄当天离开青岛。走的时候，她注视我良久，似有许多话要说，但最后，还是没有开口。

我只感觉到身体里有什么被抽走了，空空荡荡。

没有了葡萄的日子陷入一片兵荒马乱。管理员收走了蚊帐小风扇和电板插座，没有职业道德的电脑修理工黑去我大把银子……我一下回到6岁半，独自面对各种状况，无助无措。

那天晚上，我忍不住给葡萄打电话，支吾半天，哭了起来。

葡萄不说话，一直到我止住哭声，她才一字一顿地说：陈家宝，我上辈子不欠你的，别再来烦我了！

啪！电话挂了。

我在愣怔许久后才反应过来，这是葡萄对我说的话。短暂的伤心后，我开始觉得无地自容。在人生变故中自顾不暇的葡萄对我的厌烦是多么正当，我该有多自私，不能给予此时的她任何分担和温暖，还要尝试索取帮助。

就在失去葡萄的一夜间，我开始尝试学着去独自应对一切。

我学会据理力争、狡黠地和管理员周旋、和网店老板讨价还价、抄最近的路去海边……像个失恋后誓要自强自立的倔强女子，原来都可以做到。曾经不去做，只是因为有葡萄。

而葡萄，没有再回青岛。一年的休学结束后，她退学了。

三

2014年春节过后，我鼓起勇气，决定去看看葡萄。她最后决绝的话语一直让我觉得无颜面对她。

葡萄的母亲已慢慢康复，在临沂最繁华的商业步行街，葡萄开了一家制衣社，上下两层的门面，制作各种礼服，在业内已小有名气。21岁的葡萄，已成功跨越到另外一种人生。

我在装修华丽的制衣社看到葡萄时，她正在完善自己店铺的网页。

我们在2014年早春午后的阳光里看着对方，好半天，我听到葡萄轻轻叹口气，然后，她笑起来，家宝，我知道你可以。

是，她什么都知道。从某天早上，我无意中看到葡萄的空间签名改为"谁都不能陪你一辈子"之后，便知道了，葡萄是故意那么待我的。她不是厌烦了，而是，就像曾经的相伴一样，她知道放手也是爱护一个人的方式。

如果不是太过依赖，葡萄的母亲在失去丈夫后，就不会脆弱到要 18 岁的女儿辍学来陪伴和照顾。

我在那一天想明白了葡萄所承受的艰辛，也想明白了她对我的好。

像风一样自由

文/里则林

一

初中我去了一所全市最好的中学,那里都是学习永动机。在那里的每一天我都很压抑,但我坚持到第二年的期中考试后,才无心向学。

那次考试我语文得了全班最高分,可语文老师没有表扬我,只是当众说我不知道用什么方法获得了第一名。

于是我在期中总结里写道:"可能大家都退步了,也可能老师没教好其他人,才让我得了第一名。"老师很生气地写了一大串评语,说我小小年纪就伶牙俐齿。

后来,这老师让我们写关于秋天的作文,我自暴自弃地写道:"秋天就像隔壁邻居大妈的大姨妈一样,来得悄无声息,连枫叶也染上了一片绚烂的姨妈红。"

我不知道那时老师看着这样的开头是什么心情,但我已经恨透了学校。

终于在某天,我一时兴起,把毛巾拧得结结实实地塞进了宿舍楼层大澡堂里的排水口。没过多久,水位开始升高,等大家缓过神来时,水已经蔓延了整个楼层。

于是压抑已久的同学们索性狂欢起来,拿

上脸盆提着水桶,美其名曰"排水",然后到处泼,还有一些人化身两栖滑翔机,在楼道上冲来滑去,一片欢声笑语。那天我从那些人久违的笑脸上,看到了幸福。

但因此我也被赶出了宿舍,没过多久,我就转学了。

在重点中学的最后一天,我坐在教师公寓楼顶的天台边,看着远空夕阳西下,点起了一支烟,充满忧愁地看着下面曾经熟悉的校园,想了很多。

二

我回到了一所离家很近的普通中学。

我在学校楼道见到了童年的挚友老狗。老狗用变声之后粗壮的嗓音问我:"你怎么回来了?"我一时语塞,不知道说什么好。

夜里,我给老狗家打了一个电话,是他接的,他喂了好几声,我没有说话,过了一会儿,他笑了起来,然后我也笑了起来。两个人一句话都没说,在电话两头傻笑着。

我和老狗来到江边,我说:"那里都是高才生,我以为我很牛,但是他们更牛,好像一天24小时不用休息。他们只要有书和习题就够了,我却觉得枯燥,老师也不喜欢我,所以又很挫败。而且我不知道意义在哪儿,有很多为什么都没有答案。"

老狗点点头,我知道他懂。因为从小他就不受老师待见,不管发生了什么坏事,他总是第一个被老师拉去询问的人。

他只是拍拍我肩膀,对我说没关系,然后举了许多自己不受老师待见的例子。

我点点头,他知道我懂。

那天看着下面的长江水,我们都觉得很安慰。

三

我和老狗每天逃课抽烟,到处插科打诨影响他人,就像回到了小时候。但表面的肆无忌惮,难掩我的失落,我变得沉默寡言,老狗经常说感觉我整个人都傻了。

不知不觉半学期过去,又到期中考试,我和老狗在同一个考场,那个考场全是各个班级的倒数前几名。我之所以在那儿,是因为之前没成绩,老狗在那儿是因为他真的每次倒数,属于学渣中的豆腐渣。

我在考场坐下以后,就发现自己颇受重视,因为大家知道我是从重点中学回来的,看我的眼神充满了期盼。

第一场考物理,我看着第一道填空题,就举手问老师:"老师,您家里的安全用电是多少,和我们家里都是一样的吗?"

老师看着报纸头都没抬,回道:"都一样的,220瓦,别问这些有的没的,好好答题。"

整个考试瞬间齐刷刷地出现了写字的声响,大家都把第一道关于家庭安全用电是多少瓦的填空题答对了。

然后他们都欢欣鼓舞地期待着我接下来的发挥,但剩下的题目里,我和他们一样,一道也不会。于是整个考场在对我的期盼中,不知不觉就跟我一起静坐到了交卷。

接下来的每场考试,我们除了抖脚就是睡觉,每到45分钟规定可以交卷时,我们又一起神采奕奕如狼似虎地冲上讲台交卷。我们坚信,分数比不过别人,咱们还可以比交卷速度。

四

由于我们考室每到45分钟就空无一人,然后一群人在楼道吵吵嚷嚷，最后教导主任决定，谁也不能提前交卷。

在临近 50 分钟的时候，老狗猛然抬头，脸上还连着哈喇子。他定睛看着我良久，我也看着他，对视 3 秒之后，我的神情开始变得郑重起来。

他掏出打火机，然后缓缓地拿起草稿纸，"砰"的一下把草稿纸点燃了，在火势渐渐变大之后，径直把燃烧着的草稿纸丢进了后面的垃圾桶里，一两秒过后就涌出了滚滚黑烟。

其他同学闻着味道转过头来，看着我身后的垃圾桶，老狗突然一拍桌子，大喊一声："跑啊！火灾啦！"站起来拉着我的衣服就往门外冲去。

我还没从震惊中缓过神来，就已经被拉着向教室门口冲去。监考老师诧异的眼神、慌乱的表情，在我眼里一闪而过。

大家也开始明白了怎么回事，整个考场陆陆续续响起了桌椅腾挪尖锐刺耳的声音，还有脚步声和开心的起哄欢呼声。

我和老狗一路没有回头，跑过一个又一个考场，许多听闻声响站出门口的监考老师震惊地看着我们两个和后面的一大拨人。

我们跑过整个校园，冲出了校门。我们穿过马路和闹市区，路人都奇怪地看着我们。我们一直狂奔到广场，下面就是长江，才算跑到了尽头。

我们气喘吁吁地站在广场的围栏边，我傻笑了起来。

老狗也笑着看了我一眼，又看了看周围，突然站上围栏，对着下面的长江，声嘶力竭地怒吼了一声："Freedom！"

我惊讶地看着他，他狗脸通红地问我："看过《勇敢的心》吗？"我才恍然大悟地点点头，他把我也拉到了围栏边，站了上去。

看着下面静静流淌的长江水，看着远处灰暗的天空和低矮的楼房,我们深吸了一口气,声嘶力竭地喊:"Freedom!"

喊到头脑发晕,青筋暴起,差点断气,才停了下来。我们背对着围栏坐了下来,喘着气,我说:"真浪漫。"

"嗯,真浪漫。"老狗点点头,然后得意地大笑了起来,我也跟着傻笑。风呼啦啦地从空旷的远处吹过来,我意犹未尽地又说了一句:"像风一样自由!"

那天,我觉得所有压抑仿佛都已经一扫而光,感觉自己就像风一样自由。

五

夜里,我们坐在长江边,买了两瓶啤酒,顶着江边的晚风,静静坐着。

老狗说:"你知道我最害怕的生活是怎样的吗?"

"是怎样的?"

老狗看了我一眼,说:"年轻的时候在教室里流着汗对着书本发呆,在最后一排无所事事没人管,拿本小说放在抽屉里偷偷看,下课第一个冲到饭堂,回宿舍聊天度日睡生梦死。然后毕业找个体面的工作,等单位给套房子,从此盯着电视听着儿女的抱怨数着存款,回到办公室看着漂亮女同事发呆,直到退休。然后领着社保早上太极中午睡觉傍晚遛狗半夜起床喝急支糖浆缓解咳嗽,老得不行了还没人在身边陪着,一个人拄着拐杖弯腰驼背表情纠结地上厕所。最后,某天开个追悼会挂张或微笑或淫笑的黑白照在墙上,留给子孙围观。"

说完,他安静了,我也安静了。然后一起狂妄地哈哈大笑起来,突然有了一种世界需要我的澎湃感。

过了一会儿，我说："我们会找到另一种可能的。"

"嗯。"老狗点点头。长江两岸灯火通明，我们肩并着肩。

六

很多年后，那种青春时期的压抑早已不见了踪影，某天夜里我开着车，在灯影下穿过一个个沉默矗立的灯柱，打开车窗，风呼啸着鱼贯而入，我想起了"像风一样自由"。

老狗和我曾一起度过了很多荒唐的日子，做了很多荒唐的事情，当作我们所谓的自由，释放我们的压抑。

虽然，最终我们发现自己错了，因为当时我们并不懂，约束是自由之母。我们所痛恨的这些约束，恰恰是使我们能感受到自由和拥有自由的东西。

但错了就错了，有什么关系，这是青春。

II 暗恋日记

纸上的玫瑰

文／顾晓蕊

冬日的午后,她在家收拾书柜,翻出一摞书信。她打开信,慢慢地读。信纸的右下角,画着一枝红玫瑰,似开未开的花苞,诉说着温柔的心事。沿着记忆的藤蔓,她又想起那段青葱岁月。

同学们聚在一起,在操场上排练节目。过了一会,她出场了,开始清唱。几位高年级的同学路过,吹着口哨起哄:"唱得太难听了,下去下去,不要唱了。"

轻飘飘的一句话,在她听来,却似雷霆乍惊。她脸色通红,流着眼泪,转身跑开。

她如一株含羞草,轻风一吹,就会自护般的收敛自己。从此,她不敢在公众场合唱歌,甚至在人多的地方说话,都会莫名的紧张、惶恐、手心出汗。

读书成为了一种救赎,让她暂时放下卑怯。她也因此爱上写作,将内心的困惑、无奈与惆怅,诉诸笔端,在纸页上开出朵朵静默的花。

16岁那年,发生了一件重要的事。她试着将文章投给一家报纸,没想到居然发表了。

不久后,她收到了一封读者来信,是位大她几岁的男孩。他说,她的文字像心底流淌的歌。他还说，羞涩是心灵的花朵。信的末尾，画着一朵红玫瑰，向右倾斜着，像在跳舞。

她仿佛听到"嘭"的一声，千朵万朵心花开。他的赏识，他的赞美，让她感动得想流泪。

她跑到教学楼后的合欢树下，膝上垫上一本书，用带香味的格子纸，给他回信。信写好后，她红着脸，低着头，读了又读，才放心地寄出。

自此，他们信来信往，成为笔友。在盼望与等待中，她迎来了一封封热情洋溢的信。

那些特别的赞美，让她相信，只要肯付出努力，总有一天，她会蜕变成翼翅斑斓的蝴蝶，越过自卑的沟壑，领略世间的绚丽景色。

她默念着他的名字，写下一首首朦胧诗，优美的诗行里，跳动着一颗年轻喜悦的心。当一颗心遇上另一颗心，她觉得自己不再孤单，因为，同一片星空下，有一双关注的眼睛。

她无数次想像他的模样，期待一场慌悚的相逢。然而，他们生活在不同的城市，这对正在读书且经济拮据的他们来说，是无法跨越的距离。

高中三年，她的成绩一路领先。后来，她考上了理想的大学，到另外一座城市求学，两个人失去了联系。他们像两片云彩，在茫茫天际中擦肩而过，又悄无声息地飘向各自的天空。

在曲折颠沛的人生路上，她一直记着他的鼓励，不断阅读，坚持写作。沿着文学的小径，她穿过风雨，化蝶高飞，迎来一个又一个美丽的清晨与黄昏。

多年以后，他再次在报纸上读到她，经过多方打听，取得了她的联系方式。出差时，他"顺路"来到她居住的小城，这是他们第一次见面。

他们相约在茶吧，舒缓的音乐静静地流淌。彼时，他们都已过而立之年，只能从对方的目光和笑容里，猜想年轻时的容颜。他们聊起美好的过往，微笑着彼此祝福。

几杯清茶过后，他们走出茶吧，阳光明亮亮的，晃得她直想流泪。他们相互凝视，十指相扣，让风从指间流过。然后，轻轻地松开，向左、向右，奔向各自的方向。

这段感情，与其说是爱情，毋庸说是爱。因为，爱是比爱情更宽广、更高贵的情感，爱是我们一生都要学习的功课。

每个人的一生中，或许都会遇到一个或几个这样的人，他们在某个时刻，出现在我们的人生旅途，用爱的光辉照耀我们前行。

纸上的玫瑰，穿过岁月的烟云，摇曳在她的心头。这样的爱，柔软如花瓣，是那么清新芬芳，那么纯洁高雅，让她每每忆及，心里总觉无限美好。

17岁的怦然心动

文／小岩井

十六七岁,我第一次发现世上不只恐怖片会让我瞬间心跳加速,女生也会。而与贞子她们不同的是,我的寒毛并没有因为她们竖起来。然而男生的情窦总是要比女生开得晚那么一点,就因为晚那么一点,总是错过了许多青涩的怦然瞬间。

17岁那年,参加市里一次即兴作文比赛。因为不喜欢同行之人的聒噪,我很早就入了场。

那是夏天中平凡而闷热的一天,风扇呼呼地飞转,蝉宝宝在外面卖力地吆喝。来自各个学校的同学正襟危坐,翻看着各自携带的名家名作名句。

坐在靠窗最后一个动漫主角座,我看着窗外美丽的校园啧啧感叹:瞧人家学校多漂亮。

然后我闻到了一阵清香。等我回过头,留给我的是穿着校服的女生背影——一只粉色的 Hello Kitty 发夹,夹住了齐耳短发,露出一只小巧的耳朵⋯⋯

我一直以为自己喜欢马尾,短发的女生没味道。不过,不知为什么,好想看到正脸啊⋯⋯

发下题目:一段我忘了内容的故事,以及

塞万提斯的一句话，选一个。

我果断选了塞万提斯，然后脑子里瞬间蹦出十句以上塞万提斯没有说过的经典名言，三个以上塞万提斯没有经历过的人生故事。比如如果爱，请深爱；如果不爱，请离开。比如那些年塞万提斯追过的女孩……

灵思如尿崩，谁与我争锋。一下子就写完了一页，翻页的时候故意发出响声，隔座几个还在抓头苦思，刚才看过的名家名言的兄弟向我投来嫉妒的眼神。哼，凡人。

哎呀！刚写完第二页第一个字，圆珠笔头掉了。

我有个习惯，身上永远只带一支笔，而且那支笔通常放在口袋里——那使我有种文人的气质。所以我悲剧了。我开始专心找起笔头，桌上没有就蹲在地上找了起来。

监考老师看到了，喝道："那位蹲下的同学，你干吗呢？"

"哦，笔头掉了，找着呢。"

"别找了，离他近的同学谁多的借他一支吧。"

我侧头看，那几个男生立马低头做奋笔疾书状——我似乎看到了一丝隐藏的奸笑。

一支笔和一小袋笔芯突然伸过来！我诧异地抬头，看到了一张通红的娃娃脸。她不敢看我，目光胡乱地扫射，用极小的声音说："你用吧……不……不客气。"

我愣住了，没有接，也没有说话，就这么看着她。她并没有多美，只是个小姑娘，却使得我有一种凉风拂面的清爽。我看着她白皙的脸瞬间变得晚霞满天，呆住了……她一缩身子，把笔丢在我桌上，慌慌张张转过身去。

当时的感觉，让现在的我描述的话：好似登上月球的宇航员忽然没有了氧气,好似贞子爬出来突然露出了笑意……

一切都好像停住了,世界一片空白,只有心跳无端的节拍提醒我,还没死。

而当时的我脑海里只有一个弹幕飞来飞去:好美!原来女孩子脸红是这么美丽……

我拿起笔,随手在卷子上划拉几下,脑子里乱乱的根本不知道写什么了,好一会儿才意识到我好像没说"谢谢",她就先说了"不客气"。

我不知怎么写完了后半张,心里已经没什么感觉了。占据我心里的只有一个念想:怎么办,好想认识她!

我思考了N种搭话的方式,都立马被自己心中的怯弱枪毙了。

"还剩下15分钟了,没写完的同学抓紧了。"监考老师提醒。

其实我已经写完了,但我就是不想交卷——我觉得一旦交卷就再也看不到她了。

但铃声还是响起。我看着她起身,于是,我也不情愿地站起来交了卷。回到座位,她已经在整理书包。我递过笔和笔芯,感觉到自己手都在抖,想说点什么,却完全不知道说什么才正确,结果憋出一句:"今天好热啊,我汗都出来了……"

"嗯,是啊,我也是呢。"

"哈哈。"我抓着脑袋,觉得自己是个白痴。

想了半天,最终只说了一句:"那个……谢谢……了。"

"下次要多带几支笔哦。"她笑着。

"你写得怎么样?"我终于想到一个好的话题,"你……"

才刚说出一个"你"字,隔壁考场那位聒噪的同行同学在门口朝我大喊:"等了你半天了,老师请客吃饭哦,速度!"

女孩耸耸肩，说："快去吧，你同学和老师还等着呢，呵呵。"

"嗯……好。"

那之后我好多次怪自己：为什么什么都不敢说，好歹问个名字和学校也好啊。

那天，我回到家老娘问我写得怎么样时，我的第一句话是：妈，家里的六神花露水在哪里？

如今已经过去了快十年。仔细一想，这是我人生中第一次对一个异性怦然心动。你问我为什么能记得清楚？

昨天傍晚，外出办事，在车站等接应的人时，忽然公交车上下来一帮高中生，其中有个小个子穿校服的短发女孩，她们正在笑话她被某男生喜欢那男生却不承认。那女生娇羞地低头不语。

刹那间，我忽然有了一种很熟悉的感觉，却怎么也抓不住那个回忆点。

经过我身边的时候，那女生边说着话边撩动了一边的头发，露出了小巧的耳朵……

一瞬间，所有记忆电光石火般清晰可见，仿佛昨日重现，仿佛17岁的故事只是昨晚看过的电视剧片段……

接应的人终于来了，看我一直望着那帮女生的方向，好奇地问："怎么，你的学生？"

"没，起风了，还挺凉爽的……"

没有心跳，人也是可以活着的。没有爱，人们也可以结婚。没有恨，人们也可以战争。没有心跳算什么呢，阴冷的天空下，长大后满街都是 Warking Dead（行尸走肉）。

多伦多的苹果树

文／秦湄毳

一

那一日整理书橱，一本发黄的欧美小说集里，抖落出一把干干的苹果花，淡淡的白，已成茶黄色，浅浅的粉，失了颜色——小苹想起来，这是楠留下来的，是青春的记忆，也是女孩青春岁月的光与影。

二

楠是小苹读中专时候的一位同学，长发、长腿、细细的手臂，起初并没有引起小苹的注意。直到有一天，她拿了这本《欧美经典短篇小说集》来，找小苹交换当年流行的《稻草人手记》——

她说："我知道，这本书你肯定喜欢看。"小苹很奇怪："哦，你怎么知道我喜欢这样的小说？"

她笑了："换，还是不换？"

小苹乐得点头。从此，小苹和她熟悉起来。渐渐形影不离。

有几天，楠不再跟小苹形影相随，小苹居然没留意。后来，楠又跟小苹形影相随的时候，小苹才发现："你那几天做什么了，没跟我在一起哦。"

蓝天白云下,楠让小苹看她抄写的诗《苹果树下》:"……苹果树下那个小伙子,你不要,不要再唱歌;姑娘踏着草坪过来了,她的笑容里藏着什么?……说出那句真心的话吧!种下的爱情已该收获。"

小苹吃惊地看着她把"爱情"写成与众不同的笔迹和颜色,楠吐出一口气:"给你说吧,我去找人表白了。"

楠斜睨小苹一眼,从口袋里摸出一个红苹果,那诱人的苹果,光亮又好看,递了来,小苹不解地接住,在小苹的手上转一圈,小苹发现了上面的两个字:迟到。当时,很有名的一首流行歌曲就叫《迟到》——"你来到我身边,带着微笑,带来了我的烦恼,我的心中,早已有个她,哦,她比你先到……"

三

楠给小苹讲,从进班第一天,她就对那"古巨基"心动了。"我跟踪他,终于有机会表白,拿了这诗,这苹果……"楠沮丧着,慢慢流下一行泪花,阳光下,泪花一闪一闪,宛如那诗歌里的苹果花。

小苹想象着小说集里高尔斯华绥描写的"苹果树"的模样——粉色的苹果花,美好的梅根,年轻的阿舒斯特……小苹无奈地看着她,问:"他是谁?"

"你假装,是吧?"她恼了。

小苹吓了一跳,无辜地瞪眼:"假装什么?"

"他说我迟到,难道还不是你先到!"

小苹被搞笑了。

"知道吧,我为什么接近你——就是因为他!"

小苹更不懂，生气得要跺脚："瞎说什么，我又没有喜欢谁。"

楠脸涨得红红的："你一到教室去，他就走……他就注意你！"

后来，小苹发现，楠说得也对，小苹一进教室，那人就出去了。可这跟小苹有什么关系呢？

看着那本小说集，小苹明白楠为什么说她会喜欢这本书了，里边有那篇高尔斯华绥的《苹果树下》，一次读书会上，她给大家推介过，是她最喜欢的一篇，也因了契合了她的名字。

终于有一天，楠在课间来到小苹桌边，说："把我的书还给我吧，给你的《稻草人》。"与书一起的，居然还有那只红苹果。

小苹收起来，却并不还她的书。因为，偶然听到班里男生们聊天，小苹听到了一句话，窃喜不已。因了这句话，小苹对楠说："我还没有看完。"

四

小苹拿了《欧美经典短篇小说集》和红苹果去找那"古巨基"。

小说集翻在《苹果树下》，小苹说楠的一颗心就是梅根的那一颗金子一般的心，希望他不要辜负，小苹把书和红苹果硬塞在他的手上。

"你有什么权力强迫我？"他说。

小苹说："我不是强迫，只希望你给楠说清楚，你一到中午两点钟就要回寝室睡午觉是你的习惯。"

他急吼吼地说："我睡午觉，也需要解释吗？"

被他一吼，小苹突然明了——可以改变自己的习惯呀，自己错过那个时间点再进班不就得了。于是，她被自己的糊涂逗乐了，笑起来："你也可以不解释，我解释好了，但是，苹果和苹果树，你还是要好好珍惜一下吧。"

五

后来，楠喜形于色地找到小苹，抱住小苹咬耳朵："谢谢你谢谢你，他答应了我。"

小苹却隐隐地不安，夜晚望着天空中的星星，小苹祈祷，楠的苹果树可不要是梅根的苹果树。

忐忑了很久，发现纯粹是多余，他俩很"正常"。顺风顺水的恋爱，滋润了楠，也快乐了"古巨基"。因为小苹发现，即便小苹两点钟进班，"古巨基"也没有回去睡午觉了。男生们议论，恋爱中的"古巨基"的时钟跟着女朋友转，楠可是从来不睡午觉的哦！

六

在楠怀孕四个月的时候，他们一家人移民去了多伦多。临别，楠留下了她们一起喜欢过的那小说集："把这棵苹果树留下，祝福你的爱情！"

多伦多大街上的苹果树，枝繁叶茂，硕果累累，果香飘飘。看着网络上楠发来的图片，小苹似乎闻见了苹果香，她知道，那是楠的幸福味！

生活在幸福之中，楠总是忘不了小苹。"谢谢你！"她总是说。小苹强烈抗议似的表白过："那是你自己的缘分，与我无关。"

"我和他一起喜欢苹果树，可能含义并不全部一样。可是，我爱他，爱他的全部。"深夜的视频里，小苹看到楠颓然地低了下头，她的心像被钻钻了一下，又厌恶又生气，情绪冒着烟儿为楠痛了一下。当年，她以为她退出来，楠就可以拥有她想要的那幸福的苹果树……

小苹确实淡忘了青春的往事，视野愈来愈开阔，眼界愈来愈宽广，但是她永远还会记得，"宽的作垄，窄的作埂……"

当她为楠做了说客之后，还依然在课桌里收到一首《爱的诗笺》，折叠成一只小苹果的模样，信纸上那横的红格，有宽有窄，夹着一团粉的白的芬芳的苹果花，一颗心里画着一只小小的苹果，是他的名字裹着她的名字。

七

苹果树总开着粉白的花，一年又一年。

读本科念硕士，直到楠和"古巨基"的孩子都八岁了，小苹结婚。

无论如何，楠要求小苹带新郎官蜜月能来多伦多："看看多伦多的苹果树，也看看我们家的苹果哦！"他们的孩子英文名字就叫"Apple"！

小苹跟丈夫说："我们去多伦多看看楠的苹果树，如何？"

丈夫说："随便你啊，小苹果！你去哪，我去哪，你是我的苹果树！"

在多伦多那街头巷尾高大如巨伞的苹果树下，小鸟依人的苹依着高大的老公，说："看，我们家这棵大苹果树！"

夕阳如水的皇后西街，楠与小苹静坐在街边咖啡馆，看苹果树的梢头上，那一缕金灿灿的斜阳，那么静谧，那么安详……

小苹说："知道吗？楠，当年我也有暗恋的人，还记得吗？体育课上，那个把足球踢在我脸上的人，他是我青苹果的暗恋。我每天中午两点的时候，也总是忍不住，从他的教室门前走过……"

"哦！怪不得见面，我就感觉你这老公像谁呢，原来是像他！"

小苹说："哪里是像他，他根本就是他……"

楠的心结，谁的心结，总也安息在多伦多的苹果树上……

八

淡淡风里，苹果树下，团团围坐的，是青苹果一样的青春时光，有一缕一缕的香，从树叶间飘洒而下，甜了树下坐着的人——

"Apple！"楠与"古巨基"同时叫起来，冲向他们的孩子，因为那可爱的孩子，攀着身后的苹果树，往上爬，边爬，边尿水水。

趁着楠夫妇侍弄孩子，小苹的老公咬她的耳朵，"我什么时候，把足球踢在你脸上了？"

在风里，小苹把楠的《欧美经典短篇小说集》还给她，那淡淡的黄黄的干枯的苹果花，顺着风，飘啊飘……

Apple一把抓住那发黄的书页，含糊不清地用英语找认识的字来念——金子，歌声，苹果树……他小小的手指点着自己的鼻子："Apple（苹果）？ Me（我）？"

影子人

文／项天鸽

一

"瑞瑞哥哥,瑞瑞哥哥……"那个小女孩穿着碎花布裙,手里攥着一束刚摘下的野花,匆匆跑向不远处那个男孩。女孩的脸开始泛红,在田野里,那个男孩捧着一本书,阳光将他的脸变成了暖黄色。

"送给你!"

男孩弯下腰捧过女孩手里的花朵,细细地嗅了一下,然后从中抽出一朵小雏菊,将它小心地插在女孩的发丝间。

瑞瑞是樱的邻居,记得第一眼看到这个男孩,樱就有一种感觉——他会发光。

那时候瑞瑞读初中,樱在上小学,爸爸妈妈讲起瑞瑞的时候总是赞不绝口。

"瑞瑞哥哥在初中成绩都是前几名的,从来就没掉下去过。"

"瑞瑞哥哥不但篮球打得好,而且会画画。"

"瑞瑞哥哥上次还因为帮助老人上了电视呢。"

这些话,樱是从来没兴趣听的。她只是在端着热水走向瑞瑞时,看着瑞瑞冲他妈妈调皮地做了一个鬼脸，然后开始认认真真看书。他认真的样子仿佛整个世界都停止了，所有的景物都变为黑白，只有他是五彩斑斓的。

樱只觉得那一刻，手里的热水不再烫手，因为自己的双手也有了一样的温度，还有一颗扑通扑通跳动的心。

她从此收获了一块"糖果"，它不会过期，不会腻得掉牙，他静静地躺在她的心里。当那束光芒照耀着她时，甜味就喷涌而出，融化了她整个心窝。

"瑞瑞哥哥明天要搬走了。"

"为什么？"樱正津津有味地看着电视，听到这个消息突然从沙发上蹦了起来。

"就要高考啦，瑞瑞妈妈为他考虑，要搬到学校附近去了。"

突然心里像被掏空了一样，樱呆呆地问："那什么时候回来？"

"他说了，等你中考后来看你。"

"真的啊？太好了！"

"死丫头，还有一年多呢，你不好好努力，瑞瑞哥哥就不来看你了。"

"哦……"

周末，早晨的空气无比新鲜，樱一家出门为瑞瑞送行，樱想到以后写着作业透过玻璃窗就再也看不到他的面孔了，以后再也没有人那样和自己聊天了，心里一酸。

"再见了阿姨、叔叔，再见了樱，我会回来看你的！"

樱嘟着嘴挥了挥手。看着眼前那束光越来越远，终于消失在远方，她的眼泪禁不住流了下来。

二

"瑞瑞一定会考到很好的大学。"

"那肯定，人家儿子那么有出息。樱樱，你听到没有，你要是再不努力，就见不到瑞瑞哥哥了，要是你努力一把，以后也上个好大学，说不定还能和瑞瑞哥哥一个城市。"

爸妈聊得那么尽兴，樱只埋头吃饭，她怕眼泪砸在餐桌上被爸妈看见。

那晚，樱做了个梦，梦见瑞瑞朝她跑来，梦里瑞瑞的样子并不清晰，大概就是个影子吧，但是能为她遮风挡雨。

第二天醒来，樱感觉她的身旁好像真的有一个影子人。

他的轮廓多么像瑞瑞呀，对！他就是瑞瑞。樱惊讶得合不拢嘴，伸手却只抱住了空气。

樱挠了挠头发，慵懒地从床上爬起来。

樱不去理会桌上一大堆的作业，到时借同学的抄一下就完事了。她窝在沙发上看起了电视，接着，又记起好像韩剧有更新，于是偷偷打开电脑看起了韩剧。

这一个月下来，樱都过得浑浑噩噩，拿到月考成绩的时候她真的吓了一跳：班级倒数第三。这是她从来没有过的成绩。此刻她一个人坐在房间里，没有开灯，窗外的月光冰冷，她的成绩单被泪水打湿，刚才爸爸妈妈教训她的那些话还回荡在耳边。

樱埋头大哭起来，她觉得万分愧疚，一个劲儿地咬着嘴唇，竟将嘴唇咬出血来。哭了好一会儿，樱打开灯找餐巾纸，猛觉得好像眼前站着那个影子人，她可以感受到他关切的眼神。这一刻，她抹干了脸上的泪水——

她发誓她要变成一个更好的自己,她发誓她要让瑞瑞看到。

那个影子人摇摆着身子,仿佛在给她鼓劲加油。

从那一天起,樱浑身上下都有了一股动力。

她开始坚持早起,她关上了电视、电脑、手机,收起了那些明星海报。她把耳机里那些流行歌曲换成英语听力,买了好几本数学课外作业,咬着牙开始写,原本厌烦的语文阅读也硬着头皮做了起来……看着自己一次次地进步,她欣慰地笑了。

好像生活变得充实很多。自己原来怎么没发现呢?原来读书有那么多乐趣。一个学期后,樱成功地进到了班级前十名。

爸爸妈妈乐开了花,樱揉了揉自己的黑眼圈,嬉笑着说:"哪里,我聪明而已。"

瑞瑞哥哥已考到了自己理想的大学,在学校里他依旧是鹤立鸡群的人物。是啊,不管在哪儿,他总是那么闪耀。

还有半年。樱撕着日历想着,就快了吧,就快要见到他了。

那个寒假,樱都没有出去玩,在家里恶补数学题。在那些寒冷的夜里,她总为自己泡一杯温热的咖啡,她的桌上堆满了作业。她从未想到过,那个原本在寒假疯玩的孩子,如今却可以安安静静地坐在书桌前,啃着课本,做着课外作业。

日子一天天过去,她觉得累过,觉得苦过,但是只要心中那束光照耀着她,她就活力十足。也曾抱着头在深夜里痛哭,懊恼自己不够聪明不够努力,但她的付出周围人有目共睹。

冬日的扉页那么快就被揭过去了,过了暖春,看到了梅花谢,看见了桃花开,也等到了初夏的荷叶,以及那些未开的莲花。

6月,中考那一天,樱自信地进了考场。

那是这么多年来樱最安心的一次考试，她相信自己努力过了，无论结果如何，她都欣然接受。

出红榜的那一天，她正在家里一边翻着外国小说，一边吃着冰棍。

"女儿，争气啊！考中了，是我们这儿最好的一所高中！"妈妈手里拿着电话，声音颤抖着说道。

"真的？"她跳上沙发欢呼起来。

终归是一分耕耘，一分收获，她这一刻才真正懂得了这句话的含义。

三

7月，瑞瑞哥哥回来了，如今他已是上海一所名牌大学的学生了。

"走吧，我陪你出去逛逛。"

樱今天特地穿了一条碎花长裙，背着一个民族风的小包，其实在同学的眼里，樱也是会发光的。

她和瑞瑞走过无数熟悉的街巷，夜晚的霓虹灯温馨而美好。

"瑞，你现在学的什么专业？"

"金融。"

"啊？我一直以为你会去研究哲学、文学之类的。"

"这个能赚钱，我和几个哥们现在在投资一个项目，准备毕业了就开家公司。"

"这样啊。对了，这是我买给你的，泰戈尔的《飞鸟集》，全英文的哦。"

"谢谢，不过我现在也不怎么看了。"

樱抬头看着眼前这个男生，依旧的帅气，如今的他有了些许的胡茬，他穿着一件淡蓝的衬衫，一如他年少时骑着车穿行在阳光里那飞起的衬衫。

可是，他的眼神似乎已没有以前那么纯净了。他的眼神曾经就像一只鹿的眼神，那是一片湖，是她渴望穿越却又深溺于其中的湖。现在，她却从中读出了无数世俗的浮躁。

他曾贯穿自己的整个童年，甚至青春。那个总是忘不了的"瑞瑞哥哥"，是她奋斗的动力，就像是一剂兴奋剂，能让痛苦疲惫都消失。他是黑夜里总会为她加油打气的那一束光，有时他很温暖，能让她不再寒冷，有时他又是那么耀眼，刺得她睁不开双眼，逼得她不得不努力……

她突然悟到，瑞瑞并非那么完美，这段日子以来，她真正倾慕的其实是那个偶尔出现的影子人。

她看着眼前的瑞瑞，只是一年多的时间，他身上青春的气息已被剥落不少。她开始害怕，会不会有一天她也深陷在社会这潭水中，她想要找回先前的那个他，却发现一切都回不去了。

"对了，我下个月就要出国了，学校给我们安排了交换学习的机会。说实话，我倒宁愿待在上海，以后我们可能很少见面了。"

那不是你的梦吗？你最爱意大利的佛罗伦萨，曾沉醉在欧洲文艺复兴的魅力里，你曾想要去聆听一场真正的歌剧，你曾说要横穿罗浮宫……

从什么时候起，变得随遇而安了呢？

"嗯，保重啊！"

樱拉着瑞瑞哥哥坐上了公交车,车上稀疏几个人,她曾就这样在这座城市绕了一圈又一圈。

瑞瑞静静地看着窗外熟悉又陌生的风景,他们彼此沉默。

"我们这是去哪儿?"

"陪我看一看吧,看一看来时的路。"

暗恋日记

文／洋困困

一

我来给你讲讲我的故事吧。我没有爱情小说中女主角的任何特点,除了我自己,也许谁都不会将这个以我为主角的故事讲给你听。

"邱君君,这些工具你看着,等老师检查完清洁区再走哦!"班长冲我笑得灿烂。"哦,好……"我掀起遮住眼睛的毛线帽,看见班长消失在雪堆后。

谁都不愿意做清洁区的扫尾工作,但不知什么时候开始,我留下扫尾好像已成为一种惯例。大家都当我傻,却没人知道我甘之如饴。

因为这是我能够靠近徐之远的时候。

我知道我不优秀。我的皮肤很黑,本来就不突出的五官,在黑皮肤的映衬下,显得更加暗淡,我个子很高,一直以来是班里最高的,我性格自卑,连跟男生说话都会紧张脸红,可这些并不能阻止我对徐之远的憧憬。

我们是从什么时候开始说话的?大概就是高一那年的冬天,我被安排留下扫尾。他是隔壁班的班长,总是留到最后,亲自将清洁区的边边角角都收拾好才走。尽管见过很多次面,每次见到他,我还是低头假装没看见。你的高中，一定也有着这样耀眼的人，永远都是高傲、时尚、爱玩、高调的集合体。我知道他，可我从来没想过会认识他。

可那一天，他拖着两把大扫把，轻快地走过了我，然后顿了顿，转身看着抱着满怀工具的我说："嘿，我帮你吧。"

这就是故事的开始。

我抬头就看见了他的眼睛，一张脸顿时涨得通红，下意识便拒绝。"不用客气咯。"他不由分说地拿走我怀里的铁锹，径直向前走去，我红着脸跟在身后。

他说："你是高一（1）班的吧？我记得你叫邱君君……对吗？"

我说："嗯，呵呵。"

他说："你家就住学校旁边的小区吧？我好像见过你。"

我说："嗯，呵呵。"好在徐之远也是个大而化之的人，就这样的对话，都能继续到仓库门口。

我性格别扭，后来每次看见他时，都只顾低头匆匆走开。只是每次下雪时，我开始找各种借口留下扫尾。在清洁区里仔细检查各个角落的那个他，不是那个锋芒毕露的他，不是那个出尽风头的他，更不是那个不停地更换女朋友的他。

他身边不再有那些同样耀眼的俊男美女朋友，没有大声的笑骂与打闹声，这时候对上他细长的眼，我才敢装熟地小声道一声："嗨。"

我们不会有太多话，但每次下雪，他总会在完成自己的任务后，来帮我做清洁区的扫尾工作，帮我拿工具到仓库。

二

很快就到了高二分文理班,那是一个炎热的夏天,课间时老师叫我去办公室。高中时代,每到下课,走廊里常常聚集着学生,聊天打闹,其中以男生居多,他们常常嚣张地占据两面墙,只留一条窄窄的过道让你走。这样的路对我这种女生来说简直是酷刑,对于每一道停留在我身上的眼光,我总是惶惶地想:他们一定没有见过这么黑的女生吧,我又这么高——这么想着,我总是将肩膀缩得更厉害。

那天去办公室时,我也是低头疾步地穿过走廊。走到正中间时,一只手突然拽了拽我的袖子,"哎,邱君君。"他坦然自若地看着我笑,"你选文科还是理科啊?""文科。"他闻言顿时眉开眼笑,"终于碰见选文科的人了,这样我可不愁在新班级没有认识的人啦!"

我慢慢消化了他的意思,心里突然燃起一股雀跃,欢欣地问他:"你也选文科?""当然啦,我未来的同学。"他笑着拍拍傻笑的我,然后提醒道,"快要上课了哎!"

我这才注意到自己的失态,心里一窘,便匆匆逃出那一条男生走廊。直到放学,我依然没出息地沉浸在他拍我肩膀的那个瞬间。

三

成为同班同学前,我幻想过许多场景。我想着我们会变成无话不谈的知己,慢慢地,他也会喜欢上我。事实证明,我想太多。

徐之远再缺朋友,也不会有空与我做知己。高中里,高个子的男生永远受追捧。像徐之远这样,不仅个子高,而且性格温和,举止大方,实在是太受欢迎。

新班级很快形成了许多小圈子，徐之远所属的依旧是一个耀眼的群体，而我在同学的印象里，依然是一个沉默寡言的影子。但所幸的是，我与徐之远的关系，终于改善了一步——就是我在路上碰见他，终于敢跟他打招呼了。

但我们相处起来，依旧是疏离拘谨。只有我知道，每一次跟徐之远说话，我胸腔里的那颗心，都在疯狂地跳舞。

徐之远也有奇怪的地方，我们明明不熟，可他却喜欢给我打电话。几乎是每隔三天，他便会给我打一通电话。没有特别的意义，只是为了问问当天布置的作业题。我不知道他为什么选择问我，可我告诉自己，别给自己一点儿期望。

只是，没有一场暗恋能藏得密不透风。那是他生日的前一天，他笑着对我说："邱君君，明天我在家开生日 Party，你要不要来？"我迅速地摇摇头："谢谢你，我明天有事。"回家的路上，我犹豫了许久，终于还是在银饰店挑了一个小巧的十字耳钉——徐之远有一个耳洞。

第二天，我将礼物悄悄塞进他的抽屉。刚回到座位，同班女生萧潇就走到了徐之远的座位旁，抽出了包装精美的盒子，"嘀！让我们看看这是什么？"一阵气闷，让我几乎喘不过气来。

很多同学都围了过来，她大声宣布道："这是邱君君送给徐之远的礼物！"同学们都不可置信地惊呼，我不敢抬头。

"啊，还有一张卡片呢！"萧潇兴高采烈地叫道，清了清嗓子，开始念了起来，"祝你生日快乐！之前你帮我拿工具的事，一直没有机会跟你道谢，借……"

我难堪地将头低得更低，却在那一瞬间看见徐之远正走进教室，我的心几乎停止跳动。徐之远走了过来，也许是从大家的七嘴八舌中得知了大概,他很高兴地对我说"谢谢",我低低地答应了一声。

四

我该怎么讲后来的故事呢?就从高二的下学期开始讲起吧。那时候,我与徐之远已经不是"讲文明,有礼貌"的陌生同学了,可他是蝴蝶,我却不是花,我的暗恋依然在继续。

那一场礼物风波并没有给我带来绵长的痛苦,因为从那以后,徐之远几乎是每天给我打电话,也不再简单地问作业,有时候还会兴致勃勃地一起吐槽历史老师的爆炸头,政治老师的黑网袜,一起聊聊晚餐吃了什么,当然大多数时候,总是他讲我听。

当然,徐之远的爱情史诗依旧灿烂辉煌。在我面前,他从来没有隐瞒过自己有女朋友,不过,也没有带着女朋友在我面前秀过恩爱。我想,他之所以与我亲近,也许只是他太善良。

跟徐之远熟识之后,才发现他是个很多面的人。说他坏吧,他却阳光开朗,人缘很好,又很有责任心;说他好吧,他却温柔体贴,总给很多女生留下暧昧遐想的空间。

也是因为相熟,我才发现,人气王如徐之远,居然对人脸与姓名有记忆障碍,每一次进入新班级,他总要花一年的时间,才能将人脸与姓名全部对应着记全。发现高高在上的暗恋对象也不是十全十美,在他面前,我也终于不再那么自卑紧张。

后来因为徐之远要在学校上晚自习,他家便在学校附近买了房子,以前他家与我家是完全相反的方向,现在,则正好与我家在一个小区。于是,每天放学,他总是一把捞过我的书包,理所当然地道:"走,回家。"那时候,他真是帅呆了。

我不上晚自习,所以每天晚上,下了晚自习,我就趴在窗台旁等他回家，借着路灯其实很难辨认，可我总是乐此不疲。

有一天，正当我盯着楼下的几个影子辨认着徐之远时，一个身影突然冲我挥了挥手，带笑的声音响起："嘿！我在这里！"我顿时大窘。

第二天，徐之远面色如常，我也假装忘了昨夜的窘迫，只是好几天都没敢接近窗户。没过多久的一天晚上，徐之远突然发来一条短信："我非夏日何须畏，君似清风不肯来。"

我惊讶地跑到窗前，看见他正站在楼下，潇洒地冲我挥挥手。我看不清他的表情，可我知道，他的脸上一定带着那种我最喜欢的笑容。这一刻我才突然明了，那么多夜的翘首等待，原来他一直都知道。

五

升入高三之后，为了缓解大家的压力，学校决定举行一次音乐节。几场个人秀大合唱过去后，就是让全场为之沸腾的乐队专场。

高一时，学校中呼声最高的乐队，就是徐之远所在的乐队。这次音乐节，是他们升入高三后的首次演出，自是又掀起一番高潮。两首歌过去，徐之远接过麦克风，笑道："下面这首《拥抱》，我要跟我的好朋友合唱——下面有请邱君君！"

那一刻，我脑子空了，大家惊呼笑闹着将我推搡到台前。见我傻愣着，徐之远对着我又喊："快上来！"周围一片笑声，我的腿如灌了铅般沉重，却又如棉花般绵软。徐之远索性跳下台，拉着我就冲上台，还塞给我一把吉他，台下一阵欢呼。

架子鼓开始敲节奏了，我的手在吉他上一片忙乱。徐之远拿起另一把吉他扫起了和弦，又在我的声音颤抖时，不着痕迹地唱着和声遮掩过去。任我有再多妄想,也从未想过能与耀眼的他,以如此的方式并肩而立。

后来,我与徐之远一起回家。我有很多问题想问,比如说他怎么知道我会弹吉他,比如说他怎么知道我最喜欢弹唱那首《拥抱》,比如说……只是我的心跳太剧烈,仿佛喝醉了一般,那些疑惑,突然间就不是那么重要了。

在月光下,他说:"邱君君,整天躲在窗帘后面弹琴唱歌不算好汉啊。"那夜他还说了什么?嗯,他好像是说,我笑起来的时候,浅浅的酒窝很漂亮。

六

后来,我与徐之远考到了同一个城市,我们的关系更要好了,只是相处的方式依然没有改变。闲时相约吃顿饭,聊聊天,看场电影,节日我们总是一起过,会互送礼物,这段轻松的关系一直持续到甲流的到来。

那是一段人人自危的日子。学校封校,每天登记体温,严格控制进出。所以那段日子,我跟徐之远的联系,只是通过电话而已。最后一通电话,我现在仍然记忆犹新。他抱怨天气太热,然后又叮嘱我要注意身体,千万不要感冒。

那时候,不停有人被隔离,又不断有人安然回到学校。直到有一天,一个在同城工作的高中同学打来电话,说徐之远感染了甲流,走了。因为学校不愿放人,我甚至没有见到他最后一面。也因此,现在过了这么多年,我依然觉得他的死,就与那夜他与我一起在台上唱歌一样,假得像场梦。

也许你会觉得狗血,可是如果你身边真的有这样一个人,以这样的方式离开,你会懂得我的感受。

我依然会去我们常去的餐厅吃饭。去我们都喜欢的影院看电影。经过男装店,看到好看的衣服时,我总是习惯性地要看看他的尺码。他的一切联系方式我都没有删除,我真的觉得他依然在。

我的记忆里,永远只找得到他活着时的画面。他亲切地说帮我拿工具,他似笑非笑地在走廊中拉住我,他在舞台上深情地唱着歌,他与我一起逛遍这城市的大街小巷。

七

我的暗恋日记,到这里,似乎就该结束了。可是不。所有与我相识的人,都以为我是单相思。他们怜悯地看我,我总是微笑带过。我是怎么察觉到的?

是他不再谈女朋友之后,我们如同情侣一般的相处模式?不,再向前翻。是那个月夜,他夸我笑起来很漂亮?不,再向前翻。

我想啊,一直要到那个大雪天。徐之远帮我拿着工具,有一搭没一搭地与我聊天。他说出了我的班级,我的名字,甚至还说出了我家在学校附近。你记得吗?我说过,徐之远对人脸与姓名有记忆障碍。你记得吗?我说过,徐之远的家与我家是反方向。

"我非夏日何须畏,君似清风不肯来。"究竟谁乃清风谁夏日?我想,我比徐之远自己,都更早明白答案。

迷失

文／匿露

一

回到家后，我直接躺在了房间的床上。床头台灯发出的昏黄光线，让房间里仿佛浮着一层雾，令人困倦，我索性闭上了眼睛。在一片黑暗里，关于何汐的大小事件纷至沓来。

我们躲在教学楼里吃冰激凌的情景，她在路口笑着向我挥手的样子，她的目光越过众人的羞辱平静地向我望过来，还有她刚才留给我的单薄如纸的背影。

回忆如海潮般从被刻意封锁的记忆深处蜂拥而至。它们锋利的边缘，一寸寸穿透我道貌岸然的皮囊。

二

初中二年级的某个下午，何汐被班主任带到教室。我记得她做自我介绍时的声音，甜蜜而轻微，我坐在教室后排，没有听清。

初中生已经开始有了奇怪的自尊和矜持，所以刚开始的那一段时间，何汐总是一个人。

某次体育课上，当我在何汐同桌那儿得知她"上课从不听讲，胳膊上有奇怪的疤痕，似乎有自残倾向"等评价后，隐隐已能猜出何汐是怎样的人了。不外乎非主流，听奇怪的音乐，喜欢自残和在小本子上写火星文而已。

后来何汐开始跟梁羽搭伴。这也是意料之中，两人都认识一帮"混社会"的人，都有一打又一打的男朋友。但是几个月以后两人就分道扬镳，而梁羽逢人就指控何汐借钱不还，爱说大话，虚荣，恨不得把何汐的种种不是告知天下。

"骚货。"这是梁羽给何汐的总评。她的大肆渲染，让何汐在班里渐渐声名狼藉。

大概是受不了被欺负，何汐和梁羽终于在教室里爆发了一次正面冲突。结局却是梁羽被班主任轻描淡写说了几句，而何汐被请了家长。老师在处理这件事时本质性的偏心，让梁羽更加肆无忌惮，何汐却愈加隐忍。

后来我向何汐问起这件事，她只是不经意地说："没什么好奇怪的，我只是个借读生，起了冲突，倒霉的人是我。"那是她第一次在我面前抽烟。烟雾在她的指尖弥漫，我似乎在淡淡的烟幕里闻见了她的无奈和绝望。

期中考试之后，为了帮助提高班级成绩，班主任决定开展"先进带后进"，何汐被分给了我负责，我就是从那时开始和她熟悉起来的。

三

之前我从不认为自己会和何汐这样的人接近，甚至是成为朋友，但何汐总给人一种亲切而温和的感觉。对于他人，她能够不经意地表露出一种自然的熟悉感。我们开始频繁地接触，一起去操场，一起去接水,一起散步,像朋友那样。

到了夏天,体育课上我们常常买两支冰激凌躲进阴凉的教学楼里,靠在墙上,一边吃冰激凌一边聊天。何汐告诉我很多事,她曾经的学校,那里的朋友,帮朋友教训人的经历。

青春期的叛逆导致我们将中规中矩视为愚蠢,把离经叛道当作是成熟的标志。于是暴力、烟草、酒精、关系复杂的"恋爱",让不谙世事的小孩子产生"不明觉厉"的错觉。大部分时候,我都是一个倾听者。对于家教严格的我来说,何汐讲的这一切遥远而新鲜。我以为这就是学校围墙那边的世界,却不知我所知道的,只是这个社会最边缘的一部分。我们有时会听歌,最常听的一首歌叫作《热气球》。清亮的旋律,在夏天里,仿佛天际轻飘飘的云。

那天我和何汐像往常一样课间去灌水,在大厅就看见梁羽和一个不认识的女生,用一种戏谑的眼神看着我们。我感到不安,于是加快了脚步,但是梁羽把我叫住了。

我让何汐留在原地,自己走过去的时候,感觉像是走向一个阴谋。

"迟琳,你和何汐走那么近,不怕得瘟疫吗?"梁羽故意说得很大声。站在旁边陌生的女生,在此时夸张地笑出了声。

回到教室以后,我和何汐都沉默着。

梁羽那么说,其实是在侮辱何汐,那么作为何汐的朋友,我就应该抡圆了巴掌扇过去,而不是这样灰头土脸如败将般离开,我究竟是在顾忌什么呢?

很多年后,我渐渐明白,我当时之所以没有反击,原因很简单。因为那时,我从未在心底真正地将何汐当作朋友。为她反击,我觉得不值得。如今面对自己那些曾无法接受的阴暗面,我已能面不改色地照单全收。

在接下来的课上，我收到了一张纸条，上面写着："对不起，连累你了。"

"没事的，我不介意。"我简单地写道，并在后面画了一个笑脸。

我就是从那时起开始疏远何汐的。走廊里的私语、冰激凌的香气、耳机里的旋律，都被我毫不留恋地丢掉了。

夏天刚刚结束，秋意渐浓。

四

被我疏远的何汐在班级里被日益孤立，大家几乎结成了一个联盟。

就连老师，也和我们心有灵犀。某次素以毒舌著称的班主任，课前讲话时说："上周会考，某些女生以为考试就不用穿校服，抓住机会花枝招展。何汐，你衣服上扎了那么大一根丝带，你觉得好看吗？我的大学哲学课老师说过一句话：'你不美，因为你还没有丑到极致。'"

记得当时包括我在内，全班都笑趴在课桌上。

而那时我和何汐已经不再亲近。好几次，何汐被羞辱被排挤，而我在自己的座位上一动不动，整个人，从内到外的寂静无声。

她搜索我的目光时，我没有躲，而是迎上去，用一种空洞的眼神和她彼此对望。我们好像站在黄昏的旷野，目光交接，漆黑的瞳孔像两片静默的湖。

最终她垂下眼帘，拢了拢目光走回自己的座位。

我则不动声色地松了一口气。我知道，这个时候，梁羽她们都会在教室的另一角看着我。

我在梁羽的引导下渐渐"发现"了何汐的缺点，加入了她们的阵营，在她们嘲笑讽刺何汐的时候，与她们一起欢天喜地——谁让何汐是个贱人呢，这便是我们名正言顺欺负她的全部理由。

五

后来，班里又发生了一件爆炸性的事。他们说，何汐失踪了。

我迫不及待地问梁羽："怎么回事？"

"昨天放学后，何汐被雷博他们几个围在墙角里，摸摸捏捏什么的。她本来就不自重，我早就说何汐不是什么好东西。"梁羽像是英剧里坐在高背椅上的夫人一样，得意地往后边的桌子上一靠，"我看她完全是活该，这种事迟早的。"

我赞同地点头，"苍蝇不叮无缝的蛋。"

那天班里像是周一的菜市场，处于青春妙龄的各位此刻都是一副中年家庭妇女的嘴脸，不知疲倦地八卦这件事的所有细节。

梁羽说话向来口无遮拦，她问雷博："喂，感觉怎么样？你摸人家哪儿了？"

"摸个P，平平的。"雷博翻了个白眼。

然后我们全都笑起来。

我对何汐，并不是没有同情。只是有一种不知从哪里来的说不清道不明的、复杂的、冷漠的、近乎狂热的情感，将我的恻隐淹没了。这种感情有蛇类的触感，滑腻、冰冷、潮湿，令人不寒而栗。

我猜它是懦弱和冷漠。后来我知道，人们把类似的东西，叫作"恶"。

一周后，何汐回来了。

出了这样的事，怎么好意思回学校。我们都这么想。

但是她回来了。

她背着书包，走进教室。

"何汐你还要不要脸啊。"梁羽尖厉的声音在安静的教室里显得极其突兀。

其他人好像收到了信号一样，接着，尖酸刻薄的、含沙射影的，还有不加掩饰的脏话，在教室里此起彼伏。何汐狠狠地穿过教室，一路走到后排的座位上。身前身后，都是骂声和鄙夷的眼神。

那天下午，秋日的阳光正好，温暖清和的阳光笼罩在每一个人年轻的脸上，每当我回忆起那天的场景，脑海里便是一连串的蒙太奇，匆匆而过。

我们对于何汐愈加厌恶，何汐本人的态度也更明朗。

那天有人抽了何汐的凳子，她没有去找，她明白，除非我们想让她坐，她才能坐。于是她干脆坐在桌子上，在最后一排，背对着大家，不顾在讲台上声嘶力竭的政治老师，自顾自地玩起了手机。她腰杆挺直的背影，看上去，像是对身后整个世界的轻蔑和拒绝。

这个梦境一般诡异的场景，我一直都记得。

何汐依然对人和气而友好，之前的事仿佛没发生过，甚至面对雷博，她也能够笑出来。于是我们说她不知廉耻，这是我们唯一能想到的解释了。

到了初三，我们在中考的路上挣扎，谁都没有心情去想怎么整何汐，一切就这样平平淡淡过去。

六

要不是刚才在回家的路上看见何汐，我也不会将这些事回忆一遍。

在一家会所门口，她穿着件最新款 Miu Miu 裙子，似乎喝了酒，走得摇摇晃晃。她没有看见我，由穿着侍者马甲的男人扶着走出大门，走向一辆停在不远处的黑色保时捷。她坐上去，侍者为她关上了车门。

我突然想起在几天前，初中同学聚会的饭局上，大家说起何汐的近况，很久不见的梁羽说，何汐不是被包养了，就是当了妈妈桑。有些人笑着说，她还真是这块料。我安慰自己，何汐只是找了一个富裕的男朋友。

我脑海里反反复复地回放那个金灿灿的高级会所和锃亮的黑色保时捷，何汐的巴掌小脸在俱乐部的灯光下，一片惨白。我把头埋进臂弯。我的良知还没有泯灭到无动于衷的地步，我的矜持也绝不允许我为此失声恸哭。

我无法判定她变成这样和我们有没有关系，我只是在一瞬间，将几年前就该付出的愧悔在此刻集中爆发。

长大的我早已能够坦然面对自己曾经做的一切。究其原因，我只是不想成为异类。我不想在大家的矛头全部指向何汐的时候，做唯一一个挡在她身前的人。我没有那个胆量。

人究竟是越活越像个人样，还是越活越不像人。究竟是在漫长的人生路上渐渐发现自己，还是在尘世的喧闹里失去本我。每一个人，都死在长大的路上。

如今我大概只有在听见那首《热气球》时，才能够短暂地想起她，然后为她愧悔一首歌的时间吧。

大熊的独舞

文／短发夏天

一

校园里有一座山。山不高，山顶上立着几幢红色教学楼。校舍在山后，粉色是女生宿舍，蓝色是男生宿舍。山上有樱花树和溪流，远处是蓝天白云和金色麦田，美丽得如同油画。

可木易第一次出现在这里，还是叹了口气。这里几乎与世隔绝，附近没有商场，不通快递，最近的超市也在小镇上。

开学第一天，木易忙了一天，整个人快要疯掉。洗完澡，木易拖着疲惫的身躯准备回宿舍，出澡堂时忽然被人撞到，一盆子沐浴用品掉在地上，木易脱口大吼："你瞎了吗！"

对方是个高大的男孩，仗着一米九的身高，斜睨了木易一眼："明明是你先撞我的。"又道："再说，这是男生浴室……你是怎么进去的？"

木易当即傻在原地，回头看半天，才发现墙上赫然写着"男"字。理论上这是个尴尬的时刻，可木易心情太差，想也不想就吼："老娘愿意去男浴室洗澡！"吼完，就跑了。

回到宿舍她才暗暗震惊：天啊，我刚才究竟干了什么？要怪也该怪学校的设计师，愣是把浴室设在男宿舍和女宿舍之间,黑灯瞎火的谁会注意?浴室里是一格一格的小间,木易进去时里面还空荡荡的,拿出沐浴用品,脱衣服,哼着歌……

啊天!哼!着!歌!——想到这里,木易终于崩溃了。

从此,"浴室有女鬼"的说法在校园传开了。木易暗暗安慰自己,当时天色那么暗,那个男生不见得会记得自己。

没想到,那个男生没多久就出现在木易面前。中午的食堂,男生穿过一排排桌子,递给木易一个塑料袋说:"喏,你掉的东西。"

木易当即否认:"你认错人了!"

"没错,就是你!"男生指指她的耳朵道,"你这里有颗痣,我记得很清楚。"

"滚!我说认错了就是认错了!"木易抱起饭盒就跑,但他几乎是一伸手就把她揪了回来,把袋子塞到她怀里,低声道:"放心,我没有告诉别人。不过如果你不收下的话,搞不好我就说出去了哟!"说完,男生吹了声口哨潇洒地走了。他头发毛茸茸的,背影像头大熊。

真是全天下最讨厌的人啊!木易恨得咬牙切齿。

二

男生居然真的叫熊,大名熊梓鑫。学校不大,木易跟他抬头不见低头见。每次碰到他,木易都下意识躲开,大熊却总是喜滋滋地打招呼:"哟!好久不见!"

"滚啊!我不认识你!"木易总是这样说。

学校里的人都知道木易讨厌大熊,却不知道为什么。也有相熟的女生问起,木易想了好半天才找到一个借口:"因为他长得丑!"

大熊听说后特意来找木易算账，几乎是半蹲着看着她的脸道："你倒是说说看我哪里丑啊！"

　　木易说："反正你就是丑！"

　　"我看你才丑！"大熊不甘示弱。

　　两个人就这样在走廊中间吵起架来。

　　大家奇怪，木易每天跟大熊吵来吵去的，也不知道为什么。大熊每天贱兮兮地跑到木易面前去跟她吵也很神经啊！吵来吵去，一年都过去了，大家才恍然大悟：大熊是喜欢木易吧？

　　晚上，木易在宿舍做功课，耳机里传出激烈的鼓点，功课写到一半，木易忽然想起一个男孩，于是她像被闪电打到了，心里一片空白。

　　"我说你啊，小心把耳朵弄聋了。"洛在舟总是这样说她。那时他们才13岁，洛在舟与她是邻居。洛在舟的父母常常要加班，就拜托木易的妈妈照顾洛在舟的晚饭，所以洛在舟每天都在木易家蹭吃蹭喝。升初中的第一年，两个人还挤在一张小书桌上面对面做功课。

　　实际上，13岁的他们已经开始听情歌、看文艺小说、一本正经地聊感情了。某个周末，木易去洛在舟家玩，发现他竟然坐在桌子上对着窗户抽烟。木易吓了一跳，洛在舟却把手里的烟递给她。明明知道不应该，木易还是装模作样地接过去吸了一口，接着咳嗽起来，洛在舟大笑。

　　不知道感情是在什么时候发生的。或者，那种东西根本不应该被命名为感情。总之，这一对好朋友，在那两年静悄悄地变成了一对小小的叛逆少年。然后某一天，木易的妈妈看到这两个小孩抱在一起接吻。

　　当时两家人就疯了。恰逢初中毕业，木易的爸爸便把她送到了这几乎完全封闭的小乡村。临离开家时，木易看到洛在舟的窗帘拉开了一个小角。隔着很远的距离，她还能清晰地看到他的脸。

三

其实从未发生过什么，木易常常想，他们根本没有接到那个吻，试了很多次，一再地笑场，最后好不容易认真一次，门就被打开了，母亲震惊地怒吼着让木易回家。

"会再见的。"洛在舟这样说。可是他们每个假期都阴差阳错地见不到，或被大人们故意错开了。

一次，心里实在很烦，木易偷偷跑到山后面的河边，淡淡地想念洛在舟。这时，身后突然有个声音响起："你在干吗？"

木易回头，真是阴魂不散的大熊。他笑嘻嘻地拍拍她的肩："有什么想不开的跟我说吧！小女孩家家的一个人跑这么远！"

"你管我！"木易不领情。

大熊却在她旁边坐下来，小声说："等下会有萤火虫哦。"

月光下，大熊的眼睛如同星星般明亮，木易怔了一下。萤火虫出现了，一只、两只……星星点点在草丛间飞舞，像梦一样。木易看呆了，一动不动地坐着。等到反应过来，又恢复一副不耐烦的表情："我走了。"

"晚安。"大熊说。可木易已经走远了。

想到木易，大熊有种说不清的欢喜。他记得第一次见她时，她湿漉漉的头发搭在肩上，一双眼睛像小鹿一样透着机警，明明是个小女生，却总是怒火冲天……直到今天，他终于看到她忧愁的样子。真想抱抱她，大熊这样想。

如果不是高二下学期那件事，木易可能永远也不会发现大熊的感情。

有天上自习课，木易忽然觉得胸口有液体翻涌，忍不住一口喷了出来。然后整个班级的同学都被吓傻了，因为木易同学，居然喷了一口鲜血。

大家还没反应过来，已有一团黑影抱起木易就往外跑。木易不知道自己被什么人抱着，只记得睁开眼看了一阵空荡荡的天空，耳边是粗重的呼吸声，就又晕了过去。

醒来后，隔着医院的窗户，木易看到了大熊。她静静地盯着他看，像感觉到了什么，他突然转过了脸。原来他一点都不像熊，是个好看的男孩。

木易被确诊为消化性溃疡，木易的妈妈听说后吓得哭起来，立刻接了木易回家，走得匆忙，竟然没来得及跟大家告别。

就这样木易又回到了属于她的地方，但洛在舟一家不在了，妈妈说他们搬家了。

四

灰心丧气的木易在家中养病。

冬天来临，木易的旧同学突然组团来看她。十几个男生女生挤在客厅，大熊也在其中，因为太高，佝偻着背。有女生钻进木易的卧室激动地说："是大熊叫我们来的！他一个人不敢来，拜托我们陪他一起！"

"大熊还是好傻啊，哈哈哈！"

卧室里充满欢声笑语，几个女生出去缠住木易的妈妈说话，给大熊制造了单独见木易的机会。大熊望着床上的那张脸，怀念起木易不停叫他滚时的张狂样子。

"你还好吗?"大熊问。

木易点点头,小声说:"谢谢你,当时。"

大熊笑笑:"没什么。"

木易忽然想起什么,抬头看着他问:"可不可以拜托你帮我一个忙?"

"什么?"

"我家以前的邻居,叫洛在舟,跟我一样大,曾在市三中读书,请你帮我找到他!"

大熊怔了怔,最后还是点点头:"放心,我一定帮你找到!"

木易重新去上学时又一年过去了。

她留了一级,大熊却升高三了。功课那么繁忙,他却一次次从学校溜出来,趁午夜和周末,不停地拨打电话或在城市里游荡,寻找一个他根本不认识的少年。当然这些木易是不知道的。

木易也在网络上想办法,联系旧日同学,询问洛在舟的下落。城市忽然变得很大,大到一个人可以像一滴水掉进沙漠顷刻没了踪迹。

再后来,木易高中毕业,升了大学。某一天一句歌词传进了她的耳朵:以为只要简单地生活,就能平息了脉搏。

木易怔了半响。她是曾在生死之间游荡过一次的人,生病或许真的给过她关于生命的启示,她却全然不记得了。回首13岁那年的往事,她觉得荒唐,又觉得好笑。可是笑着笑着,她忽然又哭了起来。她从未忘记过那个少年。

五

而她不知道,那个外号叫大熊的男生,还在艰辛地履行着诺言。

此刻他已经在广州念大学了,还在孜孜不倦地打听洛在舟的下落。

而洛在舟真的也在广州。

17岁那年,洛在舟离家南下打工,几年来兜兜转转,最后跟几个朋友合开了一家酒吧。酒吧因为装修独特还上了报纸,大熊就是靠那张报纸找到了他。

阔别五年,洛在舟再次出现在木易面前。正在散步的木易愣住了,接着她奔跑、尖叫,像个皮球弹进洛在舟怀里,欣喜地乱叫:"洛在舟洛在舟洛在舟!"

洛在舟也激动地抱起这位年少时的朋友,原地转了三圈才放她下来,说:"听说你生病啦?好了没有?"

"好多了!你怎么知道我在这儿?"

"你那个高个子朋友跟我说的,正好最近不忙,就决定来看看。"

"能再见到你真好啊!"木易说。

"我也是!"洛在舟也说。

实际上,这个时候再相见,他们都明白当年的小事终究只是小事而已。他们并不爱彼此,只是因为种种的不甘与怀念,才在记忆里把那件小事变成了生命中最重要的事。可是能再相见,依然是件值得高兴的事。

因为太高兴了,他们都没有注意到,大熊在远处静静地看了他们很久。最后,那头熊消失了,独自一人。

在很久以前,有一些类似爱情的东西在木易的生命中经过,木易花了很长的时间才弄明白它的名字是友情。也是很久以前,有一些类似友情的东西与木易擦肩而过,木易懵懂不知,任由它流走,接着她才对着它消失的地方怅然若失。

可是没关系,会再见到的。木易想。

我在浮光掠影里等你

文／阿肆

一

坐在回程的地铁里，强劲的冷气吹得我直打战，无法漫不经心。

暑假的九号线车厢空空荡荡，我不知道是该将视线继续投向窗外，还是低头留给那张发烫的明信片。

明信片的反面是一张我从未见过的自己的照片，昏暗中的侧脸。看样子应该是某次学院晚会彩排时抓拍的，那会儿我还戴着金属框的眼镜、梳着规矩的大马尾。

明信片的正面除了邮戳地址，还有短短一行字："我命里缺的是水。"

落款：树。2010年8月17日。

事情源于两个月前。大饼欧洲游归来，约我出来问到我最近有没有收到意外的明信片，我认真寻思了半天，说没有。

不会吧，都寄出半个月了，又给老娘寄丢？邮票很贵哎！

等等，你地址写的是我北京的，还是上海的？

北京的你没告诉过我啊。就上海，就原来那个，文汇路上的。

文汇路？呃……你看我毕业这都好几年了！你真的是我的好朋友吗？

呵呵呵哈哈，那你下次回学校的时候，去宿舍看看吧。

谁有空去趟大学城就为了你这破明信片啊。再说，宿管大妈肯定都换了，哪里还会认得我。

没想到两个月后一个闲来无事的下午，当我走进宿舍楼大堂时，居然一眼就认出了宿管陈阿姨。

陈阿姨却不太记得我了。我跟她鸡同鸭讲描述了一堆，最后只得使出撒手锏，不太好意思地说："就是经常赶在拉闸前冲去洗澡的那个王淼，就是有一次真的被困在浴室里鬼哭狼嚎的那个王淼……"

阿姨终于表示有些印象了，嘻嘻笑说："那帮你寻寻看。"

"楼里小姑娘多，很有可能被拿错了。"她从小屋里边走出来边说。

"喏，只寻到一张，2010年的，你看看是你的吗？"

明信片的反面是一张我从未见过的自己的照片，昏暗中的侧脸。

明信片的正面除了邮戳地址，还有短短一行字："我命里缺的是水。"

落款：树。2010年8月17日。

二

2010年的8月我在干什么？

我在世博园里当"小白菜"（小白菜是世博会志愿者对自己的昵称）。

整个人晒得又黑又瘦,脸颊绯红,鼻梁汗津津的,眼镜片都蒸出了雾气,刘海耷拉在脑门上,耳朵挂着、腰间围着超市促销小姐的那种扩音器,站在路口迎着四面八方而来的游客,低头哈腰指路问好强颜欢笑,样子滑稽得不得了。

偏偏在这种时刻,从远处人群中走来的林树,被我的扫视自动锁定,对焦个正着。

林树是高我一届的学长。人如其名,高瘦干净,像一棵树。

"小白菜你好,我想知道沙特馆怎么走。"林树走到跟前,开始装模作样。

我嘴角半歪差点儿破功,一边为他的浮夸演技所折服,一边为自己的狼狈而情怯。

"您好,沙特馆人特别多,排一天也进不去,我建议您可以去几个别的场馆。"

"噢……那请问哪里有水喝?"

"您看,往前走一百米,那边有个接水处,旁边也有小卖部。"我侧过身,向后指了指。

"谢谢噢。"林树点了点头,径直向后走。

这就结束了?也不慰问慰问,你是不知道我在烈日底下已经站了两个小时了吗?

内心戏刚磨叽完,肩膀就被拍了一下。

"冰红茶在园里居然要八块,你得请我吃饭。"林树递过来一瓶饮料。

午休换班时,我就带着林树去世博园的员工餐厅吃了饭。

饭后我们在世博轴下来回走。林树说起他刚刚经历的毕业季,说起迷茫与艰辛,说起他和小烨分手了。

林树和小烨是我做的媒。小烨是我广播站的学姐,气质冰清,多才多艺。有一次办晚会,我请林树来拍活动照,结果在整理照片时发现了好多张里都有小烨学姐的倩影,这种蛛丝马迹岂能逃过我的火眼金睛。于是那阵子我经常约上小烨,和林树出来吃饭,每次吃到一大半我再找点儿事由走开,最终促成了这桩美事。

我觉着他言谈间仍有些伤感,便想缓解气氛开开玩笑,说:"谁让你命里木太多,所以上天才派来了小烨这把火。"

"你怎么会觉得我命里缺火呢?一棵树烧起来是火,一林子的树烧起来,就是火灾。"

我在心里给自己掌了一嘴,多说多错。

"不提这些了,说说你吧。"

"我啊?我们这群可怜的小白菜,每天从早站到晚,早上8点大巴来浦东,晚上10点大巴回松江,大夏天的你也知道宿舍里没空调,那煎熬!"

林树半晌没接话,好像分了神。我又说:"不过小白菜有一个好处,就是拿着'小白菜'证可以走场馆的VIP通道,前天我偷偷逛了几个C区的场馆。"

"托你的福,我从早上进来到现在都没逛过一个馆,你是不是得有点补偿?"

"喂,我饭也请你吃了!别得寸进尺!"

后来我还是帮林树弄了一张白菜证,翘了半天岗,带他去逛了巴西馆、丹麦馆、捷克馆等。

如今回想起来,那天很像一个约会,两个人又吃饭又逛馆。临走前,他问我还剩几天解放,我说还有五六天吧。他笑笑说好,等你解放了联系我。

三

然而天有不测风云。后面一天我就发烧了，烧了一天一夜不退，校方只好通知父母把我接回家，提早三天结束了白菜生涯。

很快，盛夏翻篇9月开学，一切照常运转。

就像阿姨忘记了那张8月某天突至的明信片，我忘记了跟林树说好的回头见。就像其他所有在校园里再也偶遇不着的学长学姐，我以为林树只是其中之一。他流去了长江的前沿，已然随着毕业的浪潮，早一步涌入茫茫大海，失去联络也不足为怪。

从地铁站走回家以后，我打开电脑翻找2008、2009年在学校时的旧照片，发现了那次晚会照片的文件夹。我才注意到那些小烨学姐出镜的照片里，原来也有我。只不过我穿着灰黑色的衣服，几乎与背景融为一体，或背着或侧着身，或东张西望，或露出半个手臂。

某种后知后觉的心潮澎湃，如雨后春笋般冒了出来。

我突然想起某个下午，摆满招新摊位的食堂广场上，在人来人往里被一只大长手逮住，"这位同学，我一看到你就知道你才华横溢，欢迎你加入我们新闻社！"那是林树。

想起某个中午，一个身影打好饭在我对面坐下，我刚说"不好意思那是我室友的位子"，对方便回"我知道，所以我先帮忙占着"。那是林树。

想起某个晚上，室友们都在洗漱铺床，我蹲守了半天的"晚会照片"压缩包终于传输到了98%，对话框那头跳出一句："敬请观赏，嘿嘿嘿。"那是林树。

想起某个傍晚，小烨学姐去挑麻辣烫了，我买好三杯珍珠奶茶回来坐下，旁边幽幽传来"待会儿你不会又要拉肚子了吧？还买奶茶"，那是林树。

想起某次聚餐，真心话大冒险，有人问我如果你被表白了会怎么办，我说"不喜欢的话我就会躲起来，避免再碰到他，拒绝别人这种事我做不出来"，那是林树。

想起那天，在丹麦馆螺旋向上的露台顶端，一个高高的男子逆着光面对我，身后是绵延的园区与温柔的霞光，我以为他会说些什么，但他却和记忆中那片模糊的景色一样，欲言又止了。那是林树。

其实在你未曾注意的很多瞬间，有人喜欢着你却三缄其口。

3011 室　王淼（收）

我命里缺的是水

树。2010 年 8 月 17 日。

世上还有多少这样的情谊，被蒙尘的信箱滞留，或者寄丢。只要你我继续起落漂泊，就会有更多的片段暗流隐没。那些片段像是卷入蚌壳酿成珍珠的沙砾，半醒半睡在回忆的波涛里，安静地等待着某一次潮汐，等待着被行走在岸边的我拾起，让我为它们曾被忽略的美而恍然伫立。

对了，后来我问朋友加到了林树的微信，通过验证后我们一直没有对话。他最近的更新是几天前，一张张婴儿照片，看样子是造了棵小树苗。

我点开，又关，点开，又关，很想默默点个赞，可害怕唐突，最终还是按了退出。

浮光再激滟，淌不过流年。但纵使往事如烟，依然感谢你有缘在我生命中昙花一现。

恋爱密码：曲有误，周郎顾

文／秦湄毳

一

初相识，他把字写错了一个，害得她跑上讲台去纠正，他改过来，随后请她吃饭，说感谢，说要不就丢丑了；她不去，他又买了糖送到她寝室里，大家都吃了他的糖，含着糖果，冲他说"拜拜！"留他两个在寝室里坐谈。

见多识广的寝室长居然说，"把我们的小八妹交给你照顾啦。"那时候，一个寝室住了八姐妹。她的脸红了，他却乐成一朵牵牛花。

有一次，他们吵嘴了，他说："早知道你是这么倔的一个丫头，当初就不该把那个字写错。"她一下子惊呆："你蓄谋的，你有意的？！"

他笑了："你以为呢，本大才子那么简单的字都写不对吗？"

"那我要是没看见呢，要是别人上去给你说呢？"她追问。

他更乐："还不简单吗，我继续错啊，直到你这个傻子去告诉我啊。别人告诉了，我不给她买糖吃，不就得啦！"

"天啊，我生活在你的手段里。"她有点怒乎乎的了，"是不是其它什么什么——所有的，都是你设计的、'算计'的？"

"不要污蔑，好不好？！"他说，"明明白白我的心，我的'错误'全是我的爱啊！"

——这是一对小师弟小师妹的快乐传说，幸福着那一份初相遇的"曲有误，周郎顾"。

二

想那小乔，多么冰雪聪明的一个女子，"欲得周郎顾，时时误拂弦"，那是怎样的曼妙美好，属于青春，属于初夏草莓一样的欣喜悦然。

我爱你，我不说，我手下的琴弦说了，它说的不是爱你，它说的是"弹错了，你听到无？"他听到了，也看到了她的心、她的缜密情怀。他也不说，他看过去、看过去，眼里含了花苞一样的语言。她弹琴，她不说，他听琴，他也不说，两颗心却全明了。明了了，会意了，是一种怎样的灵犀在心，在眼，清风明月都微笑了，那么安详，那么慈爱。

"小丫头，你弹错喽。""就是要弹错哦！"怎样俏皮的语言，在说；怎样娇柔的清纯，在嗔。"曲有误，周郎顾"，那么淘气，那么可爱，那么多情。君有情，奴有意。目光交汇处，是怎样风荷轻舞；低眉颔首轻抚弦，是如何的牡丹颜色芍药清香。

谁在初恋里，把某人的芳名掩映在一片深深的叙述里，把心中的情意，散作青鸟作试探。他早已知道她在掩耳盗铃，而她举的那隐身草，他早已看得分明。她的人她的心，都在他心里、他眼里。谁是谁的如来，谁是谁的爱——无须问，毋要问，又何必问。

一个有意的笔误,多么深的桃花潭水——你不需要克服女孩子的骄傲和矜持,他已经是你心中万绿丛中那点红。

三

一封信,那么短,却那么长;几句话,却多少多少句子的意思,在里面。

末了,他署名,署日期,敞亮干净的一个名字,没有拖泥带水,蛇行逶迤的。亦如开头对她称呼,亦是只一个名字。干净的名字里,像什么都没有的样子,却什么都有。他的日期,都用春秋记事笔法了,年月日地签,还多一个"夜"字,夜字之外是夜色里的美丽,夜字之内,是一心的任你想象驰骋,随便你。

也有不随便的,她是他的傻丫头,他执拗地又加了三个字"星期六"。大学生活,这个时候是同学串老乡会、男男女女约会走动联络的时候。他要执拗地告诉她——我哪里也没有去,我就在这里给你写信,我就在这里想你了,你呢?

她会不会明白这一层意思,他不管了,无暇顾及了,他只要表白:我只跟你一个人约会。

四

年轻人的误会是天大的美丽。年轻人的美丽,是误会传递来的。爱有天意,你信与不信,它都在呢。

纵有"误会",更有天意。曲已有误,我的弹奏,流露我的美丽,游弋你的风情;你的一顾,含了千娇百媚,泻出万丈情意。柔情似水,是我;豪情满怀,是你。

在你最好的时候，我爱过你；在我最好的年纪，你爱过我。爱过已好，爱有天意。

你去凌空摘星，我只守候一季季小桃红，也是天意，爱有千年天意，你有万年情意，我有亿年等待。

来世，我还要在这个站台等你，只为收到你的"笔误"，我的一顾。我爱你，今生不回眸，来世凝睇处。花香如故，我的笔墨纸砚如故，你不要忘记来时路。我的容颜，是那错弹的一个弦音，你送来的目光，我以微笑如水，迎你，揣在心怀。

那场初恋似雪，纷纷扬扬，渗进你的世界每一个细节。

要么别想，要么别放

文／刘小昭

一

再见她，已经是三年之后了。

起初我并没有认出她来，质地剪裁优良的连衣裙，纤细的长腿和红底高跟鞋，尖尖的下巴……在这个时尚编辑、大小模特云集的发布会上丝毫不显逊色。要知道，她在大四的时候几乎瘦到八十斤，脸却还是圆圆的。

"小昭？"她笑盈盈地看着我，"还是那么漂亮，我没认错人吧？我是晓晖呀。"

我茫然地盯着她的脸，是的，精致妆容下依然可以清晰辨认那熟悉的五官，可却像是罩了个透明壳子一般，因为我所认识的她，不会八面玲珑地笑，也不会这么驾轻就熟不动声色地夸奖别人。

二

晓晖是我大学同班同学的女朋友。

当时一群人算是个小团体，没事的时候就混在一起。她的男友是我大学里关系最好的男生朋友，最开始他们在一起的时候，我还嘲笑过男生，怎么找了这么个没心没肺的姑娘？

晓晖的样貌只能算是中等偏可爱，眼睛和脸圆圆的，有点婴儿肥。男生外形不错，以他的挑剔眼光，我一直以为他会找一个更优秀更漂亮些的。可晓晖似乎和优秀漂亮都不沾边，唯一出众的是她浑不懔的性格。

而他们能在一起，还要拜她初生牛犊不怕虎的愣脾气。

当时大一刚军训，男生在列队的时候看到代表新生致辞的文学院的一个美女，立马被勾跑了魂儿。

作为朋友，我自然责无旁贷地成为他追女智囊团的核心之一。集思广益大会还没开几次，我就发现哪儿都能看到瞪着圆溜溜小眼睛的晓晖的身影，我还没来得及提醒男生注意，她已经直接跑过来对他说："我很喜欢你，但我看出来你喜欢的是别人。你是要追那谁谁吧？她是我们班班长，我帮你。"

一番话说得一向大大咧咧的男生都有点哭笑不得。但我们这帮臭皮匠觉得有个内线好办事，于是智囊团里就多了一个她。

我总怀疑她有些居心叵测，有天周围没人，就问她："你到底是什么想法？"

她瞪着眼睛说："我一开始就说了呀！我喜欢他啊！我觉得我是最适合他的了，所以我帮他追我们班长，等追了一段时间他就会发现其实她一点也不适合他，还是我最好。"

我被她说得哑口无言。

三

不知道是因为晓晖有点犯傻的真诚，还是由于校花 MM 的矜持高傲，男生在与校花 MM 约会过几次，我们都觉得有戏的时候，他反而有点兴味索然。

有一次大家相约去北大听讲座，我和一个女生坐公交车先走，晓晖和男生还有另外一个男同学骑自行车后出发。

在北大会合的时候，和晓晖他们一起骑车过来的男同学忽然把我拉到一边，神神秘秘地说："我说了你肯定不信，他俩好上了！"

我确实吃了一惊："不能啊，要是好上了，晓晖肯定要满世界宣传吧！"

"我估计她自己也没想到呢！你听我给你讲，今天从学校出来的时候，我们骑了两辆车。我骑的是带后座的那辆带着晓晖，他骑的是他那辆连挡泥板都卸了的山地。

"刚走出没多远，他突然说要跟我换车，然后晓晖就坐他后座了。等红灯的时候，我听见他对晓晖说：手总抓着铁车架不冷吗？把手搁我兜里吧。

"我当时还只是隐约觉着可能是有点意思，没想到过了一会儿，我看他是单手扶着车把骑车，回头一看，嘿！这孙子，他的手也放兜里了！"

我听了，在人群中寻找晓晖的身影，只见她一改往日昂着头瞪着圆眼睛的没心没肺样儿，跟在男生身后脸红扑扑的，不停用手冰自己的脸，可爱极了。

四

于是就这么好上了。

我总能在中午的食堂看到晓晖的身影，似乎他们已经有了固定的相处模式，像老夫老妻一般。

上午晓晖上课，课间给男生打电话叫他起床。下了课去食堂，点好男生喜欢吃的盖饭，等饭的时候跑去隔壁小卖部买一瓶冰到刚好的百事可乐。之所以不在食堂买，是因为食堂的不够冰，小卖部的总是能恰好带着小冰碴。十二点整，男生睡眼惺忪地穿着拖鞋走进食堂，拿起桌上的可乐喝一口，此时盖饭也差不多叫到号，晓晖颠颠儿跑过去把盖饭端来，两个人吃完，她还会拿出切好装在饭盒里的各种水果，像喂药一般哄着男生吃。

虽然我是男生的死党，也难免有些打抱不平："你对他这么好会把他惯坏的！"

"我对他好一百分，这样他就不会被别的姑娘二十分的好迷惑跟别人跑了呀！你也加油哦！"她眨眨眼睛，一副语重心长的样子。

可男生还是跟别的姑娘跑了。面对长腿大眼睛小模特梨花带雨的哀求，他纠结再三，还是做了不能免俗的决断。

我以为晓晖一定会大吵大闹绝不善罢甘休的，可她居然忍了。除了在学校里每次见她都瘦一些之外，照样和同学一起看书上课吃饭逛街。

直到有一次，期末考试的时候，大家都在图书馆自习，晓晖大概坐在隔我两排的位置。这时，男生忽然给我打电话要借一门课的笔记，我就跟他说你进来拿吧。

男生进到图书馆，四处张望着找我，可他不是一个人。小模特穿着一件皮草外套挎着小包跟在他身后，高跟鞋的嗒嗒声在安静的图书馆听起来格外刺耳。我翻出笔记递给他，说你快走吧，全图书馆都看你俩了。男生并没有看到隔我两排的晓晖，眉开眼笑地搂着小模特走了，背影看真是挺般配的。

我猛然想起什么，一回头，看到晓晖。很多文学作品都说"面如死灰"，我一直觉得夸张，直到我看到她的那张脸。

她转身跑去洗手间，我懊恼不已总觉得自己办错了事，便也跟了过去。

她靠着洗手台旁边的墙,似乎整个人的力气都被抽走了一般,我不住地道歉,说真的没想到他会带她过来。她摆摆手打断我:"这和你没关系……真的,而且,就算他带着那个女孩到处转,也是人家的自由对不对?他没看到我,而我也相信他不是故意的……是怪我自己没出息,心里还是过不去。"

五

在那之后我们就再也没有遇见,直到这天在发布会上。

我八卦地打探:"你最近如何啊?有没有找到真命天子?"

她有点诧异地愣了一下,看着我说:"你不知道吗?我一直在等他。我一直觉得心里过不去,总是会想他。而我的做人原则你也知道的,要么别想,要么别放。我看自己一时半会儿也放不下,那索性就别放吧。"

我几乎找不出语言表达我的震惊,语无伦次地问:"那他知道你在等吗?你们还有联系吗?可他一直换女朋友的啊!你这样不会觉得委屈吗?他对你哪儿好呀值得你这么一直……"

晓晖笑着打断我:"第一,我们联系不多,但也没有断了联系;第二,有些话说一遍就够了,他知道我在等;第三,我等他是我的事,他没准备好是他的事,这不矛盾;第四,没有什么委屈或者值得不值得,这不是牺牲,只是我的选择而已。说不定哪天我觉得心里过去了,就不等了,都是我自己的决定,没什么可抱怨的。"

她笑着优雅地呷一口香槟,这时有人在远处招呼她过去拍照,她深吸口气,踩着细高跟袅袅婷婷地走了过去。

六

工作之后的时间过得飞快,转眼又是两年。

有天在 MSN 上碰到男生,他说最近遇到一个女孩,各方面都不错,准备年底结婚了,问我到时候能不能去。

我说:恭喜恭喜啊!如果我在北京的话一定去呀……打到一半,猛然想起晓晖,心里有点刺痛,手指停在了键盘上。

其实我没跟你说,我和晓晖,年初的时候又在一起来着。他忽然说。

我几乎被口水呛到,连忙问,怎么回事?

你们肯定都觉得,是我对不起她,一直拖着她……其实……怎么说呢?她也是我的初恋啊!你们笑我耍流氓趁天冷牵人家手,其实那也是我第一次主动牵女孩的手啊……我们俩在一起三年多,她对我的照顾体贴你当我是傻子吗?

你知不知道,我跟后来那个模特分手之后也没去找她,为什么?不是不想她,而是在我跟她说分手那天,我们俩一起吃饭,她一直听我说,从头到尾一句话不说,一滴眼泪不掉,就那么一直低头用筷子拨弄菜,最后我急了,她抬头看着我笑:你看,我把水煮肉的花椒都给你挑出来了,这样你就可以直接吃,不怕嚼到讨厌的花椒啦。

她话没说完我眼泪就掉下来了。然后她接着说:不知道她能不能给你挑碗里的花椒?算了,不比这个了,人总要多看看才能知道自己真正想要什么,你放心,我不着急,我等你。

讲完这些,男生那边半天没有动静,过了好一会儿,才说:刚出去抽了根烟缓缓。我就是觉得,辜负她的感觉太难受了。直到今年,我全想明白了,才去把她追了回来。

可为什么又分了呢？不是为了现在这个吧？我重重地敲着键盘。

当然不是。分手的理由你一定很好奇吧？其实我也好奇。我们俩风平浪静地好了三个月，我也带她见了爸妈，准备差不多就定下了。可有一天晚上都关了灯准备睡了，她突然跟我说："我以为我一辈子心里都过不去呢，可我发现，我过去了。"然后就分手了。

七

故事大概就是这样，不够跌宕，也算不上励志或者正能量。可我脑子里却一直在想象她说"我以为我一辈子心里都过不去呢，可现在发现，我过去了"的情形。

很多人为她三年的等待打抱不平，可她说得明白：这不是牺牲，只是我的选择而已，没必要跟人人都解释。

周围朋友也难免猜测，第二次分手是否因为她发现得到的不是自己想要的？

不知为什么，我总觉得她其实已经得到了想要的。就像我每次在脑海里想象她说那句"我过去了"的时候，一定是嘴角挂着笑的。

要么别想，要么别放。

往前走，别回头，我的磊落的姑娘。

懂得这么多道理，还是谈不好一场恋爱

文／张晓晗

一

狭小的更衣室里，红豆摘下那顶刺着 M 的帽子，随手扔在椅子上，麻利地换下制服。从储物柜里拿出便装，拆掉马尾，用小瓶香水对着自己猛喷几下，掩盖身上的油炸味道。之后对着储物柜的镜子涂了个口红，煞有介事地抿抿嘴巴，拿起红豆派放进自己的斜挎包里，利落关上储物柜的门，向门外走去。

她和夜班的同事告别，穿过一条斑马线，一边奔跑一边挂上耳机，是 D 最喜欢的那首歌。她每天从麦当劳下班的时候都会听这一首歌，循环个四遍，就能走到家了。

红豆走到家楼下，突然停在便利店门口。跑进去，快速地从货架上拿了几袋零食，推到李店长面前，之后拿出钱包，低头从里面翻找着零钱。李店长慢条斯理地扫过一个个横条码，放进袋子里递给红豆，红豆接过袋子，找零垫在一个白色信封上，李店长双手托着一起递给了红豆。

"你男朋友给你的。"李店长说这话的时候，也有些尴尬，"出门再看……也是他嘱托的。"

红豆懵懵地接过信封和找零，一瞬间变

了脸色，关于不吉利的事情，女人的第六感总是准确得可怕。她拿着塑料袋走出去。李店长透过玻璃窗，看到红豆拆开信封。一把钥匙掉在地上，她蹲下去捡，之后再也没站起来，三分钟后变成号啕大哭。李店长在身后看着她，无奈摇头。其实，他知道剧情会这样发展，"出门再看"这句话也是他自己加出来的，因为这不是红豆第一次被分手。就是这么倒霉，五年来，几次分手李店长都当了见证人。有一次就在便利店里发生，红豆不知哪来的神力把一箱牛奶砸下来，后来李店长跪在地上擦了一晚上。整个过程中，红豆都坐在旁边的椅子上哭，一边哭一边叙述自己为了这任男朋友付出了多少，改变了多少。李店长觉得她哭着絮叨的样子又可恨又可怜，于是随手递了一盒被砸扁的牛奶给她，说请你喝的。红豆咕嘟咕嘟喝起来，被塞了满嘴牛奶还是不忘说。睡前喝牛奶这件事还是和前男友 A 学来的。

二

　　五年前，李店长加盟了这家便利店，刚开业的第一个礼拜，红豆勾着 A 的胳膊来选了一堆生活用品。每拿起一样东西，都会小心翼翼地问旁边的人，你用这个牌子的浴液吗？你吃这个牌子的泡面吗？男生拿起另外一包泡面，说我更喜欢这个口味。之后每次来便利店，红豆都选这个口味的泡面，分手之后也没改变。便利店对面是个没电梯的老公寓楼，多是一些外来工作的小白领租住在里面，依仗着他们，便利店的生意兴隆。红豆也不例外，几次在便利店里吃着选着东西，拿着手机用家乡话和爸妈聊天，先开始还总兴致高昂地说带男朋友回家，后来变成了一提到这个话题就烦躁得捏泡面。李店长为此哭笑不得。

红豆的第一个男朋友 A 就是那个爱吃海鲜味泡面的大学同学。也是因为他,红豆留在这个城市,两个人租住在他公司附近,潦草好奇地开始了同居生活。

可能是因为不是红豆的主场,这却是 A 从小长大的城市,又或者是她爱他多些,所以红豆在生活中,处处揣摩 A 的样子,直到后来,两个人结账时说没有零钱都可以异口同声。后来分手,可能也是 A 觉得,都没有结婚,两人之间都已经再也没有神秘感,又如何面对日后的漫长岁月面对一面镜子生活。他在便利店里拿了新品种的泡面,跟红豆说,我想换换口味,抱歉。

虽然结束了这段感情,红豆还是学着 A 曾经的样子去生活,吃过去的泡面,买过去的沐浴露,用过去的语调跟李店长说没有零钱。世界每天改变,她却像是一个停在货架上等待过期的人。

不过没多久,她遇见了 B。B 是红豆的上司,的确,仗着年龄长些,十分喜欢讲大道理,当红豆再拿起泡面的时候,他皱起眉头,说这是垃圾食品不要吃。红豆问,那我应该吃什么呢?B 转身从冷藏柜里拿出龟苓膏,说吃这个,健康。李店长心中冷笑想,说不定更不健康,还有明胶呢。红豆却对他的话深信不疑,从此以后抛弃了泡面,每次来,都拿起龟苓膏和养乐多。红豆的外表也有了很大改变,学会穿套装,化淡妆。文件放在漂亮的皮包里,一把硬币拿出去李店长没接住,掉在桌子上,她捂住手机,莞尔一笑,拿姿拿态说句 Sorry。

他没有和她同居,偶尔来过夜,车就停在便利店门口,有时候 B 会给李店长二十块钱,说如果有警察来贴罚单,打电话给他。一次来了一个女人,在车旁徘徊半天。李店长犹豫要不要打电话给 B,刚举起手机,女人已经从旁边找到一块砖头对着车一阵猛砸。那次的收场非常狼狈，女人歇斯底里，B在一边站着，低着头，任由巴掌甩在自己脸上。从那以后，车再也没停在过这里，B也没出现过。半个月后李店长才再次见到红豆，这次她穿着近似睡衣的居家服，挂着黑眼圈，十分萎靡。买了一瓶伏特加，摸了半天忘记带钱包。李店长说，没关系，你先赊着，下次来付。

这样看着红豆浑浑噩噩过了半年，好像是丢了工作的样子，基本每次出现在便利店都是深夜。直到C勾着她的肩膀出现。C穿着皮衣，耳朵上还打着耳钉，指着李店长身后的烟柜要了一包中南海。一出门，两个人一起点上，两人牵着手，C在红豆耳边耳语了两句，红豆大笑起来，露出一排整齐的牙齿。李店长看着他们远去的背影，觉得红豆得是青春期里多乖巧的一个姑娘，才能在这个年纪和一个离经叛道的小男生谈恋爱，释放青春期里的少女情怀。一个月时间，红豆就在文艺青年C身上学会了变成文艺女青年，学会抽烟和失眠。

也是在C这里，李店长才知道，红豆叫作红豆。情人节的时候C买了店里所有红豆味的巧克力，硬让李店长挂了一条可怕的横幅在收银台后面，非常简单粗暴地写着，红豆，我爱你。当红豆走进来，李店长把巧克力全都推到她面前的时候，他很确定她脸上的迟疑是真的，而后的快乐也是真的。她有点不好意思地对李店长笑着，李店长也笑着，拿起一支柜上放着今天贩卖的玫瑰，摆在一摞红豆巧克力最上面，"消费满三百元的赠品。"红豆再次不好意思地笑了。

没出一个礼拜，李店长以为红豆还在青春期模式恋爱路上狂奔，就出现了在便利店大吵之后分手摔牛奶的一幕，和这段恋爱的模式非常吻合，像是一部虎头蛇尾的青春片。吵的内容无非生活的琐事，李店长觉得这种收尾，意料之中。

在他擦满地牛奶的时候，红豆拿起了初恋最喜欢的泡面，坐在长桌上，说着自己几段恋爱，吸溜面条，直到天亮。

三

红豆再次冲进便利店，李店长才发现，他盯着她在街边失声痛哭的同时，回忆了她的几段感情。红豆几乎口不择言，问他，到底自己哪里不好，为什么 D 要离开自己。李店长看她哭得满脸通红，不知道如何回答。和 D 的相处过程中，红豆运用了对 A 的热切，从 B 身上学来的圆滑，在 C 那里学来的恋爱手段，红豆也在情人节给 D 准备了惊喜。D 在便利店里，看到一张字条，写着自己的名字。红豆让他拉一下，D 轻轻一拉，一箱彩虹糖从头顶的箱子倾泻而出，砸在两个人身上，和广告里演的一模一样。不过两人之间甜蜜的笑容，也和广告里一样，假得情真意切。

红豆从来没在感情里找到自己，但是她通过恋爱，了解这个世界，学到一点，丢掉一点，摸索着去爱下一个人。可是为什么，懂得了这么多道理，还是谈不好一段感情。红豆是情感世界的学霸，不过，情感世界又比数学考试复杂太多了，答对问题，却往往无法得分。

李店长说，其实男生都很贱的，你学得越多，妥协越多，他们就越退缩。真实的你也很可爱。红豆又回到了第一次失恋那种怅然若失的表情，问他，真实的我到底在哪里？李店长没说出来，很多时候呀，比如你捏碎泡面，你黑着眼圈站在冰柜前发呆，选不出要吃哪个冰激凌。

"你们这里什么都有吧？"红豆先开腔。

"应该是吧，看你要什么了。"

红豆把钱包扔在桌上，"卖给我一个男朋友，要是真爱明码标价就好了，至少我奋斗起来有个目标。"

李店长点点头，脱下制服，开始收拾东西。红豆看着他，露出不解的表情。

"你翻箱倒柜找什么呢？难道真的有男朋友卖？"

"我在收拾东西，不然怎么跟你走？"李店长关了灯，整个便利店变得一片漆黑。他拿起座椅上搭着的衬衫，对着红豆笑笑，"我开玩笑的，就是觉得开了五年店，都没休息过，也想知道现在的夜晚变成什么样了，一起走走吧，说不定你能找到自己呢。"

就这样，红豆跟着李店长走出去，关了便利店的门。

就这样，红豆学了一身本领，没有谈好一场恋爱，也没在万能的便利店买到一个男朋友。但是，她也决定，去看看这个世界，只有她一个人的世界。

III 早开的晚霞

姐姐

文／张嘉佳

一

"抓小偷啊！"街头传来凄厉的尖叫。

我跟姐姐互相推诿。

"弟弟你上！你懂不懂五讲四美？"

"姐姐你上！你懂不懂三从四德？"

"推脱什么，抓小偷不是请客吃饭，上！"

"好，上！"

两个人迅速往前冲。冲到一半，我往左边路口拐，姐姐往右边路口拐。两个人躲在巷子口大眼瞪小眼。小偷从两人之间狂奔而过。

呼，差点儿被撞到。两个人同时拍拍胸口。这时紧跟小偷后面，狂奔过去另一个人。我们一看……是老妈。

老妈一边追一边喊："抓小偷啊！"两个人拼死抓住了老妈，没抓到小偷……

回家之后，一人赔给老妈五百块。

第二天醒来，姐姐在枕头底下发现了五百块。

我在枕头底下发现了五百块，闹钟底下发现了五百块。

我一直搞不清楚，为什么放走一个小偷，我凭空赚了五百块。

很久之后，我终于计算明白。我想，如果

我还有机会把五百块放回姐姐枕头底下,那即使小偷手里有刀,我也会冲上去的。

嗯,是这样。

二

小时候,我们去大城市的舅舅家玩。

姐姐骑车带我。有人喊,下车。哇,是交警耶。

我:"警察叔叔你抓她,是她骑车带我的,我是小孩子你不能抓。"

姐姐:"警察哥哥你抓他,是他要坐我车的,我是中学生你不能抓。"

警察一身冷汗。

我:"警察叔叔你抓她,我不认识她。"

姐姐:"警察哥哥你抓他,他是我在路边捡的。"

我:"捡个鬼,你要不要脸?"

姐姐:"马上要罚款了,还要什么脸。"

警察:"你们走吧……以后不要骑车带人了。"

姐姐终于要去外地上大学了,把那辆自行车留给了我。我很开心,一晚上没睡着。

我们全家送姐姐。姐姐上了火车,我突然眼泪哗啦啦流,一边流还一边追火车。

姐姐我把车子还给你,你不要走啦。

姐姐隔着车玻璃喊。

我听不见,但是可以从她的口型认出来:

不要哭。

我拼命追,用手背抹眼泪,拼命喊:"狗才哭,我没有哭!"

从那个时候开始,我最害怕听到火车的汽笛。听到汽笛,就代表要分离。

送走姐姐之后,我骑车去上学,被很多很多同学笑话。

因为那是一辆女式自行车。大家说我娘娘腔。

我依旧骑,因为感觉姐姐就在自己身边。

三

1988年,舅舅送给我一个从未见识过的东西——邮票年册。

我很愤怒:"姐姐,舅舅太小气了,送一堆纸片给我。"

姐姐:"那你十块钱卖给我。"

我:"太狡诈了!你当我白痴哪,这堆纸片后面写着定价,198元。"

姐姐:"纸片越来越不值钱,你现在不卖,明年就只值一块。"

我:"为什么?"

姐姐:"你没看到这里写着:保值年册,收藏极品。什么叫保值?就是越来越不值钱。卖不卖?"

我:"……二十块。"

姐姐:"成交。"

于是每年的邮票年册,我都以二十块的价格卖给姐姐。

一直卖到1991年,四本一共八十块。由于压岁钱都要上缴,所以这八十块成了我无比珍贵的私房钱。

当年姐姐去外地上大学。

第二天她就要离去。我在床上滚了一夜，十六张五块钱，你一张，我一张，数了一夜。一直在想：她去外地，会不会被人欺负？哎呀，以前她被人欺负，都是给我两毛钱，让我骂人家的。那她去了那么远的地方，一定要带钱。嗯，给她十块，可以请人骂……骂五十次。万一被人打怎么办？她上次被婶婶打，她说给五毛钱，我都不愿意帮她打，外面人肯定价格更高！打手请一次算一块好了，给她二十……我心疼地看着钱被分成了两沓，而且她那沓慢慢比我这沓还高。

算着算着我睡着了。

最后我塞在姐姐包里的，是八十块。

送走姐姐那个瘟神，我人财两空，回到家里，忽然非常沮丧，就躲进被子睡觉。

在被子里，我发现了四本年册。每本年册里，都夹着二十块。

我躲在被子里，一边哭，一边骂，姐姐和舅舅一样小气，一本只夹二十块，人都走了，起码夹五十块对不对？

到了今天，这些夹着二十块的年册，整四本，还放在我的书架上。

一天我擦擦灰尘，突然翻到1988年的那本，封背有套金的小字，写着定价198元。

眼泪滴滴答答，把198，变得那么模糊。

四

姐姐教我打字花了半年的时间。打字课程，1998年8月27日开始教授，9月1日她回大学，自动转为函授。

我："A后面不是B吗，为什么排的是S？B后面不是C吗，为什么排的是 N ？"

姐姐："Christopher（打字机之父）发明的，跟我没有关系。"

我："字母这么乱伦，它们家谱和希腊神话一个教养。"

姐姐："你到底学不学？"

我："字母太乱伦了，玷污我的视线！"

姐姐："让你掌握键盘的顺序，和乱伦有什么关系？"

我："己所不欲，勿施于人，要是我亲你，你一定用刀杀了我。"

"啪啪"，我左脸和右脸全部肿了。

1998 年 9 月 1 日，姐姐回大学，把电脑带回去了。

我唯一遗憾的是，《仙剑奇侠传》没有通关，月如刚刚死在镇妖塔。

但姐姐不会这么小气吧？我就开始翻姐姐的房间。

我在她房间翻到的东西有：席绢的《交错时空的爱恋》，沈亚、于晴全集……这是什么玩意儿？我把所有东西摔出来，箱子底下是一张纸制键盘。

键盘上有一张字条：我知道你会翻到这里，麻烦你学习一下字母的顺序。

我大惊失色，全世界的姐姐都这么狡猾吗？

结果我就在纸质的键盘和电话里督促的声音中，过了一学期。

五

1999 年 2 月 7 日深夜 11 点 47 分，我依然等在火车站。因为姐姐说她那一分钟回到家。

结果等到 1999 年 2 月 8 日 4 点 30 分。

姐姐和一辆轿车拼命，瞬间损失了所有 HP（生命值）。

1999年2月8日17点48分,我赶到了北京。

房间一片雪白。使者的翅膀雪白,天堂的空间雪白,病房的床单雪白,姐姐的脸色雪白。

她全身插满管子,脸上盖着透明的呼吸器。

我快活地奔过去:"哈哈,不能动了吧?"

她脸上没有一丝表情,紧闭双眼,为什么我看到她仿佛在微笑?

旁边的医生说:"她不能说话,希望有力气写字给你。"

可是,姐姐抓不住笔。

这货,从来就没有过力气。坐她自行车她没有力气上坡,和她打架她没有力气还手,争电视节目她没有力气抢遥控器。

她不写字,我就不会知道她要说什么。我想,她应该有力气写字的呀!她帮我在考卷上冒充妈妈签字,她帮我在《过好寒假》上写作文,她帮我在作业本子上写上名字。

我呆呆地看着她,怎么突然就没有力气了呢?

我去抓住她的手,她用手指在我掌心戳了几下。

1,2,3,4,5,6。一共六下。

她戳我六下干什么?

我拼命猜测的时候,突然冲进来一群人,把她推走了。

我独自待在这病房里,看着一切雪白,努力戳着自己的手掌。

1,2,3,4,5,6。一共六下。

上面戳一下,右边戳一下,上面再戳一下,下面戳一下,上面再戳一下,又戳一下。

我拼命回忆着有关键盘的记忆。一张纸质的键盘,看了半年,也开始浮现在脑子里。

A 后面是 S，B 后面是 N，C 后面是 V……

我一下一下地在这张键盘里敲击过去。1，2，3，4，5，6。

键盘慢慢清晰起来。

我终于明白了这六下分别戳在什么地方。

I LOVE U。

眼泪夺眶而出，一滴滴滚下来，滴下来，扑下来。

1999 年 2 月 8 日 19 点 10 分，我终于掌握了键盘的用法。并且刻骨铭心，永不忘记。

I LOVE U。

我缩在走廊里面。

在很久之后，我才有勇气把姐姐留下的电脑装起来。

装起来之后，又过了很久，我才打开了那个 QQ 号码。姐姐帮我申请，我却从没打开过的 QQ 号码。

只有一个联系用户：无花果。

是灰色，据说灰色是因为不在线。可这个头像是跳动的。

我双击它。无花果说：笨蛋，我是你老姐。

我哭得像一个孩子，可是无论多少泪水，永远不能把无花果变成彩色。

无花果永不在线。

到了今天，MSN 退役，弄潮儿对着摄像头跳舞，我书房电脑的显示屏上，依旧挂着五位数的 QQ，永远只有一个联系用户，并且头像灰色，永不在线，ID 叫作无花果。

伤心欲笑，痛出望外，泪无葬身之地，哀莫大于心不死。

早开的晚霞

文／（台湾）万金油

一

放烟火了。

下班经过跨河大桥，晚霞像血一样溅了一地。有枚偷跑的烟火咻地蹿上天空，崩裂出一窗的亮片火花，开得太早，天未暗，灿烂都还来不及显眼。

我常想起大哥，他喜欢烟花，对天空上炸裂开来的重击声、随之而来的火光，又爱又怕。小时候，过年放鞭炮，他永远挤在最前面，等引信点燃，又第一个跑得最远，他每次都问我："阿弟，你看到鞭炮炸开了吗？炸开了吗？我怕怕。"我都回他："你把眼睛闭上，就不怕了。""可是这样看不到烟花呀。""没关系，你把头抬起来，是不是有光透进眼皮，一闪一闪的？那就是烟花了。"

这个问题，我回答了他30年。在我10岁那年，他从赡养院回来，我才知道，原来我有一个未曾谋面的智障哥哥。父亲生意失败，母亲卧病，家里付不出赡养费，只好把他接回来。

父亲已没精力管我，每天早上我从他皮夹里拿一张钞票，解决三餐；哥哥大我3岁，学校拒收，父亲就任他一人在家，有时替医院的母亲送饭,也就忘了哥哥,但他总是不吵,总得等人问他,才懦弱地回答:"饿,饿!"他从不抱怨,好像早预知自己在这家是多余的,过多的要求和抱怨会让自己更不堪。

我何尝不是多余的?每天从父亲的皮夹里拿出钞票时,低头见哥哥坐在角落,充满畏惧又孤单的眼神。我才知道,我在他人眼中,是一张怎样的脸。哥哥摸了摸我脚上的袜子,上面有小叮当的卡通图案,蓝色的部分已经褪色了。这是父亲事业正好的时候,我少数拥有的幸福记忆。

我看了他光光的脚丫,当时已是冬天,他不出门,连双鞋也没有,更别说袜子。他手指在我脚背上滑动的感觉让我悲伤涌起,10岁后,我很少哭,然而这是我少数抑制不住的悲伤时刻。

当时不明白,现在懂了。那个时刻,让我意识到,哥哥是如何多余而不幸地活着。至少我还收过礼物,而他只得到施舍。我太畏惧这排山倒海而来的悲伤,连忙逃离现场。

二

我没什么朋友,经常一个人在街上游晃,有时会在同学开心聚会时,从他们身边偷拿一条巧克力、一支圆珠笔,甚至一个空的糖果盒也好。把它们紧紧握在手心,我觉得能感受到一些快乐正面的温暖情绪。我的抽屉里,充满这些无用的小东西。

每天回家,我就打开这些"宝物",细细把玩,哥哥静静在旁边看,充满羡慕。他开始问我:盒子里有什么东西?可以吃吗?会不会咬人?我没怎么回答,只是开始把盒子里的东西借他玩,偷来的零食也会分他一些。那段日子,他是唯一跟我说话的人。

我把小叮当的破袜子送他,袜子已经过小了,但他还是很开心地使劲套上。

某天回家，我抽屉里的东西散落一地，从哥哥的眼神中，我知道是他。你为什么要动我的东西？我逼问他，在他张口时闻到椰子香气。你为什么吃我的东西？哥哥低着头，开始碎念今天电视上看到了什么小狗小猫……我冲上前扯下他一只小叮当袜子，操起剪刀，发狂般剪烂它。哥哥放声大哭，他终于哭了。

我想起，他总是穿着那双不合脚的袜子，不论冷热，都不愿脱下。那是他一生唯一收过的礼物，而我把他生活中少数的幸福活生生毁坏，看到从不哭的他哭了出来，十分痛快，同时又感到无比悲伤。

哥哥并不记恨，剩的另一只袜子还是穿着，我一回家他就跛着脚在我身后蹦跳，看我做什么。他偶尔还是翻我抽屉，并会故作镇定把东西堆回去，可是不聪明，总会留下痕迹。

初中那年，母亲病亡。我没哭，哥哥也没，我是要装作坚强，他则是不懂。他没有死亡的概念，而且13岁才回到这个家，对母亲谈不上什么感情。亲戚总说：看那个憨仔，真无情，阿母死了，也不哭，莫怪啦，没感情就是没感情。

对一个残缺者尚如此刻薄，何况是我一个健全的人，亲戚在背后议论我的不流泪，想必是用更丑陋的字眼了。我不在乎，只想着，有一天要离开这些人。

上了大学，我不再回家。父亲也鲜少联系，他失意潦倒，靠着打零工过活，不关心任何人、任何事，把自己变成一具行尸走肉。

有次夜班，看见办公大楼的清洁老人，牵着一个智能不足的儿子，在后巷整理垃圾，儿子拖着一大袋饮料瓶从电梯走出来，袋子太大，卡在电梯口，门一关，袋子被挤破，饮料瓶散落一地。儿子神情慌张，蹲地捡拾，但捡了这个，又落下一个，怎么捡也捡不完，更慌了。

这是我少数想起哥哥的时刻也想起自己的无情。

三

我工作后没几年，父亲死了。

在葬礼上，哥哥问："爸爸去哪儿了？"我们都告诉他，爸爸去山上睡觉了。他愣了一下，随即痛哭失声，边哭边说："那就跟妈妈一样，不会回来了。"30岁了，他终于明白死亡。

我把哥哥送到赡养机构，但负担不起庞大的费用，最后还是接回来。我在家接案子，每年跨年是最繁忙的时刻，哥哥坐在电视前，对着烟火咿咿啊啊叫，像是太快乐了，快乐到连话都说不清楚。

那年，我骑摩托载他上了桥看烟火。时间来得早，晚霞刚起，像血一样。一枚错放的烟火，突然升空炸开，哥哥跳了起来，手舞足蹈咿咿啊啊对着我叫。那一刻，我肯定他是彻彻底底地开心。以后每年我都带他看烟火。

那天睡觉前，他问我："你会不会也去山上睡觉？不要去，好不好？"

以前大人都说，这样的孩子是来讨债的，等债还完了，他们就要回去。去看烟火的第三年，他身上发现了肿瘤，我在诊室，手指捏着病历，脑海里飘过电视剧里的对白："拜托医生，你无论如何都要救我哥，多少钱都没关系。"我嘲笑自己心里这样的傻话，又忍不住躲到厕所里哽咽了起来。

他没等到第四次烟火。那是炎夏，他已有些意识混乱，看到电视转播日本的烟火祭，便错认又是跨年时刻，吵着我带他去。烟火特技绚丽，竟在天边打出了卡通图案，哥哥指着某个图案说："小叮当。"我收拾了桌子，站了起来，"走，我们去看烟火"。

我点燃了引信，快跑到他的轮椅边，推着他追着烟火跑。看我点完引信跑到轮椅边的模样很滑稽，他会咯咯笑不停。我看着他笑的样子，脸上也笑得更用力，用力到眼泪都流出来了。

这已是好几年前的事了，我始终觉得哥哥像是我的孩子，他是我与这人世唯一的联系，在我们身上的孤单与不幸，只有彼此能相互疗愈。我不希望他入梦，我担心他在梦中见了我，便不舍得离开。我甚至不再想他。唯有这样，我才能坚强。

也只有在这样的黄昏时刻，错发的烟火，犹如末日般的美景。我会想起我与哥哥的童年，还有我们站在漫天烟花的夜空下，他始终没有长大的模样。他离开的时候，意识已模糊，我只是想知道，他的心里是不是像在父亲的葬礼上那样，不舍地痛哭了？

你一直都在离我最近的天涯

文/艾 科

慵懒的周末上午，我正在宿舍里呼呼大睡，突然被一阵急促的电话铃声惊醒。来电话的是母亲，她迫不及待地问我："你弟去找你没有？"我晕乎乎地说："没有。"母亲原本焦灼的声音立马变得火冒三丈："这个不省心的家伙，好不容易回家一趟，因为你的事情和我拌了几句嘴，跑了，气死我了！"得知母亲的来电用意，我不乐意道："又是为了弟弟。从小到大，你何曾对我如此关爱过？再说我能有什么事情让你们母子反目？"说完，我"砰"的一声挂了电话。

一

母亲45岁那年才生下弟弟，这让全家人对他无比宠溺。

因为受尽娇惯，弟弟对人颐指气使，耀武扬威，虽出身农家，但过惯了衣来伸手、饭来张口的"专权"生活，从不知道体恤别人。作为他的姐姐，我在成长过程中小心翼翼，吃穿用戴玩，皆以弟弟为先，但凡我有异议，便会招致父母的责备甚至体罚。在我的童年字典里，谦让年幼的弟弟，是求得自保的金科玉律。

10岁那年，我还没上学。每次有人提到这件事，都被母亲一句"等等再说"敷衍过去。我清晰地记得弟弟出生那天，母亲喜笑颜开地对我说道："等再过几年，你就可以带着他一起上学了。"

于是，读小学的时候，我成为弟弟的贴身保姆，不仅要陪他一起上学放学，还要时刻保护着他不被外人欺负。这是一件极其艰难的差事，即便我能保证别人不惹是生非，却不能保证娇生惯养的弟弟也安分守己。有一次，他因为一块橡皮和同学大打出手，由于没有我的现场保护最终惨败而归。回到家里，母亲不容分说就将我一顿暴打，而年幼的弟弟，此时此刻则躲在堂屋的一角，一脸的幸灾乐祸。那一刻我开始怀疑我们姐弟的情分，发誓从此以后再也不插手他的事。

我开始与同学们按部就班地上学放学，任凭弟弟在学校里胡作非为。由于缺少我的监管，母亲经常被老师喊去训话，回家后，我也免不了各种惩罚，每天就这样过着上学、干活、挨骂的单调生活。但无论如何，我都不会护着弟弟了。

二

升入中学后我开始住校，有了能专注学习的环境，我的成绩也开始突飞猛进，而已经14岁的弟弟，依然吊儿郎当，不务正业。我偶然间发现，他喜欢放学后和几个染着黄头发的男生一起，到学校旁边一家台球厅里打台球。有一次我买铅笔从那里经过，看见他嘴里叼着香烟，眯着眼睛弯着腰，认真地打着台球。我握着手里特意给他多买的一支铅笔，驻了驻足，又转身回了宿舍。

母亲每个星期给我的零花钱，只是弟弟的三分之二，因为我知道每次她当面将数额均等的伙食费发给我们之后，私下里还会塞给弟弟一笔费用。尽管如此，我依然会竭尽所能地攒钱，然后托同学送给弟弟。等他们回来，我总情不自禁地追问："他说什么了没有？"得到的却是惯常无味的回复："钱收下了，但什么都没说。"

我想，也许是我天生命贱，无论怎么付出，都换不来一句谢谢。我帮他是出于姐弟情分，姐姐照顾弟弟，天经地义。他无情，皆因年轻，而我却不能无义。

与弟弟接触最多的，是寒假暑假两段时光。他每天都会跑到村后的小河边钓鱼。不得不承认，弟弟钓鱼的水平堪称一流，每次都会满载而归。母亲欢天喜地地将新鲜的"全鱼宴"做好之后，总会乐呵呵地夸赞："咱们一家人，都享你的福了。"可我从不轻易吃弟弟捉的鱼，也许，是因为我不想欠他一份人情，更不愿意看到他受到夸赞后所表现出的孤傲凌人。而他在学校的斑斑劣迹，我也不会向母亲提及。

三

我只能把读书当成逃离苦海的跳板。高考结束后，我被镇江的一所大学录取，生平第一次给家里争了光。母亲却有些失落地说："要是考上大学的是你弟弟，那该多好！你将来出息了，千万要拉扯拉扯他。"我没有言语，背起行囊便踏上了列车。

几番周折后，弟弟来镇江读了一所厨师技校，虽然同在一个城市，但我们谁也没去看过彼此。

一天，我打电话对母亲说："我想买台电脑，宿舍里的同学都买了。"母亲却说："你弟弟都没说要买电脑，就你知道败家！"央求无果后，我便知趣地将这个心愿埋在了心底。从小到大，我只能得到弟弟玩腻的东西，我，就是一个垃圾中转站。

那天，室友过生日，我们来到市区一家饭店聚餐，饭后走出大门，我惊奇地看见弟弟也正从店里出来，他瞥我一眼后默默地走到一旁的车棚，骑上一辆破旧的自行车，消失在城市迷离的夜色里。我不知道他来这里做什么，还没来得及与他对话，便因彼此心中的隔阂，错失了这次远在异乡的攀谈。

四

三个月后我过生日，请室友们去上次那家饭店吃饭，酒过三巡后，服务员送来一道价值68元的鱼头炖豆腐，我惊诧地问："我们没点这个呀？"服务员笑眯眯地说："这是我们饭店送的，祝你生日快乐！"众人皆丈二和尚摸不着头脑，但还是大快朵颐起来。

埋单的时候服务员说："有人已经埋过了。"我诧异万分，室友开玩笑说："是不是哪个暗恋你的男生搞的恶作剧啊？"在一片哄笑声中，服务员道出了原委："是我们这里一位新来的厨师埋的单。"我说我和他素不相识，干吗要他请客？

就在我极力要求厨师露面的时候，满头大汗的弟弟穿着一身洁白的工作服从后堂跑过来，用极为磁性的声音说："是我埋的单。"我顿时瞠目结舌。室友追问："这位帅哥是谁呀？"弟弟上前一步说："姐姐们好，我是蕾蕾姐的'老乡'。"我怔了怔，旋即冲大家说道："你们先回去吧，我和这位久未谋面的'老乡'说说话。"

一路无语。姐弟二人谁都不知道该怎么开口。终于我还是问道："你不在学校里学习，怎么跑到这里做厨师了？还有，刚才当着那么多人的面，为什么说我们是老乡？"弟弟挠挠头说："我白天上课，晚上过来做兼职，多少也能赚点钱用。刚才说我们是老乡，是因为我怕给你丢人，你们都是大学生，我只是一个小厨师。"我近乎哽咽道："怎么会呀？任何职业，只要勤恳踏实，都会做出成绩的。"我第一次发现，向来不靠谱的弟弟，竟然有着俊朗的外貌，身高已经超过一米八，早已出落成一个挺拔的男子汉了。

临别的时候，他递给我一个信封，说："拿去买台便宜的电脑吧。"我万分惊诧道："你哪来这么多钱？你怎么知道我想买电脑？"弟弟说："上次放假回家听妈妈唠叨，说你就会败家，为这事我和她吵了几句就出来了，这是我做厨师几个月积攒的工资。"我正要推托，他将信封往我手里一塞，便转身不见了踪影。

这就是我恨了20多年的弟弟，这就是我血浓于水的亲人。怎奈因为我自小萌生的怨恨，让我们即便同在一座城市，也似相隔天涯。但我知道，因了这次交谈，我们一度遥不可及的姐弟亲情，从此不再隔山隔水了。

待我归来时

文／暖纪年

北方的雪，南方的你

我叫江棋，出生在北方。北方经常下雪，新雪踩上去很绵软。小学毕业时，父母离了婚，母亲又嫁给了一个南方的老实男人。

我来到南方的时候，这里正在下棉絮一样的小雪。我成为插班生，一进门就看见一排矮矮瘦瘦的小豆芽菜。父母都是北方人，我遗传到他们的身高，顺便遗传到一个顶俩豆芽菜的体重，这让我显得另类。

更可怕的是，我在这里一个朋友也没有，我擦黑板的时候他们哄笑，后桌说我挡住了他看黑板的时候他们哄笑，老师点我名批评我太笨的时候他们哄笑……

《哥斯拉不说话》里有这样一句话："只是一个日常游戏，说不上有什么恶意，但是被欺负的孩子还是会很疼的，会非常疼。"我变得很嚣张，上课睡觉，在课桌上贴自己喜欢的海报，和老师顶嘴，打架逃课，反正没有人喜欢我。直到我遇见黎燕归。

我刚搬到南方来的时候就见过黎燕归，我们住在同一条街的两边，算是对门邻居。她家开一家杂货店，我家开小餐馆顺带夜宵摊。我一点也不喜欢这个姑娘——她喜欢穿各种各样的长裙子,喜欢扎马尾,喜欢抱着一只猫到处蹦蹦跳跳。她所有的爱好都是我不喜欢的。

周末,黎燕归跟我一样帮父母看店,我进进出出端盘子,她在对面把所有糖果饼干分类摆出来卖,趁人不在会偷偷吃颗糖,卖出去一丁点糖果也会笑得眉眼弯弯的傻气。

看到她的样子,我笑出声来,并且明白了一件糟糕的事,我也许不是不喜欢她,而是太过羡慕她天真的模样。

10月6日,是我的生日。那天上午最后一节是英语课,我得了46分。英语老师冷着脸说:"把试卷举起来。"我举了,没人知道我脸色有多难看,英语老师又叫我举着试卷绕班上走一圈。

我沉默着,"刺啦"一声把试卷撕碎,跑出门外。班级里"轰"的一声炸开了锅,哄笑里我听见有人说:"她就这么走了?她不是一直都脸皮很厚嘛。"

所有人都以为厚脸皮的混世魔王江棋不会在乎别人的眼光,他们根本不知道江棋会在乎得要命。我蹲在马路牙子上开始哭,求着母亲说一定要退学,她问我为什么,我却打死也不肯说。她没办法,跑过马路对面去找已经放学的黎燕归来劝我。

不知道过了多久,我透过刘海看到一点裙角。黎燕归在我面前定定地站了一会儿,又急匆匆向对面跑,没多久又跑回来,我深深埋着头不理会。那抹裙角终于离开了,我抬起头来准备回家,那个姑娘居然还站在我面前,直直地看着我。她问我:"你要纸巾还是热毛巾?"我一声不吭地拿过热毛巾擦脸,她笑起来,然后很得寸进尺地要求:"下午我们一起去上课。"

我一定是哭晕了才会说好。

舞台和太阳一样暖

那天开始，我每天都会和燕归一起上下学，她是校舞蹈队成员，我每天放学后坐在舞蹈室对面的花树下等她。初二的时候，她成了领舞。

有天，黎燕归出来时，我远远看见她走路的姿势有点怪。我问怎么了？她说可能是练舞太勤，腿上起了几个包。

她一把挽着我的手说："走了，我们去吃冰激凌。"

"我不要，会胖。"

我一边吃着冰激凌一边看着黎燕归发呆，说穿了黎燕归其实也是个普通姑娘，但是当她站在舞台上的时候却浑身上下都自带光芒。

"你喜欢跳舞吗？"燕归突然没头没脑地问我。"不喜欢。"我急匆匆补充了一句，"不对，是很讨厌。"她狐疑地盯着我，拉着我就往舞蹈教室跑。

舞蹈教室很大，四面墙上都是镜子，中间有一个小舞台，燕归拧开灯光，光芒从四个墙角出发在舞台上交会。燕归站在光芒里看着发愣的我轻声说："江棋，你快过来。"

我和往常一样不肯，但这次她铁了心要把我拉上来，我犹豫地踏上一只脚，看见镜子里胖乎乎的自己，条件反射地往后退。

"江混蛋，你过来！"

黎燕归在三班，我喜欢喊她"黎三三"，她则喊我"江混蛋"。

从来没人和我这么亲密过，因为这个称呼，我很感动很开心。所以她叫我"江混蛋"的时候，我心想算了，站上去就站上去！但是一直不肯睁开眼。

燕归走到我身边，问："你父母都对你很好，闺密的话你还有我，在学校折腾那么多干吗？"

"才没有，我和你不一样。"我嗫嚅道，"他才不是我父亲。"

"他是。我去你家，能感觉到他很想和你多说几句，只不过你总冷着脸，他对你真的很好很好的。"她停顿了一下，又说，"算啦，不说了，我们回家。"

我一下子放松下来，睁开眼，看到从未见过的盛大光芒。

笑起来是眉眼弯弯的模样

初三寒假，燕归开始频繁发高烧，腿上的包蔓延到全身，她去上海检查，医生说是淋巴癌晚期而且已经转移到肝脏，很难救治，大概还剩三个月时间。她坚持退学在家里休养，我问她为什么不听父母的话待在上海检查。

她说："家里的店铺已经卖掉了，要是继续待在上海，不出一个月房子也要卖掉，与其这样还不如待在家里，就算以后我走了，家人的日子也不至于太难过。"

有一天她突然说很想喝苹果汁，我本来想帮她拧开瓶盖，她母亲却说叫燕归自己来，医生说了要让她经常活动，再慢都好。

"江棋，可我真的没力气。"

我偷偷看了一眼燕归的母亲，她正在炒菜，无意识地一下下翻动锅铲。我哄小孩一样轻声说："我来帮你打开好不好？"她轻轻地说："好。"

"好"字一落地，我看见燕归母亲的眼泪一下子顺着脸颊滚落到锅里。

三个月将尽，在她最后一次去做检查的时候，我问她说："我们拍个视频好不好？"她很乖地"嗯"了一声。

我拿着手机很认真地说："从此我再也不会遇到黎燕归这样好的

姑娘。"我把手机举到她面前,她撇撇嘴说:"从此我再也不会遇到比江混蛋更好的混蛋。"

说完这句话,她一下子变得很沮丧:"江棋你有没有想过其实你可以碰到很多个黎燕归。但是黎燕归这辈子只能遇见一个江棋,她和别人不一样的,只不过是……只不过是没有时间。"

"不会的,"我说,"黎燕归是不一样的。"

"江棋,"她对着镜头很认真地问,"这次要说实话,你是不是其实很喜欢跳舞?"

过了很久,久到燕归觉得我不会再回答的时候,终于响起一个小小的声音:"嗯。"

其实明明很喜欢,也不知道是更喜欢跳舞,还是更喜欢站在舞台中心的感觉。又或者,都有。

"我说真的,江棋,我希望你有一天能真正站上舞台,上次不算,你一直都闭着眼。"

"我会的,当我睁开眼站在光芒里的时候曾对自己说,终有一天,要真真正正地站在上面。"

黎燕归笑得眉眼弯弯,我也一样,不知道从哪里看来的段子,说笑起来眉眼弯弯的人,容易看不清前路。不过,没关系,我们不需要看清前路看到弯路看到绊脚石,只要坚持往前走就足够了。

那是我最后一次看见她。那年我们一起看《我的朋友陈白露小姐》,子弟曾经说过一句:"天上地下,五湖四海,再也找不到第二个陈白露。"

她走的那天晚上啊,我做了一个梦,我从一座连接着天空的大桥上滑下来,穿过云朵,抵达我的南方故乡。破旧的杂货店前有一个小孩子,十余岁的模样,躺在大摇椅上,怀里抱着一只叫平安的猫。那天的阳光好得要命。

待我归来时

我初中毕业时，第二次蹲在马路牙子上哭，早已经没有燕归来安慰我了。

我说要退学去学舞蹈，全家人都不同意。初中寒暑假的大部分时间我都用来打工，跟着舞蹈视频偷偷练习，瘦了很多，但是赚来的钱仍然不够用来学舞蹈，我打算半工半读一路走下去。

最后，我从不叫"父亲"的父亲，竟然第一个站出来同意我去学舞蹈，也不知道他和母亲说了什么，最后她也同意了。

他把所有的积蓄全部交给我，说："我没有什么能给你的，加油啊。"

"好啊，爸爸。"我说。他一下子湿了眼眶，我也一样。燕归说过："你父亲对你真的很好很好的。"我出门那天起得很早，把父亲给我的钱放回原处。我终于明白燕归说的那句："我走了，家人的日子也不至于太难过。"

打开门，天上落下了小雪，和我初到南方时一样，棉絮一样小小的雪。恍然间我还以为，好像这么多年都不曾到来过，一切还是最开始的模样，其实不是时光倒流，是我终将履行诺言。

很多年之后，你会看见有个叫江棋的姑娘，她站在舞台上，她会凯旋。

属于别离的四个词语

文／辉姑娘

一

认识小信是在大二的夏天。那时候广院门口有条叫"西街"的小市场，小信就是这些小贩中的一个西瓜摊主。

一个瘦瘦小小的女生独自卖西瓜，生意却是那个夏天里西街上最好的。她搞了一辆破烂的小汽车运西瓜，汽车后厢装上了一台冰柜，西瓜全部存放在冰柜里。

我常去买瓜，便与小信熟络了。她是附近另一所大学的学生，勤工俭学出来卖瓜。每天要五点起床跑到水果市场去进货，再赶着中午和晚上学生放学的时间出来卖瓜，我听着都觉得累。

我说这么辛苦就少卖一点啊，你的学费应该攒够了吧。她笑了起来，摇摇头：不够。

她赚的钱一半给自己，另一半要寄给东北某城市的男朋友。

这让我有点难以置信，难道他一个大男人，不能自己赚吗？

她有些害羞地抿起嘴，说："他整天泡在实验室里，很忙的。再说他马上要考研究生了，不能分心。他家庭条件不太好，我想多寄点钱给他。"

她扯开话题，指着街对面一家小卖店有些期待地说："那天我看到一个女孩拿了一支雪糕出来，全是巧克力和花生碎，看起来太好吃了，可是价格真贵。"

我说请你吃。她连忙拉住我，我不是买不起，就是想多存点钱，省着省着就习惯了。

某个傍晚，我从图书馆出来，看见小信冲我急切又兴奋地挥手。我跑过去，只见她一脸喜滋滋地抓住我的胳膊，笑着对我说："今天我请你吃雪糕！"

小卖店门口的地上乱七八糟地堆着十几支雪糕。"哇！你发达啦？"我半调侃半好奇。

"不是的，今天下午停电，雪糕化了没法卖出去，老板便宜卖我，但是必须包圆儿。"

那个夜晚，我们顶着瑟瑟的秋风，哆哆嗦嗦地蹲在小卖部门前，干掉了所有奇形怪状的雪糕。

有一次，一个男人来买瓜，动手动脚的。小信二话没说，一手拨110，一手抓起西瓜刀逼住了他。警察赶到的时候，正看见她把半个西瓜一鼓作气扣在那男人的头上，红色汁液滴了一地。

我赶到时，西瓜刀依然在她手里捏得死紧，手指都变了形。我把刀夺下来，抱住她，跟她说"没事了"。

她居然还能"咯咯"笑出声来，说："我当然没事啊，有事的是那个绿帽子。"她一边笑，一边从我的怀里慢慢滑坐在地上。我能感到她在剧烈地发抖。

二

大四的冬天，是记忆里最冷的一个冬天。据说东北降了百年一遇的大雪，冰雪封城。

小信急了，觉得这雪降得太猛也太早，男友家里的冬衣应该都没有寄到，一定会把他冻坏的。

我花了很多时间安抚她，她却死活不信。大约所有的女人都习惯性觉得深爱的男人需要无微不至的呵护。她买了一张最便宜的大巴票前往那座城市。

在那以后的故事，都是后来她叙述给我听的。

那场大雪下得出人意料的漫长而结实，大巴车在行进了大半天以后，深夜被困在了高速公路上。前后都是车。当时距离小信要去的城市只有十几公里，却死活堵住了，寸步难行。小信心中焦急，于是她做了一个大胆的决定，下车步行。

很久以后她每每跟我描述起这个场景我都无法想象，一个单薄的女孩，背着一个沉重的装满冬衣的大包袱，一步一步地在大雪中行进了足足十几公里。说是雪路，其实夜雪之后，雪化水，水结冰，冰再盖雪，再结冰……这是一条长长的冰路。

小信说她也不记得，自己摔了多少跤，只知道摔到最后整个人都麻木了……她甚至已经完全忘记了自己一个独身女孩行进在这样荒无人烟的地方，是一件多么危险的事情。"原来疼痛可以忘我。"她在回来后笑着对我说。

可是她终于还是走完了。她跌跌撞撞地到了传达室，请求老师通知那个男生她来了。

他出来了。他说的第一句话是："你怎么来了？"

她不知道该怎么解释，忽然想起身上的包裹，连忙摘下来，用冻得迟缓的手脚笨拙地打开，把衣服捧给他，他却只是皱着眉头看着。

她盯着他的眼睛看,脸上的表情从期待渐渐变成平静,最后又渐渐失去了所有的表情。

他终于还是冲她点了点头,"衣服我会穿的,可是——"

下一句话刚要出口,却被她硬生生打断。

"谢谢你。"小信说。

这是一句很荒谬的话,可是她宁可先出口,只因为她更害怕听到他对她说出这句话。

他说:"对不起。"

她说:"没关系。"

什么都不必说也不必解释,有时候最简单的对白,已经足够明白对方的心是冷是热,是诚是伪。又或者,根本就没有心。

她抬起头,最后看他一眼:"再见。"她转过身向着来时那条冰路走去。

"哎——"他喊她,大约是心里终于生出了一丝内疚,"天太冷了,要不然我帮你在学校借间寝室,你住一晚再走吧。"

她回头,冲他笑了笑:"不必了。"

三

她是摔回去的,不停倒地,再勉强爬起。

她以为这条路将永无尽头,直到一辆车子停在她面前。司机摇下窗子,冲她喊:"闺女!这大半夜的,你要去哪儿啊?"

她说出附近城市的名字,司机想了想说:"上来吧!"

车里很暗,她站在车旁,犹豫地握着车把手,恐惧渐渐蔓延上心头。可是举目四顾,这荒野茫茫,白雪皑皑,哪里还有其他车的影子。

她终于还是上了车，死死地抱住胸前的小包，那里只剩下了一张回程的车票与十元钱。

司机毫无察觉，还在与她搭讪。她不吭声，却愈加心慌起来。这司机专往偏僻的小路上扎，有几次路两旁的树枝都抽上了车窗。她有些绝望地想，如果对方欲行不轨，她就跳车！

司机见她不回答，也不再发问了，四周安静下去，只有车子飞速行驶的声音。

车子停下，她整个人昏昏欲睡。人的神经绷得太久，竟然如此疲惫不堪，仿佛下一秒闭上眼睛就可以世事皆忘。

司机叫了她一声，她浑身一激灵，冷汗"唰"地就下来了。

"到了，下车吧。"

她茫然地推开车门——

漫天的轻柔雪花紧紧拥抱住了她，四周的高楼灯火星星点点蔓延开去，专属于城市的温暖气息扑面而来，脚下是坚实的地面，她终于不会再摔倒了。

小信的泪水在一瞬间夺眶而出。她一边抽噎一边不忘转过头看着那个一脸憨厚的司机："谢谢……谢谢你，车费多少？"

司机笑了笑："十块钱。"

小信紧紧捏住那手心里的十块钱，忽然猛地蹲了下去，在那司机的惊愕目光中，放声大哭。

那个大雪纷飞的北国夜晚中，所有的绝望、泪水、恐惧都显得微不足道。22岁的小信，她失去又得到一些东西，也终于明白了自己真正的需要。不是甜蜜的西瓜，不是歪扭的雪糕，不是肆无忌惮付出的青春，也不是那一场灰飞烟灭的惨淡爱情。

活着，并且只为自己好好活着，比这世间的一切都重要。

四

上个星期我与小信重逢的时候，饭局结束时她抢着结账，我则抢着把她钱包里那张一家三口的合影拿过来看了很久。

我本是不欲聊起以前的事情的，倒是她坦然回忆，云淡风轻，并评价：那就是一个渣男痴女的故事，情节很琼瑶，结局很凄美。

我笑起来，想着，但凡可以轻松自嘲并一针见血，大多是真正的遗忘吧。

临走的时候，我把那照片还给她，递出去的一瞬间，却忽然扫到背面写了几个词。

我没细看，但心里猛地一颤，然后手就下意识地松开了。

在我们心里，在每一棵盛放着灼灼花朵的树根下，究竟埋藏了多少永不能见天日的秘密。

那些难以启齿的爱，那些刻骨铭心的故事，那早已辨不出色泽的一捧春泥。

某次打电话给小信，终于鼓起勇气犹疑地问：你照片背面的字，先生看到过吗？

她轻声地笑：谁没有一张写着字的照片呢？

谁不曾在青春里做过一个不懂忍耐，只懂付出的傻瓜，一场感情如大雪将至，轰轰烈烈，无可挽回。对方却是那个轻描淡写的扫雪人，天明时，人与雪都悄然远去，了无痕迹。

幸好我们，不再爱人逾生命。

幸好我们，终等到雪霁天晴。

这是最好的结局。

不必畏惧,其实这世间所有曾经让你痛彻心扉的别离,无非都是四个词语。

谢谢你。没关系。再见。不必了。

你落在心口，像一滴被忍住的泪

文／陈若鱼

一

如果要问江怡辰，20岁前最不后悔的事是什么？她一定会毫不犹豫地告诉你，是认识刘畅，一个让她背英文单词熬成熊猫眼，终于通过托福考试奋不顾身跑去墨尔本之后，却在两个月内把她甩了的男生。

江怡辰跟刘畅在网络高校联谊会上认识，从一开始就是惨绝人寰的异地恋，一个在天津，一个在北京，都是大二，念新闻系。

高考的时候，江怡辰发挥失常，只考进北京一所不知名的大专，刚跟刘畅恋爱那会儿，她已经在自考中传本科。每天除了煲电话粥，就是在看学习资料，我们寝室出去聚餐，出去欣赏小鲜肉，她永远都缺席。

那时候我们寝室的几个女生都不看好他们，更是心疼江怡辰每周都从北京坐动车到天津，而那个身为男朋友，本应跋山涉水的人却一次也没有为她来过北京。

只是，江怡辰却傻得毫无怨言。

江怡辰是那种连哭起来都会被人觉得不和谐的山东壮姑娘，穿上平底鞋都有一米七六，令许多男生汗颜。当她一脸傲娇地告诉我们，她们家刘畅身高一米八六的时候,脸上似乎写着四个大字:天生一对。

她可以素面朝天,也可以一个人给寝室扛桶装水,甚至可以半夜陪网络那边的刘畅打 LOL 到天亮,然后再顶着黑眼圈去上课。

我们都觉得她简直就是条汉子。

只是,那时候我们都没想到这样的女汉子,最终会在异国被她深爱的男生伤害得体无完肤。

二

关于刘畅,我们知道的不多。

只知道他老家是太原的,父母做着前景不错的外贸生意。他是家里独子,从江怡辰每天微博上的"秀恩爱"可以看出他长得还不错。

江怡辰的父母在她小学四年级的时候就离异了,她跟妈妈,也许是因为家里只有两个女人,所以她异常坚强。她跟刘畅的恋爱并没像学校的很多女生一样瞒着家里,而是在恋爱一个月的时候就把刘畅的各种帅照打包发到了她妈妈的邮箱,我们这帮室友都觉得她这辈子八成是打定主意要栽在刘畅手里了。

大三开学的时候,江怡辰决定把刘畅带来见我们这群娘家人,刘畅万口口声声答应下来,却在最终以动车停运为借口没来。我们气得直跳脚的时候,江怡辰却一个人海吃起来,还替他开脱。

"每次我去天津,他都会带我去吃大餐,有时候还会送我礼物,他还会说心疼我每周这样跑来跑去。他说等我们毕业了，就去北京工作，我们就可以天天在一起了。"

"他要是心疼你，为什么不来北京找你？"许小西问道。

"他忙啊，也许动车真停运了呢！"江怡辰往嘴里塞进一块牛肉，然后笑着，笑得很开心。

我们都没再说话，陪她喝了一扎啤酒。

回学校的路上，江怡辰蹲在路边吐了半晌，站都站不稳了，却还是把喝醉的许小西扛上了位于六楼的宿舍。

我们也曾劝过她，不要太女汉子了，男生都喜欢柔弱点儿的。可她却说，一个身高一米七六的女生柔弱起来，一定会把刘畅吓跑。

说这句话的时候，她一定没想过两年后刘畅分手的理由，正是因为她太强大，强大到像个男人，强大到他觉得即使没有他，她也可以在异国他乡活得有声有色。

三

大三下学期，课程已经完结。

江怡辰拿到大专毕业证的同时也拿到了本科学历，这让我们相信，原来自考真的是可以坚持下来的。

正当江怡辰心心念念等待刘畅奔向她的怀抱的时候，刘畅却告诉她："怡辰，我爸妈希望我去墨尔本继续深造。"

江怡辰愣了三秒钟，咧嘴一笑，无比诚心地说道："好啊，墨尔本很好啊！"

刘畅没想到她会回答这么干脆，可能有些于心不忍，就随口说，"要不你也来吧？"

江怡辰直接点头:"好啊!"

刘畅没想到她又回答得这么干脆,一时竟没反应过来。

他不是不爱江怡辰,也不是想分手,只是如果他知道在不久的将来他会变心,他一定不会说出那句让她也去的话,他宁愿更狠心地说一句分手。

大概是出于两年异地恋的愧疚,刘畅到底还是在去墨尔本之前去了趟北京。江怡辰很兴奋,带他去八达岭爬长城,去南锣鼓巷装文青,去后海喝带着夏天西瓜味道的鸡尾酒,然后两个人从鼓楼走到水立方。

偶尔回头看见镜子里的自己,眼中闪闪烁烁,大概那是星星的倒影吧。

四

刘畅离开以后,江怡辰从刚刚结束的自考转战到雅思。

那时我们已经被赶出学校,蜗居在一间间半地下出租房。

周末寝室聚餐,我们发现江怡辰被跨国恋和雅思折磨得不成样子,原本肉肉的脸,完全瘦了下去,完全没有一个23岁女孩该有的光泽。

"不行就放弃吧。"我们劝她。

"雅思不行,还有托福。"

离别的时候,许小西说她要回福建老家了,海滨城市,简单又安逸,不像北京压力大到想投胎重来。我也想不通,当初说好要在北京混得风生水起的几个人,为什么这么快就要散场,有的要退到安宁的小城市,有的却要为了爱情迈出国门。

可是，我们谁也拦不住谁。

就像江怡辰雅思没考过，一天都没歇，继续考托福，只为了能跟那个每天晚上打越洋电话的人朝朝暮暮。

江怡辰通过托福考试那天，欢天喜地请我们吃饭。菜还没上，她就仰头喝了一大杯啤酒。她说，两周后她就动身去墨尔本。

我们愣了好几秒，都举杯庆祝。可我们都觉得现在的江怡辰，已经不再是当时大一新生的江怡辰了。那时候她仰着青春洋溢的面孔，跟我们说，这辈子哪里都不去了，要留守大北京，在小胡同里过小日子。

现在的江怡辰，双眼无神，只有提起刘畅时才会发出一点点光亮来。

五

江怡辰飞抵墨尔本那天，刘畅去接机。

见到面的时候，刘畅只是帮她把行李塞进出租车后备厢，然后说昨晚打了一夜游戏，很困，就靠在她肩上睡着了，脸上没有一丝惊喜。

刘畅在学校外面租了一间不大不小的老房子，爬上楼顶可以看见很远的海，还有满大街的树，江怡辰经常从宿舍跑去找他。

江怡辰的英文还不足以与人自如地交流，因此没什么朋友，每天都忙着适应新环境和结识同学，同时还拼命练习英文。

一个女生为了一个男生，跋山涉海地跑来一个陌生的国度，这种勇气和艰辛男生们似乎永远不会明白，大概只觉得爱情里，你来我往就是最好的回报。因此，在江怡辰还没搞清楚学校有几个门，门外有几家中国餐厅的时候,刘畅提出了分手。

他说,在一起太多年了有些厌倦。

江怡辰这回愣了好久好久,她不敢相信眼前这个她爱了近三年的男生在跟她说分手,她不敢相信这世上还会有别人能够完美地填补他们相差的十厘米身高,她不敢相信她在这个陌生的城市突然变得举目无亲。

刘畅把她的东西拿出房间的时候说:"怡辰,对不起,不过我相信你这么强大,就算没有我你也可以在这里生活得很好。"

六

江怡辰怔怔地提着自己的行李下楼,在楼下看着她给刘畅买的那一挂浅绿色的碎花窗帘,看了好久,好久。

她很想问刘畅,如果她不是一个这么强大的女生,他是不是就不忍心分手?

答案在一个星期后出现在江怡辰的眼前,学校外的街道上,刘畅牵着一个女孩的手,女孩穿着可爱的吊带裙,涂着西瓜图案的指甲油,笑起来都要靠在刘畅肩上,看起来小鸟依人。

江怡辰曾在刘畅的电脑里见过这个女孩。

在国外还能偶遇前女友的概率,究竟有多大,她不想问,也不想知道,只觉得真相浮出水面的时候,真的让人心痛。

江怡辰在那次偶遇之后,沉默了许久,但最终她还是决定撇开这一切,让这个城市变得不再陌生。

她更加勤奋地学习,只在午夜梦回的时候,想起那个叫刘畅的人。

拿奖到学金的那天，她还会跟来自全世界的同学们一起去大洋路看湛蓝的海。她想，她之所以不后悔遇见刘畅，大概就是因为，如果不是刘畅，她不会去考什么托福，不会出国留学，更不会发现原来自己可以这么有毅力。

现在，她享受着更美好的生活，偶尔也会问一问自己，江怡辰，你到底还可以多强大？

艾宾浩斯曲线上的青春

文／桥边红药

一

读小学五年级时，班上转来一位女孩子。她一直记得那天女孩穿一件藕色的连衣裙，滚了一层一层的荷叶边，娉娉婷婷地站在讲台上时，喧哗的教室里渐次安静，像多米诺骨牌一个接一个，所有的同学不由自主地看向讲台。

那仿佛是一种神秘的力量，女生微微一笑，不大的声音却很悦耳，"我叫白荷"，连正在做数学题的她也不由得停下笔，在心里一笔一画地写她的名字。

白荷，白荷。

她在期末考又一次拿了年级第一，老师要她写国旗下讲话的稿子。她不负期望地将稿子写出来，也在心里默背了千百遍，可是老师语重心长地对她说，会有更合适的人选代表班级来进行台前演讲，她能不能将机会让出来？

后来她和几百名学生一起站在初升的太阳下，看国旗缓缓升起，听很多人夸奖一个叫白荷的女孩子，漂漂亮亮又声情并茂地演讲。赞叹的话语响在耳边如潮水上涌，听到后来连她自己也认为，文章本身的辞采就是为和着白荷的演讲而层层铺垫的。

长那么大她第一次觉得，其实自己长得是

那么拿不出手，连声音也不堪入耳。成人都以为年幼的世界单纯得容易解释，拿来拿去最多不过安慰几句，可是玻璃般的自尊才是一碰就碎。

她摇摇头，甩干了眼泪，将不快抛诸脑后，就像小时候手中的风筝突然断了线：断了就断了，飞了就飞了，没什么大不了。

二

中考的成绩足以她挑选市里的任何一所中学，她毫不犹豫地将身家赌注压在最好的重点中学。小城里的人都说，进入那所高中就意味着已经迈向名牌大学。而她的目标是，踏实又无比荣耀地站在象牙塔的门里。

每一天她都勤勤恳恳，在蓬勃飞扬的青春，她沉默得只剩和书本对话。很多人都记得，在早上七点钟的食堂，她一边看书一边喝着微烫的小米粥，有时候勺子含在嘴里，书却翻了半本，临了，她抱起饭盒草草喝下几口。很多个晚上她躲在被子里，用手电筒照着一遍一遍地温习笔记，修改卷子，她知道自己从来都不是聪明的女生，不把练习的时间延长，她没有把握朝着梦想靠近。

她的成绩终于稳稳达到校方保送生的标准，所有人都替她长长的吁口气，公布名单的那一天却意外的没有她的名字。行政楼长长的走廊上，年迈的老校长推了推眼镜，想了又想还是开门见山地告诉她，替换她的男生，其父亲出钱又出力给学校建了实验楼，更换了桌椅，连她每学期的奖学金也是出自于此，学校这样做别无他法，希望她能体谅。

她咬咬牙没说话，就是太体谅母亲出早摊的辛苦，父亲爬手架的危险，她们家门衰祚薄，晚有儿息，她才疯了一般用功学习。而这些用功在结果改变之后，淹没在太多人的努力中，平淡无奇，仿佛不需要任何人的体谅。

她蹲下来抱了抱自己，却没有哭泣。

三

她没有考上那所用庚子赔款建立的大学，在离家千里之外的省城，读一所依然让很多人赞叹的院校。

在大学更宽广的舞台上，她看到太多人的优秀不只用成绩来衡量。他们像是有十八般武艺，精神抖擞又轻松活泼的般般演艺，能力更像是光彩夺目的勋章，要昂首挺胸才能佩在胸前。

她依然在上专业课的时候，坐在第一排认真听讲，也代表院系在上千人的现场精彩辩论。偶尔参加舞会，笨拙地踩来踩去，周末骑车穿大半个城市做兼职，赚微薄的薪水，也为未来做积累。青春，终于开始酝酿甘甜的芬芳，淡淡的滋润着心田，那些难过终究若隐若现。

同寝室的一位女生在大一时就立志出国，女生总是在寂静的天微微亮的早上就爬起背单词，夜深人静时才背着大书包一脸疲惫的回来。她总是不睡等着女生，给她开门，为她留足够的热水，有时会算着时间给女生煮碗面。很多人都不明白为什么家世良好的女生还这么拼命，已经不用奋斗十八年就能和很多人坐在一起喝咖啡。其实她也不懂，却还是习惯陪女生一起坚持，那总能让她想起过去的很多时光：纯粹，干净，还有寂寞。

出国的前一天晚上女生哭着告诉她，生命中有太多爱我们都无法承受，只能逼着自己向前，向前。在如水的月光下，清冷的夜色里，她恍惚看到了十七岁的自己，在寂静的青春里，独自拔节生长。

四

  艾宾浩斯理论说，遗忘在学习之后立即开始，最初速度很快，以后逐渐缓慢，保持和遗忘是时间的函数。

  她曾经在敏感的青春学着勇敢，以为自己可以很快忘记那些不快，可是很久以后，年少争强的心还是隐隐作痛。就像她从来都觉得，按励志故事的套路，结局应该是她奋发图强，考入最高等学府，狠狠地争一口气。

  而后来，她却原谅了替换自己的男生，也饶恕了那段时光。每一段青春，都有无法言明的伤，我们必须学着用最乖的方式长大。

  其实，我们太多人小时候都不够灼灼闪亮，没有绿窗朱户的家世，未来依然九曲十八弯要我们奋发努力。而扎根记忆深处的酸涩的成长，却教会我们昂扬向上，那段明亮又疼痛的日子，我们唤作青春，它像艾宾浩斯曲线诚实地记录岁月如歌。

樱花座女孩

文/花凉

晚自习时,坐在我旁边的室友忽然哭了。一直觉得她是冷静又理智的女孩,这是我第一次见到她哭。我低声询问她发生了什么,她把手机递给我,屏幕上是七个字:我们还是分手吧。

是高中时便开始的恋爱,全心全意。只是那一年她高考失利,他去了远在东北的一流军校,她在家乡复读,心心念念的是和他比肩,然而最终还是不尽如人意,她只勉强进入一所二本师范院校。

即便是相隔坐二十个小时火车的距离,她也未曾动摇过对他的感情,甚至还在心里盘算着省下生活费去看他。谁料未到圣诞,他便提出了分手。理由冠冕堂皇,他觉得她读了这样一所学校,以后只能回家乡那个小城市当老师,而自己,他在短信里是这么说的:我以后肯定是不会回去的,我们的人生道路不一致。

这种理由,和"我不爱你了"相比,说不上哪一种更让人无力。

那场失恋伤筋动骨,她哭了接近一个星期,体重掉了整整八斤。但也只哭了那七天。

第八天她从床上爬下来,去卫生间洗了个脸洗了个头,出来之后吹干头发,而后便沉默地收拾桌子上的资料课本，去了图书馆。那尚是大家都浑浑噩噩拼命玩耍的大一生涯，一场失恋，却让她一夜间从天真少女变成"拼命三娘"。

除了每天起得极早泡图书馆外，她好像并未受那场失恋打击太多，依旧爱说爱笑，好似那七天的步步荆棘，不过是一场幻觉。

也并非一时打了鸡血，她坚持了三年。三年后面临毕业，她的综合成绩全年级第一，拿到了全省优秀毕业生的称号，大家还在为未来迷茫发愁时，她却要在中国银行的 Offer 和国内最好的外语学院研究生之间做出选择。

有些人失恋之后活成了一个笑话，而有些人，则活成了一段传说。

毕业聚餐那天，我又一次看到她的眼泪。宿舍的人一起喝酒，她醉得最厉害，拉着我的手一个劲儿地哭，问我，我现在做到了，他能回到我身边吗？

答案，其实不重要了吧。

到现在，我和她还保持着联系，知道她正在准备雅思，明年出国。我有时也会同比我小的女孩讲讲她的故事，有人会好奇地问，她是什么星座？

我想了想，应该是樱花座。

樱花是一种很坚强的花。只要气温一到，樱花必然盛放。

不得善终的单恋，步步荆棘的分手，血肉模糊的背叛，哪一个女孩的成长史，说起来没有几滴斑驳的血泪。

愿每个女孩都活成樱花座，用最漫长的时间道别，在心底绝境中坚持，衣襟带花岁月风平，走在更好的路上。

IV 我亲爱的陌生人

最佳损友

文／八月长安

一

我特别喜欢一部动画片，名叫《草莓棉花糖》。动画片很简单，讲述一个20岁的日本大专生姐姐和四个10岁左右的小妹妹的日常生活。

一天，名叫美羽的淘气小孩忽然为一个词执着起来了，她一遍遍地问自己的好友千佳："我们是朋友，还是至交？"

日语中"友达"便是朋友，老外口中的Friends，实在是个亲切又没什么意义的词。我第一天到日本，让刚认识半小时的室友帮忙买个东西，她阻止我道谢，说 We are friends，快得我都反应不过来。

"至交"这个说法直接用作中文总有些文绉绉，或者，最好的朋友？这么说还是怪怪的。算了，是我自己的问题。我对"最好的朋友"这五个字过敏，一提起便难过。

总之，至交还是朋友，其他人都不关心的问题，却让美羽执着万分，只为证明一件事——"我不是普通朋友，是至交，是最好的、唯一最好的朋友。"所有人都觉得她莫名其妙，我却在那一刻，很想拥抱这个小孩。

二

我一直认为，小学作文的命题里藏着满满的恶意，比如《我最好的朋友》。那天老师让我们一个个站起来念作文。写我的女孩子，我写的不是她；而我写的人，写的也不是我。这种事现在讲起来可以作为温馨好笑的怀旧段子，但在我们还都热衷于玩"你跟她好就别跟我好了"这种初级《甄嬛传》的年纪里，这种事故是爆炸级的。下课时，我跑去找那个写我的女生，她抬头对我说的第一句话就是，没关系的，我却更难过了。

所以我从不在 L 面前问"我们是不是最好的朋友"这种愚蠢的问题。虽然我刚认识她的时候还是犯了蠢，和她聊天聊到大半夜才结伴回宿舍楼。表面上，我们聊成长经历聊未来理想，关于"我"这个话题我们都有太多想告诉对方的，但内在里，我们都是有戒备的人——展露五分的真诚，也藏起五分的阴暗真相，极为愉快，也极为疲惫。

分开后我头脑一热发了一条好长好长、热情洋溢的短信，只是结尾处矫情地来了一句："可能我们睡醒了就恢复普通同学的状态，自我保护，但是今晚我是把你当朋友的。"我们那个年纪早就经历了太多诸如命题作文事件的洗礼，早就懂得不要先袒露真诚，就像两只狗相遇，谁也不愿意先躺在地上露出肚皮示弱。

那条短信我不记得她是否回复了，这足以证明，即使她有回复，也一定挺冷淡的，否则我不至于自动抹掉了这段记忆。

许久之后我才知道，其实她当时也挺感动的，就是因为这条精神不大好的短信，让她有了安全感，所以愿意亲近我，尝试着做真正的朋友。第一只狗露出了肚皮,第二只狗决定不去咬它了,大家可以一起玩。

　　L有很多朋友。她是个内心骄傲的人,可以轻而易举地让大家都围着她转,也可以在她不喜欢的姑娘站在宿舍门口对她说"好想找人聊天啊"时说,别找我,然后关上宿舍门。但是依然谁都说她好。

　　相比之下,在和人交往方面,我简直就是个怂包。如果那个姑娘站在我门口,我可能假笑着聊到对方内心熨帖花枝乱颤,送走瘟神后,再跑到L面前一通咆哮——还没忘了降低音量不扰民。每每此时,L都会低垂着眼皮,偶尔冷笑一下,于是我渐渐很少在她面前展露这一面了。

　　我很喜欢的朋友在内心也许是鄙视我的——这种怀疑让我十分难受。

　　大学里我和她最好,但她和许多人都很好,我不想表现得太在乎她。

三

　　我和她高中时都是学霸,在竞争激烈的精英学院里却沦落到一起借作业抄,尊严和智商双重受辱,偏偏只能装作嘻嘻哈哈的样子。我们终于变成了曾经鄙视的"我很聪明只是不努力"的学生。她说,还好有你。

　　下坠的旅程里,还好有彼此。

　　所以我们在24小时麦当劳坐到天亮,商量着高数不行就一起写小说,兴奋得连可能获什么奖都计划好了。天亮起来,我们又买了最后两杯咖啡,她说去看日出吧!我们沿着马路足足走了五分钟,我才说:"楼太多了,咱们是走不到地平线的。""可不是,"L 说,"今天还阴天。"沉默了一会儿,空旷的街道上只有我们俩嚣张的大笑声。

我们有太多这样的瞬间。

冬天夏天我们都看过流星雨,在学校的草坪上。夏天时候躺着看,每隔五分钟全身喷一遍花露水;冬天时候我们羽绒服外披雨衣,在冻得直哆嗦的时候泡奶茶喝。

断电断网后一起跑到有 WiFi 的餐馆用笔记本看电影,回来的时候已经凌晨 3 点,宽阔的海淀桥底红绿灯交错,一辆车都没有。我忽然和她说起,机器猫里有一集大家都被缩小了在大雄家的院子里建了一个迷你城市,每个人都有不同的愿望,我印象最深的是一个小配角,四仰八叉地往十字路口一躺,说,终于可以躺在大马路上了。

有时候人的愿望就这么简单,只要这样就好。她说,现在就躺吧。我们就这样一起冲到了空旷的马路中间,趁着红灯仰面躺倒。最最危险的地方,我却感受到了难以形容的踏实。只有柏油路才能给你的踏实,只有这个朋友在乎你、懂你才能给予的踏实。我想问,我是你最好的朋友吗?当然没有问,我怎么能毁了这么好的时刻。

一起去人民大会堂看《复兴之路》,结束时候已经晚上 11 点,地铁停运,长安街空无一人,打不到车。她说,走到前面去碰碰运气吧。我们饿得发慌,狂奔着拦下小贩的自行车买下最后两串糖葫芦,边走边吃。

我说你听过那首歌吧,《最佳损友》,我们不要变得像歌词里面写的那样。她说我听歌从来不注意歌词。也许是我乌鸦嘴,在那之后我们的关系变得很别扭。

我说过，L是个内心骄傲的人。我虽然怂，却也一样不是真的甘心堕落。即使抄作业混日子，成绩单、实习资历还是很拿得出手。她开始闭关准备出国材料，我也穿上高跟鞋去参加各种面试。

多奇怪，曾经那么多脑残又丢脸的事情都能结伴做，忙起正经事却变得格外生疏。我问她申请进度，她一边忙碌一边说就那样呗；她问我小说交稿了吗，我说瞎写着玩的还真指望能出版吗……我们之间并没有什么竞争关系，我们不妒忌彼此，所以我至今想不通。

难道说我们只是酒肉朋友，一触及对方内心真正的禁区，就立刻出局？我小心翼翼地把出的第一本书送给她，一边装作送的只是脑白金大家一起哈哈笑一下就好，一边却在内心很希望得到她的认可，她只是说，"哟，出了？"就放进了柜子里。好久不一起吃饭，忽然她蹦到我面前说"我拿到×校的AD（录取通知）了，奖学金还在路上"，我也没给出应有的欢呼雀跃和祝福，居然笑得很勉强，勉强得好像是见不得人似的。可我们到底有什么仇呢？

临毕业前她遇到一点小麻烦，毕业典礼都没参加，就飞去英国了。我没有告诉过她，为她这点麻烦，我去做过努力。我们之间没那么肉麻恶心。L发给我的最后一条短信是，毕业快乐。

四

如果你觉得这个故事的结尾断得莫名其妙，那我想你明白了我的感受。校园女生需要朋友更像是草原上的动物需要族群，并非渴求友情，只是不想被孤立，所以哪怕不喜欢这个朋友也需要忍着过日子，久而久之有了点感情，回忆时候一抹眼泪，都能拥抱着说友谊万岁。

我一直说我和L是不同的，就像美羽气急败坏地强调，她们是至交,至交。我们没有凑合。于是连人家的十年重聚首,朋友一生一起走都无法拥有。谢天谢地,毕业时我才失去她,这样会好受很多。

福岛地震的那天,我终于收到她的邮件,她以为我又回到日本留学去了,问我是否安全。

她是多不关心我才能记错我的去向,又是多记挂才会这么急切。千言万语哽在胸口,我们聊了几句,早已没有当年的默契。太多话需要背景介绍,我们都懒得说太多。这次,两只狗都没有露出她们的肚皮。

昨天走在路上又听到这首歌:"从前共你促膝把酒,倾通宵都不够,我有痛快过,你有没有。"

L,你有吗?

"千佳,我们是至交吗?是吗是吗,是吗?"反正在动画片里,千佳最后被烦得不行,斜着眼睛看美羽说,算是吧。

原来那天的阳光

文/姚琛

一

早上,荣宝踩着铃声连滚带爬地进了教室,还没落座就扯着她那大嗓门苦大仇深地说:"在冬天,起床就是一种会呼吸的痛。"

"你左眼角还有昨晚的残留物。"我直言不讳。

荣宝不声不响地坐到我的旁边,一张大饼脸就这么凑了过来,双颊上可爱的雀斑清晰可见,"我都还没刷牙没洗脸呢!"她不屑地说,把脸又凑近了一些,问:"很明显吗?"

正说着,看到班主任站在了门口,眼睛斜视着我这个方向。他脸上表情节俭,看不出情绪的面容就像化骨绵掌能杀人于无形。

我随手拿了一本书开始诵读,混着琅琅读书声,嘴里却念着:"班主任来了,注意,班主任来了!"说完直接就接上了"曲曲折折的荷塘上面,弥望的是田田的叶子……"

荣宝收到我的暗号懒洋洋地挑了一本《中国近现代史》,摊开立在桌上,将头埋在了书后面。当然,眼睛是闭上的。

早自习快要结束的时候,荣宝醒了,一脸沮丧地说:"我现在又冷又饿。"我把书包里用来当早饭的一根火腿肠递给她,她一边吃一边含糊不清地说："味道不错，烨灿，下次我双倍还你。"

"下次"，这话我听得多了，下次你不抢我的就不错了。我心里这样想着的时候，班主任幽灵似的从荣宝后面将她手里的半根火腿肠快速夺了去，扔在地上，指着她怒斥道："我在窗户外盯你很久了，作风散漫，上课还吃东西，毫无纪律观念，午休时去办公室给我写检讨！"

荣宝没有出声，将嘴里没来得及咀嚼的火腿肠咽了下去。

班主任刚转身她就活了过来，说："扔在地上就好了，还用脚踩，难道还担心我再捡起来吃吗？真是！"她噘噘嘴，翻了一个白眼。

我笑："你没准儿。"一本书就向我飞了过来，我收敛了大半笑意做出防护的手势，书擦过我的手掌，页码纷乱地飘在地上。我想跟她同桌久了会不会打通任督二脉，实现童年时候的梦想练就一身盖世武功？

二

当然，武功没有学会，倒是借她的光免费看了很多小说。荣宝不是走读生，却总能从校外收罗到各种书籍。事实上，那些书无非就是一些打打杀杀或哭哭啼啼。我自己也不知道为什么上课那么热衷看小说，似乎那种与天斗与地斗与老师斗其乐无穷的心理远远胜过了小说的具体内容。

荣宝教我在自习课偷看小说的各种法门。她说，你把小说摊平放在桌上，下面垫一本教科书，最关键的是右手要拿一支笔不时地在小说上面画画写写，偶尔还得做冥思苦想状，表情嘛，最好能像蹲马桶上便秘般痛苦纠结。这样一来，老师就以为你在做习题。

按荣宝的方法被抓到的概率果然大大降低，但还书的时候押金却被扣得所剩无几，原因是被我看过的小说上面都画满了歪歪扭扭的线条。

荣宝拎着我的耳朵就骂："说你是猪，都侮辱了猪！"

我不服气地嘟囔："不是你教的吗？"

她暴跳如雷："假装！不是叫你真画，懂吗？"

就这样，我和荣宝同样在偷看小说的时候假装做习题，可每次数学考试她的分数却甩出我好几条街，这让我绝望到不得不承认学习是需要天赋的。

十月，学校的梧桐叶仿佛一夜之间全黄了，没完没了地往下落。月考结束后，数学老师叫我去办公室。她手里拿着我们班的总成绩单，说："数学多死，就那么几个公式套来套去，你怎么就学不明白？拿出你爱语文的一半感情来爱数学都不会这么差！"说着将成绩单砸到了备课桌上，粉笔灰膨胀开来在空气中此起彼伏。

拿出一半的感情？我心里苦笑了一下，对数学我就差把心掏出来给它了。

荣宝听我诉完苦，安静地说："你要学会运用公式和掌握解题思路，而不是死记老师板书的例题。"每次听荣宝讲完我都会有那么一瞬间感觉自己锈死的数学细胞灵光乍现，可做题的时候马上就被打回原形。我就像一个病入膏肓的人久治不愈，一口气吊在嗓子眼儿，不死不活的，既不能动手掐死他又不能对他放弃治疗。

秋天慢慢过去，天气也渐渐冷起来。不久，落了一场雪。雪的到来使冬天的一切变得那么阴沉。快期末的时候，模拟考试越来越多，好像我们的价值只有通过那些薄薄的试卷才能体现。我和荣宝不谋而合地倾注更多的心思在学习上。当一个人在认认真真付出的时候，对结果就有了更多的期待，心情总是随着高高低低的分数上上下下，老师一句鼓励的话就能激动半天，我们的快乐就是如此廉价而简单。

经常做试卷，棉袄的袖口被铅灰逐渐蹭黑，我们一边骂骂咧咧一边在试卷上涂涂写写。

期末考我和荣宝考得一塌糊涂，差到我认为去谈梦想是件很奢侈的事。我们都是不愿服输的人，结果输得比谁都惨。

三

除夕，荣宝打电话来跟我说新年快乐，语气雀跃而温暖。我积极应和她，临挂断的时候吐出一句："荣宝，我感觉撑不下去了。"

大概受了我的影响，她的声音显得有些慌张，"再忍半年分科就好了，你看我不也是被文史政拖累吗，没事儿。"

我故作生气地笑笑："小学六年级，老师说咬咬牙考进初中就好了，中考说撑进高中就解放了，可是现在呢？"我的声音有些暗沉无力。

荣宝打断我的讲话："分完科，你就能如鱼得水了，等考上大学，你就有大把时间干自己喜欢的事。"

准确地讲，我是被她最后一句打动了，我期待那种策马奔腾的自由，脑子里的幻想充盈到泛滥。

开学那天，我还在走廊，荣宝就将头伸出窗户没心没肺地向我招手，早春的一抹阳光照在她脸上，煞是好看。

接下来的日子，荣宝给我补数学，我给她补英语。吵吵闹闹互相骂彼此笨，然后又互相激励对方。

我和荣宝就像两个瘸子，各自坏了一条腿，但是搀扶在一起，她一步我一步居然也在向前。我的数学成绩像窗外的天气有着轻微的回暖。慢慢我悟出了：你可以不会，但不可以不学。

天气越来越热，空气中开始弥漫着好闻的栀子花香。学校放出风声，按本次期末考试的成绩将在文理科里面各分出一个重点实验班。所以大家都暗自发功，挑灯夜战。

我早就下定决心，生是文科的人，死是文科的死人。而对于荣宝，她数学那么好，兴许是已经做了决定，对于离别，我们心照不宣。

期末考，她就坐在我前面，有人开玩笑说你们互利互惠一下就能一起进实验班了。考数学的时候，荣宝用后背轻轻叩击了几下我的桌子，偷偷递来一张纸条。我接过，心里竟有种强烈的挫败感。我直接把纸条揉进兜里，整场考试都低着头，把试卷上面写得黑压压一片。不会的也写上各种公式，因为我记得老师说过不要留白，只要见字，判卷老师也许都能给点儿人情分。

很快，文理科分班名单贴在了宣传栏里。意料之中，我没有在文科实验班找到自己的名字，却在里面看到了"荣宝"两个字。

晚上荣宝拎着一袋水果来找我，彼时天气微凉，暗蓝色天光随着晚风渐渐变暗。我们在香樟树下的藤椅上默默地吃完了三个苹果，最后荣宝还是没有忍住，问："烨灿，怎么回事？你进文科实验班应该是没有问题的。"

我顿了顿，说："我没有抄你传的答案。"

荣宝仰起脖子，定定地看着我，然后顶出一声"唔"，语气犹疑。

"你这样做让我觉得很伤自尊。"

荣宝微微蹙了一下眉头没有说话，她的目光游离在被她啃得像个腰鼓形的苹果上。良久，她才挤牙膏似的挤出一句："对不起，我只是想和你一直做同桌。"

听着她心虚和歉意的语气，我隐约有些怅然，心里明明有很多的话却找不到回应的措辞。枯死的树叶落下来划到脸颊，留下轻微的疼。半晌，含在嘴里的话吐出来也不过是一句：起风了，我们走吧。

时间的残忍与冷漠就在于：走吧，不许停，没法停。

四

寒风凛冽中又是一年圣诞，我在遥远的北国和大学室友走在去 K 歌的路上，大街小巷放着欢快的圣诞歌，我怎么听怎么觉得伤感。

突然，灰蓝的天空飘起了雪花。我想起高一圣诞的时候外面也是飘着这样的白，班级弄了一个小型晚会，我和荣宝合唱了一首小安的《给忧郁的诗》：

我喜欢站在未完工的两广路上喊你的名字／除你之外我对眼前的整座城市一无所知／我热爱你的心灵就像是那个下午的阳光／我喜欢走你走过的楼梯由下到上／那个夏天在我记忆里犹如一幅空白的画／你送我的橡皮在我送你的白纸上轻轻涂擦／我背向你用手中湿润的杯子去接取太阳／然后紧闭双眼默默地想你穿裙子的模样……

那时，她将头发自然地披在肩上，脸庞在彩纸与气球的映照下有着好看的光晕。歌曲高潮处她转头望向我，露出一个无声的笑容，像谁在水面上吹了一口气。

我脑海里像有鸟雀轻轻扑腾着翎羽，跃起丝丝旋律。高一军训休息的时候，大家三五成群地坐在树荫下嬉笑逗闹。午后阳光蒸腾起香樟树淡淡的香味，有点闷热，我坐在荣宝身边，她一句一句教我唱这首小安的歌的场景清晰起来。彼时眉宇之间那股锋芒毕露的张扬早已像一行语焉不详的断句，日子不经意间拐过了很多弯。

可是，荣宝，你一定不知道，这些年我学会了好多歌，但就这首唱得最好听。

我的朋友很多，可就算少一个也舍不得

文／张嘉佳

初中没事去打游戏，街霸前头排得人山人海，我每次都让黄豆去排，自己在旁边猛干赌博机。黄豆个子矮矮，其他没印象。一旦轮到位置，他就疯狂地喊：快快快！

我撒腿跑过去，投币，发各种绝技。黄豆把脑袋挤在一侧，目不转睛，主要任务是加油叫好。

游戏币打完了，伸手问他要，他会准备好两三枚，依依不舍地交给我。

后来学校流行踢足球，从日薄西山踢到伸手不见五指，过了六七点拼的不是技术而是眼力，黑乎乎的球在黑乎乎的夜里，一群人大呼小叫："球呢球呢，不能踢轻点啊，估计又踢到沟里去了。"

没人愿意带黄豆玩，他莫名其妙地被所有人嫌弃。这样的同学每个班都有，家境糟糕，衣服脏兮兮，强项是得零分，干什么都落最后，说话结结巴巴语无伦次，常常刚开口对方就避之不及走人了。

他也想去踢球，放学后涨红了脸，问我能不能带他去。我犹豫了一下，看到其他男同学嫌弃的表情，咬咬牙说：走开走开。

后来他慢慢沉默寡言，跟我说话变少。但

他原本就没啥存在感，我也没注意到这个趋势。

过年的时候，天冷外加凑不齐球队，我跑回了街机厅。街机厅里空空荡荡，街霸那个游戏前站着一个小个子，我凑过去一看，是黄豆。

他手边叠着高高一摞游戏币，笨拙地操纵人物，然而什么绝技也发不出来，基本第一关立刻挂。

我说，给我玩玩。

他涨红了脸，不吭声，也不让位。

我讨个没趣，随便玩玩别的，身上钱不多，不到半小时打光积蓄。我心痒难耐，这太不过瘾了，又凑到黄豆边上，说：给我游戏币。

他不吭声。

我鄙夷地说：小气。

这时候他突然哭了，眼泪哗啦啦，挂在脸上。

我大惊，赶紧溜走，一边跑回家一边想：他哭什么，莫非输得太惨？太不够意思了，滚蛋，老子也不要理你。

到家吃酒酿，突然想起来，那天我说走开走开的时候，他的眼神很绝望。

开学他没出现，据说家里觉得他读书没搞头，零分堆积，还不如早点退学做生意。然后，他从此消失在我的人生，一直到长相模糊，只剩在我耳边加油叫好的喊声，以及那绝望的眼神。

高考碰到世界杯，考砸了，只能复读。没继续在市中，家里把我搞到一个小镇的高三班，因为父亲是小镇的镇长，寄希望老师能对我尽职一些。

对这个变化我很兴奋，认为能在小镇作威作福，比如调戏良家妇女，踢翻小贩摊位什么的，带着一群小伙伴横行霸道。

这群小伙伴里，有位叫作蛤蟆。蛤蟆长得满脸憨厚，眼睛小而猥琐。本来相安无事，偏偏他有个毛病，明明每次都不及格，做题目的时候却喜欢哼歌。

比如：sin 不该让 cos 流泪，至少我尽力而为……我的眼里只有你，只有 S 极指向 N 极……你的柔情我永远不懂，我无法把 CO_2 变成 H_2O……

日复一日，在模拟考试中，终于，我把"加 50 毫升 __ 水"中的空格，填了忘情水。

我们一群小伙伴，每天吃吃喝喝，骑着摩托车去城区泡吧，穿越在两侧布满稻田的马路，穿越在青春的清晨和深夜里。

我们轮流请吃饭，轮到蛤蟆的那天，他没来上课，我说算了我请。又转了一轮，轮到蛤蟆的那天，他又没来上课，我说算了我请。再转一轮，轮到蛤蟆的那天前，我怒气冲天，问他：还要不要做小伙伴了？

结果次日他依旧没来，据说又是家里觉得他读书没搞头，还不如早点回去做生意。

那年高考，考完最后一科，我晕头转向走出教室，有人冲过来，我一看是蛤蟆。

他大概在考场外等了很久，欲言又止，交给我一封信，就离开了。

他的信语法不通，一塌糊涂。我记得曾经有次考试，作文命题是余光中的一首诗，写读后感。

蛤蟆冥思苦想，写下作文题目：真是一首好诗！

他的全文格式如下：抄一句诗，后面跟一句"真好"，再抄一句诗,后面跟一句"真棒"。如此反复。

他居然还写信。

这封信我保留至今,信里写:

我家里很穷,我很想请大家吃一顿好的,可是我家里真的很穷,学费还欠着一些,爸爸说等麦子熟了,留几袋,再杀一头猪,就能还清学费。我说,爸爸,都不去学校了,干吗还要还学费。爸爸说,这个是欠的,就算书不念,欠的就得还。

张嘉佳,我特别想请你吃一顿好的,特别好的那种,哪怕是肯德基,贵成那样我还是会请你。无论我请不请你吃,你将来一定会很优秀,成为伟大的作家。等麦子熟了,我会偷偷留一袋,卖掉请你吃饭。

我保留这封信,可是他也消失在我的人生里。我去过那座小镇,但无法联系上他,估计去外省打工了吧。

这些人,原本会是我最好的朋友,可我把他们弄丢在路上。我快记不清楚他们的模样。

我学会珍惜了。

这些年,我参加挚友的婚礼。奔波到外地,看他或者她满面幸福,在众人注视中走过红毯,我都忍不住想掉眼泪。无论遥远或者艰难,我也要努力在现场。

每个清晨你都必须醒来,坐上地铁,路过他们的世界,人来人往,坚定地去属于自己的地方。

我们坐着地铁,到了各自站台,得去换乘属于自己的那一列。

可是人生重要的日子就几个,我将尽力去到那特殊的几站,在你的视线里,对着你挥挥手大声喊:太棒啦,你要过得很好啊你这个王八蛋!

除了你的爱人和父母，还有一些人，因为你欢乐而笑开怀，因为你难过而掉眼泪。

我的时间很多，可是就算少一天，我还是会舍不得。我的朋友很多，可是就算少一个，我还是会舍不得。

像个孩子

文／大冰

我在二十啷当岁时，跟着一个不肯说出名字也不肯用手机的女孩，一路颠簸，从拉萨去往珠峰的方向。

走到扎什伦布寺前的时候，我们已经饿成马了。路过一个个小饭店，饭菜的各种香味，让我们很难受。

我和她说，你给我点力量，咱们来唱会儿歌挣点饭钱。

她给我一个飞吻。

我们在扎什伦布寺旁边的马路边坐下，帽子摘下来摆在面前。晚上九点半的时候，我们开始卖唱挣饭钱。

夜色渐深，街上人不多，但每一个路过的人都带着微笑走到我们面前，微笑着听一会儿，然后放下一点零钱。

藏民永远是乐善好施的，不论经济社会的辐射力怎么浸渍洗礼，都改变不了藏地文化基因里"布施"这一传统。大部分时间他们只是一毛一块地给散票子，但钱再少也是心意。

不一会儿人品爆发，帽子里有了大约几十块钱。饭钱肯定够了，我想看看能不能再多挣包烟钱，就没停下来。

又唱了四五首歌的时候，来了几个捡垃圾

的小孩子，背着蛇皮袋子，吵吵闹闹地围着我们。他们听不懂汉语，但很起劲地和着手鼓打拍子。我给他们唱《红星闪闪》，唱《花仙子》，唱《哆啦A梦》，唱我会的所有儿歌，实在没得唱了就开始唱崔健和许巍。

其实唱什么都一样，这帮孩子未必听过我唱的儿歌，也未必不把崔健的歌当儿歌听。他们不会说汉话，应该是从周边农区来的没上过学的孩子，叽叽喳喳的方言，和拉萨口音差别极大。

我一边唱歌一边看着这帮孩子们乐，每个人都是黑一道白一道的花脸，那脸真不知道是多久没洗了，上面汗水冲出来的泥沟一条条清晰可见。衣服就更不用说了，拖把也比他们的裤子能干净点儿。我让她帮忙拍了个照，那帮孩子推来推去的，谁也不肯好好和我合影。

我在唱歌的间隙和她说："接下来当是义务演出吧，反正挣的钱也够吃大包子了。"

她身旁坐着一个脏脏的小女孩儿，应该是其中年龄最小的，估计也就五岁光景，一直吃着手指盯着她锡纸烫的头发看。

她摘下帽子，说："来，你可以摸摸呀。"

我说："你别整那些没用的，这小丫头根本听不懂你在说什么。"

没想到那个孩子听懂了，小姑娘冲着她的方向，犹犹豫豫地伸出一只脏乎乎的小手。她把孩子的手抓住，一下子摁在自己头发上。

小姑娘"咯"的一声笑了出来，所有的孩子都叽叽嘎嘎地笑了起来，然后挨个儿来摸她的头发。这回轮到她笑了，一边笑一边说："哎哟哎哟，别揪别揪！"

玩了有好一会儿，又唱了几首歌。我累了，热乎乎的大包子在前方召唤我。我起身拍着屁股上的土，跟她说："收工走喽。"

那群流浪儿中有个年龄稍大的孩子，自始至终手一直插在口袋里。他盯着我起身的动作，忽然走了过来……

整整八年过去了，我已从一个单纯莽撞的青年变成了圆滑世故的中年人。可八年前的那一幕，一直在灸刺着我，提醒着我，我这一辈子该去坚持哪些放弃哪些，该如何走接下来的路，到死之前该成长为一个怎样的人。

那个孩子掏出了薄薄的一沓毛票，橡皮筋扎着，大约有七八张，又黑又脏的手，抽出里面最新的一张，递到我面前，放在我手里。

他对我说："吐金纳（谢谢）。"

每一个孩子都学着他的样子掏口袋，往我们手心里一毛一毛地放钱。

他们对我们说："吐金纳（谢谢）。"

他们要捡多少垃圾才能换回这么一点点钱？我在拉萨见过一群和他们一样的小孩子，在街头跟着游客走出去好几条街，只为等一个可乐罐。他们捡起空罐子，你争我夺地放在嘴边舔上半天。他们要捡几蛇皮袋垃圾才能换来一毛钱，他们要挣多少个一毛钱才能挣够一罐可乐？

可他们听我唱完歌后给了我一毛钱，还对我说："谢谢。"

我嗓子发干眼眶生疼，心口和胃里火烧一般。我看看站在我左前方的她，她低着头在掉眼泪，手捂在嘴上，又在不出声地哭。

若我来世复为人身，请护持我，让我远离心魔永远是个善良的人，让我永远做个像孩子一样的人吧。

孩子慢慢都变得安静，他们围在她左右，有的蹲在她脚边抬头看她。我和那群孩子一起,看着她哽咽到上气不接下气。

我沉默地看着她,孩子们奇怪地看着她。简易路灯的黄色光晕铺洒下来,我们似站在一幅中古的油画里,画外是海拔四千多米的蓝色日喀则……

我们离开的时候,她手里多了一个带花的头绳。是那个小女孩递给她的,应该是从垃圾里捡到的。她噙着眼泪边走边戴,后来一直戴着一直戴着,一直戴到了珠峰,从她那天晚上戴上起,我就没见她摘下来过。

……

八年了,那个头花你现在还留着吗?

永远的白雪和孔雀

文/麦九

一

白雪芋讨厌杨杏儿,她觉得杨杏儿就是个狐狸精。

大半的行李都是花花绿绿的衣服,扔得到处都是。有次白雪芋醒来,睁眼就看到一件样式新潮的黑色文胸盖在脸上,她受了羞辱似的跳了起来。

正坐在镜子前化妆的杨杏儿,看到这一幕笑得直不起腰。

白雪芋更生气了:"你就不能好好整理一下你的东西?"

"不是有白雪阿姨你嘛!"杨杏儿眨眨眼。她的妆很特别,只化半边脸,一边色如春花,一边素面朝天,对比鲜明,整张脸就是个生动的彩妆广告。杨杏儿在商场的化妆品柜台当导购,卖出多少化妆品,决定她赚多少钱。为了能赚钱,就算顶着这张"阴阳脸"挤地铁被围观也不在乎。

就算白雪芋再怎么讨厌她,也不得不承认,杨杏儿是美女。

杨杏儿根本没理会白雪芋的怒气,还故意加了把火:"喜欢我的Bra吗?我帮你淘一件吧,包邮哟亲!"说完,便如骄傲的孔雀般优雅地走了，只留下白雪芋在原地气得小胸膛一起一伏。

二

白雪芋第一次见到杨杏儿就觉得受不了。

那是她来北京第一天，提着大包小包的行李，满头大汗地跟中介看房子。她的要求就一点——便宜。中介找了间地下室，正好也有人来看，把房子批得一无是处，白雪芋听着暗暗高兴，她不要了，自己就有机会，房子确实不好，但真的非常便宜。

她正准备签合同，刚才那个说房子不好的女孩冒出来，把白雪芋拉到一边："凭什么让中介赚钱？就说房子不好，咱们直接找房东谈。"

这就是杨杏儿，把小市民的精明表现得淋漓尽致。白雪芋有些鄙夷地看了她一眼："你这样做是不对的。"

她真要签合同了，杨杏儿慌了，赶忙跑过去："我改主意了，这房子我要了！"中介被吵烦了："要不你俩合租吧，更便宜！"

杨杏儿和白雪芋就这样成了室友，睡同一张床——房子太小了，只能摆一张床。住没几天，两人就发现彼此八字不合。

杨杏儿大大咧咧，东西乱扔乱放，全都像垃圾一样堆在一起。白雪芋则温婉秀丽，心思细腻，就算是阴暗潮湿的地下室，她也努力布置得温馨可爱，就差引一米阳光进来。

白雪芋也试过楚汉分界，连床都一分为二，中间拉了块帘子隔着。可是，忍不过几天，还是看不惯邻国的脏乱，过去帮忙整理，边打扫边打电话跟朋友抱怨。

"我室友明明穷得只能住地下室，微博上那个矫情装腔作势，逛王府井各国名菜换着吃，其实都是进店拍个照从不消费，衣服从不穿重样的，要么淘宝要么批发市场买的……"

正说得起劲，就见杨杏儿站在后面，手里提着半只片儿鸭。

杨杏儿一向嫌烤鸭油腻，却知道她很喜欢……

三

从乔智慧甩了她跟公司老总的女儿好上之后，杨杏儿就变了。

那女孩一点也比不上她，没她漂亮，没她懂事，还一副大小姐脾气，但乔智慧说："她能给我未来。"

曾经天真地相信爱情的杨杏儿，一下子被金钱打进现实的泥淖。她义无反顾地来到北京，想要重新开始。

她很拼命，业绩不断提升，工资也水涨船高，就算顶着阴阳脸被侧目也无所谓。不过又怎样，她一个月工资比不上别的女孩手上挎着的一个包。

她太想甩一堆钱在乔智慧面前，说，我过得比你好一百倍！她知道自己不阳光，可控制不住。她每天下班坐在镜子前给另一半脸补妆，然后找一家有名的餐厅拍照发微博，仿佛她真过着奢靡的贵族生活。

白雪芋说得对，可她能怎样，她不许自己失恋后有一点颓势。

杨杏儿想和白雪芋解释这些，又觉得多余，她们只是因为租金便宜住在一起的室友。白雪芋这人不错，虽然爱碎碎念，但上进认真，还要参加成人高考。

瞧不起就瞧不起吧，杨杏儿叹了口气。她迷糊地睡了，半夜被急促的呻吟声吵醒，她拉开床帘，看见白雪芋抱着肚子，整个人蜷缩着，额头全是汗。"肚子疼……"白雪芋脸全白了，"没事，忍一忍就过去了。"

"生病是忍着就会好的吗？"杨杏儿大吼一声，起来换衣服，"走，去医院！"

"不要了，我这个月还没发工资。"

"没钱我给你出！"

正是深夜，住的地段又不好，不好打车。白雪芋疼得整个人都在抖，杨杏儿紧紧搂着她娇小的身子，觉得又可气又可怜，孤零零在陌生城市打拼，连生病都强忍着。杨杏儿蹲下来："来，我背你，边走边等车。"

杨杏儿背着白雪芋走了几步，忽然觉得后背湿湿的。

白雪芋这一哭，把她异乡漂泊的愁绪给勾出来了，杨杏儿鼻子一酸，眼泪也滴落下来。

京城的繁华与她们无关，她们的眼泪也没人在乎，没人逼她们背井离乡，一切都是自找的。

"白雪芋，我虽然讨厌你，可没给烤鸭下毒。"

白雪芋笑了，又哭又笑："杨杏儿，以后我不骂你了。"

四

白雪芋得了急性阑尾炎。

杨杏儿每天下了班去医院陪她，替她出医药费。白雪芋出院第一件事，就是把床帘拆了。

她以前对杨杏儿太刻薄了，不该拿自己的道德观来绑架杨杏儿。每个人都有自己的生存方式，同在异乡，没有亲人，没有朋友，这么小小地下室的两个人，不该互相为难。

杨杏儿不知道,那一晚对白雪芋的改变有多大。她从小家庭环境单纯,从没为钱着过急。来北京原因很简单,高考落榜了,她不想按爸妈的安排上三流大学,她要到外面的世界看看。

　　她英语口语很好,在一家顾客大多是外企员工和外国人的咖啡店上班。坊间流传,看上谁就把咖啡泼在谁身上,她倒见过有兼职大学生这样做,结果被经理骂得狗血淋头。白雪芋觉得好玩,又有些悲凉,为什么大家都爱算计,都想走捷径?

　　直到那一晚生病。

　　白雪芋还是会抱怨杨杏儿不爱收拾,不过她不再一下班就躲着读书。她们会讲上班遇到的趣事,关灯了窝在床上说话,谈爱情谈梦想。杨杏儿跟白雪芋讲乔智慧的事,末了说:"每个人来北京都有梦想,我没有,我就想睡在钱上。"

　　手机响了,杨杏儿起身去外面接电话。白雪芋望着她离去的背影,有些担忧,她见过有中年男人送杨杏儿回来,是开着奔驰车肚子却顶着方向盘的那种男人。过了一会儿,杨杏儿回来了,黑暗中听到白雪芋问:"你喜欢他吗?"

　　杨杏儿累了,厌倦一个人打拼。她为什么要这么辛苦?她害怕,有一天躺在床上痛得打滚无人知的会是自己,她不要这样的未来。

　　只要她肯对这世界稍有妥协,她就能过得很好。杨杏儿动摇了。白雪芋问她喜欢他吗,杨杏儿知道答案,可又如何呢?

五

　　那天她下班,白雪芋神秘兮兮地说要送她礼物——掀开被子,只见杨杏儿睡的半边床上铺满密密麻麻的一元钱硬币,在灯下闪着嘲讽的光。杨杏儿冷着脸问:"你什么意思?"

"你不是想睡在钱上吗?身为朋友,我帮你圆梦。"

"白雪芋,你讨厌我就直说,何必拐着弯来恶心我?"

"我要不把你当朋友,会用一个月的工资给你准备'礼物',再沉甸甸地背回来?"白雪芋眼圈红了,"我心疼你,不忍看你作践自己。杏儿,别的女孩要名牌要包包,可你不是,得到那些你也不会快乐。如果你为了争一口气,把自己卖了,变成像乔智慧那样的人,那你就真的输了!"

杨杏儿一直沉默,白雪芋要把硬币收起来,她制止了:"别收,我还没睡过。"

睡在钱上的感觉一点都不好,怪硌人的,杨杏儿翻来覆去睡不着。白雪芋说得对,自己只是咽不下这口气,她在微博上炫富,她在北京打拼,不过要让乔智慧后悔,可是乔智慧真的那么重要吗?

杨杏儿叹了口气:"雪芋,谢谢你给我这个礼物,我这才发现,我不爱乔智慧了,我可受不了为他睡这种床,以后我不会再为他做任何事了。"

"是吗?"白雪芋好奇,"真的那么不舒服,我也睡一下?"两人换了位置,这次轮到白雪芋翻身,小声嘀咕着:"神经病才喜欢和钱睡觉!"

她要换回来,杨杏儿不让,两人打闹起来。亮晶晶的硬币撒了一地,白雪芋去捡硬币,边捡边说:"这么贵的礼物,明天找个玻璃罐装起来,你以后走到哪儿都要当传家宝带着。"

六

第二天,杨杏儿删了所有的炫富微博,结束了和中年男人的暧昧关系。

10月，白雪芋参加了成人高考。考试那两天，杨杏儿特地请了假，她说："高考家长不是都在外面等着嘛，我也在外面等你，你也是有家人的。"白雪芋眼窝热热的。

12月，白雪芋拿到了录取通知书。本以为白雪芋会先离开地下室，没想到先走的是杨杏儿。

杨杏儿交了男朋友。那是个陪女友买化妆品的普通男孩，单都买好了，女孩甩了他一巴掌就走了。杨杏儿早料到了——前几天那女孩就来买过东西，不过是跟另一个男人。

她难得发善心，说："我帮你退单？"

男孩摇头，看着她的阴阳脸，把化妆品放下："送给你。"

下了班，杨杏儿卸了妆去吃饭，见到同样在排队的失恋男孩。她要把钱还给他，男孩说不用，后来男孩提议，一起把钱花掉。

钱花完，两人也确定了关系，当然有经过白雪芋把关。男孩准备和杨杏儿回老家创业，顺便把终身大事办了。

走的那天，杨杏儿抱着她的传家宝哭得梨花带雨："白雪阿姨，以后升官发财，别忘了我这个小门小户的朋友，好好学习，天天赚钱。"

白雪芋也哭了："他们家里人要欺负你，你就说，你北京有人，是动个手指能让整座城颤抖的角色。"

男孩哭笑不得，举起酒杯，说："祝我们早日脱贫致富，永远幸福！"

七

杨杏儿离开没多久，白雪芋也搬出了地下室。

在咖啡馆上班的最后一天，白雪芋化了妆，她的化妆技术全是杨杏儿教的,化完之后变得精致秀美。咖啡店有个男人,白雪芋注意很久了。

白雪芋想往他身上泼咖啡。今天是最后一次机会,白雪芋手抖了抖,最后还是稳稳放在桌上。她吞吞吐吐地说:"今天是我最后一天上班,这杯我请。"

男人微笑着说谢谢。

开学第一天,白雪芋拖着行李去学校报道,登记时,那人抬头说:"我认得你。"

他在纸上飞快地写了联系方式,说在学校读硕士,上次她请他喝咖啡,这次他请她吃饭。

白雪芋心花怒放,拿着纸晕乎乎,走了几步,她又回头:"学长,你这是在追我吗?"

"算是吧。"男人笑了,笑起来非常好看。

白雪芋掏出手机,快速拍了一张:"先让我闺密把把关。"

她发现,年轻时可以矫情,可以做错事,但有些事真的不用太着急。

比如白雪芋的爱情,比如杨杏儿的幸福。

别问我二十几岁努力奋斗的意义

文／桥边红药

我的骄傲和虚荣

大学一毕业，我就抱着学位证书和毕业证书，兴奋又仓皇地跑来了北京。那一年毕业生人数达到新顶点，从国考，省考到各个事业单位招聘，报名比例居高不下。所以来到北京的第二天，拿到一份传媒行业的工作，真是谢天谢地，我心满意足。

但其实，这是我给家里人的说辞，所谓的传媒行业，不过是窝在一个不到八十平方米的房子里，没有保洁保安算上项目经理一共十五人的小团队。

我每天趴在电脑前，对着六环外的人群嘈杂、交通拥堵、新建楼房的设施各种不完备的情况，费尽心思地把文案编得天花乱坠，打印成册，然后大家拿着宣传页在各个街道马不停蹄地发啊发。

张扬显眼的设计和华丽飞扬的辞藻无法掩盖北京令人咂舌的高房价，宣传页上的精细唯美和浓厚雾霾下的城市形成了鲜明对比，以外来务工人口居多的这座城市，受到了打工者的自嘲和叹息。

卖不出去房子我就拿不到提成，那些平摊在电脑上的宣传图远不如一张张人民币鲜活可爱。我只能拿着微薄的底薪，踩着十厘米的高跟鞋，整整劣质的套装，挤公交，转地铁，走进看不到未来的工作里。

经理说，"小乔，文案的工作先停一停，现在急需面对面的大量宣传"，于是我站在人流拥挤的天桥上，心虚地把一张张宣传纸递过去，近乎恳求地请路人看一看，看一看。

曾经被生活逼到死角幸而脱身，说到底，我也不相信谁随随便便就能掷一套房。深秋的傍晚，五道口街区灯火通明拥挤一片，鸣笛声此起彼伏，我揉揉发酸的小腿，心里五味杂陈。

但家里不知情的亲戚，都以我为荣。年纪轻轻就去了北京，找了工作，西装革履的小白领。我一边倒腾着饭盆里的泡面，一边嗯嗯啊啊地接电话，脑袋里还在不停地虚构早晨的豆浆油条，晚上的糖醋排骨，隔着电话线，一股脑儿说给所有的人听。

钱包里躺着的那几张红绿票子，是这场谈话的为数不多的知情者，我数了又数，还是不够下个月的房租和吃饭。在北京的目睹下，我更像一个狼狈的过客，为自己的骄傲和虚荣埋单。

一座城市的底蕴和机会

赵乐乐说，"撑不住了就回来吧！"那是我第一次开口跟赵乐乐借钱。

想当初还是赵乐乐把我骗到北京的，我跟她是高中同学，高考后赵乐乐一门心思要来北京，于是她用刚刚好的分数读了一所昂贵的三本院校，我扒着一本高校的边缘，乖乖待在省内读了师范。

每周，赵乐乐都会给我打电话，她快乐到尖叫的声音充斥着我的耳膜。

"你知道吗,五月天要来北京开演唱会了!"我不知道。

"你知道吗,张小娴要来内地签名售书!第一站就是北京!"我不知道。

"你知道吗,刚刚举行完的高校辩论会,真是唇枪舌剑,精彩极了!"我不知道。

我安静地坐在图书馆,看楼下的小吃街熙熙攘攘,生活如平静的湖面,死水微澜。在北京读大学,听起来多么让人肃然起敬。一座城市的底蕴和机会,为你带来不一样的人生,这就是平台。

赵乐乐就是用这句话,让我义无反顾地奔到了北京。那些年赵乐乐学的还是服装设计,她纤细灵巧的小手画出一张张大气的设计图,从衣帽到装饰,从衣领到裙摆,每一笔都要求极致。那个身高只有一米六的赵乐乐捧着厚厚的设计图纸,指着电视直播的巴黎时装周,骄傲又自信,"总有一天,光彩夺目的明星们,会为我的设计代言!"我嘿嘿笑着扔给她一包方便面,毒舌到:"猴年马月?"赵乐乐一个抱枕砸过来,力气又大又野蛮。

而现在,我对着电话,一万句鼓励的心灵鸡汤绕在舌尖,就是吐不出来。刚毕业的那段时间,赵乐乐拿着简历,带着设计作品,到处奔波。大公司看不起普通高校的年轻毕业生,小作坊又留不住赵乐乐这条大鱼。折腾了三个月后,赵乐乐收拾了行李。那时我正拼命描绘一片毛坯房的豪华舒适,赵乐乐打来电话,说"家里都安排好了,就等着回去上班。"

我挂了电话往回赶,还是堵在高架桥上,看回路盘旋。

每一笔每一厘米的刻度

一万次做好了打退堂鼓的准备,然后问自己,放弃都想好了,为什么不再试一试?

就这样没逻辑地一天天奔波在地铁之间，转公交，步行，上班下班，熬过了最初的几个月，文案做得越来越熟，薪水渐涨，终于不用再担心房租和吃饭问题。周末不加班的时候，窝在宿舍写稿子，一个字一个字认真地敲下去，然后满怀期待地寄出去。

也常常想到毕业后各自回到家乡小城的同学，想起赵乐乐，有一份听起来体面的工作，拿不错的薪水，家里准备了房子和车子。他们问我，故宫去了吗？颐和园去了吗？长城去了吗？我的回答永远是没有。

爸爸说，姑姑扭伤了脚却执意不肯去医院，每晚用草药擦着敷。伤筋痛骨一百天，她就拖着腿，挪来挪去。一方面小城没有专业的骨科医院，另一方面，经济能力是最重要的问题。她省了一辈子，绝不肯把钱浪费在医药上，那像是一个无底洞。堂嫂的孩子已经五岁了，每天奔跑在村子里，玩水枪活泥巴只要不哭就是乖孩子。他不用早早背着书包去幼儿园，也不用学着弹钢琴，说英语或者练拳击。

所以即使我回去，在单一又复杂的小城体制下，谋不到机关事业单位的工作，更多的可能性要挣扎在生活的水平线上下。我不曾妄想凭借一人之力来荣耀一个家庭，可我在乎额外的努力换算成经济，来渡我生活的艰难之处。

于是在很多人看来，这是二十几岁的我不懂得享受生活，物质又有点小市侩，规规矩矩的青春还有单调乏味的努力。我永远记得站在二十层的高楼，阳光正好，窗明几净，来看房的姑娘跳了十一年的芭蕾，她挽起高高的马尾，像跳跃的小鹿，自由奔跑在水泥钢筋的丛林，轻松愉悦。那是我卖得最顺利的一套房子，在和煦的阳光下，钥匙交给一位年轻的姑娘。

在赵乐乐离开后我曾经一个人固执地打扫着她的房间，仿佛等一会下班，那个常常涂了满身颜色的姑娘就一蹦一跳地抱着一堆图纸回来。她写过最多的话是海明威的那句,"如果你年轻的时候去过巴黎,那么这辈子你都不会忘记,因为巴黎就是一场流动的盛宴。"这些话写在一大张一大张的明星海报下,贴满了墙壁。

撑不下去的时候我对着墙壁,像傻子一样一遍一遍读给自己听。我知道,那每一笔每一厘米的刻度都写好了:奋斗。

只因为一无所有

有那么多人说,青春,笃定是用来挥霍的。二十几岁,站在青春的尾巴上摇摇晃晃不断成长,对着生活哭过笑过。可以拿起背包来一场说走就走的旅行,可以跳槽离职给自己一个喘气的机会,可以不用还房贷车贷,有一场精彩的安排。但说到底那是别人的青春,别人的生活。

我不知道用什么标准才能给青春的定义打最正确的分数,在成长的洪流中渐渐看清生活朴素又坚韧的面目。一片贫瘠的土地上,总要挣扎开出灿烂的花,哪怕困顿又无力地匍匐在生活底层,但还是梦想着努力,让未来变得更美好一点。

感谢有人不断问我,大剧院新上映的剧目看了没?巡回演出的交响乐你去听了没?刚刚举行过的后现代主义画展去参观了没?我终于可以选择,看了,听了,参观了。

那一年因为稿子写得认真又踏实,供稿的主编问我愿不愿意换个行业,我猜想命运开始垂青我的盲目的坚持。很多年后回过头看二十几岁的那些年,奋勇努力一路向前,只因我一无所有。

这大概就是全部的意义。

风马藏地，以歌取暖

文/大冰

一

那时我还年少，混迹在未通火车的拉萨，白天在街头当流浪歌手，晚上窝在巷子里开小酒吧。

有一天我和成子还有二宝在拉萨街头卖唱，秋雨绵绵行人稀疏，听众并不多。我们唱起《海阔天空》取暖，边唱边往水洼里跳，往彼此裤腿上溅水浆。

冷冷的冰雨在脸上胡乱地拍，却并不觉得冷，那时候手边有啤酒，怀中有吉他，身旁有兄弟，心里住着一个少年，随随便便一首老歌就能把彼此唱得暖暖和和。但没有哪首歌可以像《海阔天空》一样，三两句出口，就能唱进骨头缝隙里。

暮色渐浓时分，有一辆越野车牛一样地冲过来，一个急刹车停在我们面前，狠狠抛溅了我们一身的水。一个叫冈日森格的小伙子摇下车窗大声喊："诗人们，纳木错去不去？"

我们几乎是异口同声地说："去啊去啊，免费请我们蹭车谁不去啊？"冈日森格着雪白的牙说："我只给你们十秒钟上车的时间……"

二宝是个蒙古胖子，成子是条西北大汉，我是山东人里的L号，但是十秒钟之内，三个人两把吉他一只手鼓全部塞进了越野车后座。

车开了好一会儿之后才想起来,那天我们穿的都是单衣单裤,但难得遇见免费搭车去纳木错的机会,反正我们仨的脂肪含量都不算少,就凑合凑合得了。

我们在车上张牙舞爪地大声唱歌:"今天我,寒夜里看雪飘过……"

开到半夜,车过当雄,开始临近海拔五千多米的纳木错,那是世界上海拔最高的咸水湖。盘山路刚刚开了半个小时,忽然铺天盖地下起了大雪。雪大得恐怖,雨刷根本不管用了,漫天遍野都是大雪,车灯不论是调成近光还是远光都不管用,大雪夜开车是件找死的事,磨磨蹭蹭了好一会儿后只好停车。

雪大得离谱,车一停,不一会儿就埋到了车身的一半,甚至把窗子也埋掉了一点儿。

二宝惊喜地问我:"我们是被埋到雪堆当中了吗?"我惊喜地回答:"那整个车岂不是一个大雪人了?"成子在一旁也插话说:"咕咕……"成子不是用嘴发出这个声音的。

他发出这个声音时,我跟二宝才意识到,我们还没有吃晚饭。

我们问冈日森格要吃的,他掏摸了半天,不知道从哪儿摸出来半个苹果,上面还有一排牙印,啃苹果的人明显牙齿不齐。我们面面相觑,笑得喘不上气来。我们轮流啃苹果,互相指责对方下嘴太狠了。

我们把车窗摇开,把雪拨开,一个接一个爬出车窗,半陷在松软的雪地里打滚,往对方脖领子里塞雪块儿。

我们把汽车后尾灯的积雪拨弄开一点儿,灯光射出来一小片扇面,蝴蝶大小的雪片纷飞在光晕里,密密麻麻纷迭而至,每一片都像是有生命的。

我们把冈日森格从车窗里拖出来，一起在光圈里跳舞：跳霹雳舞，扭秧歌，弹起吉他边唱边跳。我们唱："……多少次，迎着冷眼与嘲笑，从没有放弃过心中的理想……"

吉他冻得像冰块一样凉，琴弦热胀冷缩，随便一弹就断了。每断掉一根弦，我们就集体来一次欢呼雀跃，一雀跃，雪就灌进靴子里一些。

一个晚上，我们唱了十几遍《海阔天空》。当我们爬回车上，发现越野车的暖气坏了。我们冲着黑漆漆的窗外喊：老天爷啊老天爷，差不多就行了哈，关照关照哈！

我们把衣襟敞开，"基情"四射紧紧地抱在一块儿取暖，边打哆嗦边一起哼歌，唱歌的间隙大家聊天，聊了最爱吃的东西，最难忘的女孩，聊了很多热乎乎的话……如此这般，在海拔五千多米挨了整整一宿，居然没冻死。

二

早上太阳出来时，我们才发现，车停得太棒了，离停车的位置直线距离六七十厘米就是万丈悬崖。冈日森格一头的黑线，二宝、我、成子一脸的傻笑……

头天晚上我们弹琴唱歌那么蹦那么跳，最后一个脚印，有一半都已经是在悬崖外边了，居然就没滚下去，居然一个都没死……这不科学。大家笑着重新坐回车里，小心脏扑腾扑腾的。

继续前行纳木错是没有希望了，昨夜的雪太大，那根拉垭口往前积雪成灾，几十辆下山的车堵在了窄窄的垭口路上，垭口的雪地早被碾轧出了冰面，再强劲的四驱车也没办法一口气努上小小的斜坡。堵住的车绵延成一串大大小小的虫子，人们站在车旁边捂着耳朵跺着脚，有些心急的车死劲往前拱，越拱越堵，干冷的空气里传来断断续续的骂声。

冈日森格说：完了完了，白跑一趟啊兄弟们。我附和着他，叹着气，一边弯下腰去想脱下脚上那双冰冷潮湿的靴子。

我正低头和靴子搏斗着，成子忽然伸手敲敲我的头，又指了指堵车的垭口，他笑笑地问我：大冰，咱们去当回好人吧。

我们下了车，踩着咯吱咯吱的积雪走下垭口，挨个车去动员人。十几分钟的时间攒起来几十个男人，大家晃着膀子涌向第一辆被困住的车，齐心协力地铲雪推车。一辆两辆三辆……每推上一辆车，大家就集体欢呼一声，乱七八糟喊什么的都有……

被解救的车开过垭口后并不着急离开，一个接一个的车主拉紧手刹重新跑回来帮忙铲雪推车。最后一辆车被推上来时，已是下午的光景，每个人都累成了马，所有人都皱着鼻子大口大口地喘气。我浑身的汗都从脖子附近溃了出来，身上倒不觉得太热，脸反而烧得厉害。俯身捞起一把冰凉凉的雪扣在脸上，这才好受了一点。成子的脸也烧得难受，于是也捧起雪往脸上敷。由于盲目敷雪导致的热胀冷缩，回到拉萨后我们很完整地揭下来两张人脸皮。

我和成子往脸上敷雪的工夫，二宝把吉他和手鼓拎了过来，他说咱们给大家唱首歌吧。我说你不累啊，干吗非要给大家唱歌啊？他指指周遭素不相识的面孔说：原因很简单，刚才咱们大家当了几个小时的袍泽弟兄。

于是我们站在垭口最高处唱《海阔天空》。手鼓冻得像石头一样硬，吉他只剩两根琴弦，一辆一辆车开过我们面前，每一扇车窗都摇了下来，一张张陌生的面孔路过我们。有人冲我们敬不标准的军礼,有人冲我们严肃地点头,有人冲我们抱拳或合十,有人喊:再见了兄弟。

所有的车都离开了,我们沿着悬崖,慢慢地走向自己的车。二宝走在我前面,我问他:"胖子,昨天晚上好悬啊,你后怕吗?"他没回头,大声说:"大冰,如果昨夜我们结伴摔死了,我是不会后悔的,你呢?"有些东西哽住了我的喉头,我费力地咽下一口口水。成子在一旁也插话说:"咕咕……"成子依然不是用嘴发出这个声音的……

三

很多年过去了,去纳木错的路不再那么难走。

冈日森格早已杳无音信,成子隐居滇西北。人们唱的《海阔天空》也由 Beyond 变成信乐团。不知不觉,当年的少年们已慢慢告别了风马藏地,悄悄步入钢筋水泥的中年。

二宝早已离开藏地回归他的蒙古草原,他只联系过我两次。一次是 2007 年年初,他打电话告诉我他换台时看见一个傻子,长得和我一模一样,那个傻子穿西服打领带在主持节目。接电话时,我正坐在北京录影棚的地下化妆间里。

一次是拨错了号码,寒暄了两句,匆匆挂断了。他是醉着的,嗡着鼻子喊我的名字,我只当他是拨错了号码,默默挂断。

之后再无音讯。我很想念他,他叫二宝,是个胖子。

2013 年的某一天,我伫立街头,小店里传来的歌声带我再度回到多年前的纳木错雪夜,"一刹那恍惚,若有所失的感觉,不知不觉已变淡,心里爱……"

我想起二宝的那句话:大冰,如果昨夜我们结伴死了,我是不会后悔的，你呢？

　　我回想起多年前留在藏地的那一闪念，止不住浮起一个潮湿的微笑。我微微地摇了摇头，笑着，轻轻地叹息了一小下。从昨天到今天，我又何曾后悔过。一年又一年，有些东西烟蒂一样地燃烧，越来越少，越来越短。

　　你我皆凡人，哪来的那么多永远，比肩之后往往是擦肩。但是我年轻有为的兄弟们啊，你们知道吗，不论在风雨如晦中呛声大喊有多么难，在艰苦的日子里放声高歌有多么难，不论在纷繁的世界里维系清醒有多么难，闪念之间，你会发现，总有些东西，并不曾变淡。

V 我们都是平庸的沙和尚

我在寻找那片野花

文/毕淑敏

一位女友,告诉我这样一件事。

上小学的时候,班上有个女同学,叫作荞,家境贫寒,每学期都免交学杂费的。她衣着破烂,夏天总穿短裤,是捡哥哥剩下的。我和她同期加入少先队,那时候,入队仪式很庄重。新发展的同学面向台下观众,先站成一排,当然脖子上光秃秃的,此刻还未被吸收入组织嘛。然后一排老队员走上来,和非队员一对一地站好。这时响起令人心跳的进行曲,校长或是请来的英模——总之是德高望重的长辈,口中念念有词,说着"红领巾是红旗的一角,是用烈士的鲜血染成"等教诲,把一条条新的红领巾发到老队员手中,再由老队员把这一鲜艳的标志物,绕到新队员的脖子上,亲手挽好结,然后互敬队礼,宣告大家都是队友啦!隆重的仪式才算完成。

新队员的红领巾,是提前交了钱买下的。荞说她没有钱。辅导员说,那怎么办呢?荞说,哥哥已超龄退队,她可用哥哥的旧领巾。于是那天授巾的仪式,就有一点特别。当辅导员用托盘把新领巾呈到领导手中的时候,低低说了一句。同学们虽听不清是什么,但能猜出来——那是提醒领导:轮到荞的时候,记得把托盘里的那条旧领巾分给她。

满盘的新领巾好似一塘金红的鲤鱼,支棱着翅角。旧领巾软绵绵地卧着,仿佛混入的灰鲫,落寂孤独。那天来的领导,可能老了,不曾听清这句格外的交代,也许他根本没想到还有这等复杂的事。总之,他一一发放领巾,走到荞的面前,随手把一条新领巾分给了她。我看到荞好像被人砸了一下头顶,身体矮了下去。灿如火苗的红领巾环着她的脖子,也无法映暖她苍白的脸庞。那个交了新红领巾的钱,却分到一条旧红领巾的女孩,委屈至极。当场不好发作,刚一散会,就怒气冲冲地跑到荞跟前,一把扯住荞的红领巾说,这是我的!你还给我!

领巾是一个活结,被女孩拽住一股猛挣,就系死了,好似一条绞索,把荞勒得眼珠凸起,喘不过气来。大伙扑上去拉开她俩。荞满眼都是泪花,窒得直咳嗽。那个抢领巾的女孩自知理亏,嘟囔着,本来就是我的嘛!谁要你的破红领巾!说着,女孩把荞哥哥的旧领巾一把扯下,丢到荞身上,补了一句——我们的红领巾都是烈士用鲜血染的,你的这条红色这么淡,是用刷牙出的血染的。经她这么一说,我们更觉得荞的那条旧得凄凉。风雨洗过,阳光晒过,淅了颜色,布丝已褪为浅粉。铺在脖子后方的三角顶端部分,几成白色。耷拉在胸前的两个角,因为摩挲和洗涤,絮毛纷披,好似炸开的锅刷头。

我们都为荞不平,觉得那女孩太霸道了。荞一声未吭,把新巾折得齐整整,还了它的主人,把旧领巾端端系好,默默地走了。

后来我问荞,她那样对你,你就不伤心吗?荞说,谁都想要新领巾啊，我能想通。只是她说我的红领巾，是用刷牙出的血染的，我不服。我的红领巾原来也是鲜红的，哥哥从九岁戴到十五岁，时间很久了。真正的血，也会褪色的。我试过了。

我吓了一跳。心想，她该不是自己挤出一点血，涂在布上，做过什么试验吧？我没敢问，怕得到一个肯定的答复。

毕业的时候，荠的成绩很好，可以上重点中学。但因为家境困难，只考了一所技工学校，以期早早分担父母的窘困。

在现今的社会里，如果没有意外的变故，接受良好的教育，是从较低阶层进入较高阶层的——不说是唯一，也是最基本的孔道。荠在很小的时候，就放弃了这种可能。她也不是国色天香的女孩，没有王子骑了白马来会她，所以，荠以后的路，就一直在贫困的底层挣扎。

我们这些同学，已近了知天命的岁月。在经历了种种的人生，尘埃落定之后，屡屡举行聚会，忆旧兼互通联络。荠很少参加，只说是忙。于是那个当年扯她领巾的女子说，荠可能是混得不如人，不好意思见老同学了。

荠是一家印刷厂的女工。早几年，厂子还开工时，她送过我一本交通地图，说是厂里总是印账簿一类的东西，一般人用不上的，碰上一回印地图，她赶紧给我留了一册，想我有时外出，或许会用得着。说真的，正因为常常外出，各式地图我很齐备，但我还是非常高兴地收下了她的馈赠。我知道，这是她能拿得出的最好的礼物了。

一次聚会，荠终于来了。她所在的工厂宣布破产，她成了下岗女工。她的丈夫出了车祸，抢救后性命虽无碍，但伤了腿，从此吃不得重力。儿子得了肝炎休学，需要静养和高蛋白。她在几地连做小时工，十分奔波辛苦。这次刚好到这边打工，于是抽空和老同学见见面。

我们都不知说什么好，只是紧握着她的手。她的掌上有很多毛刺，好像一把尼龙丝板刷。半小时后，荞要走了，同学们推我送她。我打了一辆车，送她去干活的地方。本想在车上，多问问她的近况，又怕伤了她的自尊。正踌躇为难时，她突然叫起来——你看！你快看！窗外是城乡交界部的建筑工地，尘土纷扬，杂草丛生，毫无风景。我不解地问，你要我看什么呢？

荞很开心地说，我要你看路边的那一片野花啊。每天我从这里过的时候，都要寻找它们。我知道它们哪天张开叶子，哪天抽出花茎，在哪天早晨，突然就开了……我每天都向它们问好呢！

我一眼看去，野花已风驰电掣地闪走了，不知是橙是蓝，看到的只是荞的脸，憔悴之中有了花一样的神采。于是，我那颗久久悬起的心，稳稳地落下了。我不再问她任何具体的事情，彼此已是相知。人的一生，谁知有多少艰涩在等着我们？但荞经历了重重风雨之后，还在寻找一片不知名的野花，问候着它们。我知道在她心中，还储备着丰足的力量和充沛的爱，足以抵抗征程的霜雪和苦难。

此后我外出的时候，总带着荞送我的地图册。朋友这样结束了她的故事。

四只小狗

文／沈伟东

我小时候生活的煤矿选煤楼是苏联人建的。选煤楼旁边有个煤矸石山。煤矸石山下啸聚着一群衣衫褴褛的捡煤核的流浪人，里面也有不少矿区失学的孩子。

这些孩子大的十二三岁，小的就五六岁，每个人手里提着一个荆笆筐，拿着铁榔头和铁笤子。等几十米高的履带把废弃的煤矸石抛下来，机器暂停的一会儿工夫，这群孩子飞也似的跑上煤矸石山，去敲打刚刚从天而降的煤矸石，把上面的残留的煤块敲下来。脚下踩的是滚烫的煤矸，煤矸松散的地方，一不小心就会滑倒滚下山去。这群孩子对这矸石山了如指掌，履带突然转动时他们能瞬间选好好地势跑下山。跑下山，就蹲在运煤的铁路边等下一轮履带停下来。这时，每个孩子的筐里都捡到了煤块，有的人多，有的人少。多的可以捡到小半筐，少的就了了几块，盖不住筐底。孩子们的脸上手上身上都被煤灰扑的黑黢黢的，只有眼白和牙齿是白的。煤矸石山的东头边缘，有一个荒凉的黄土坡，坡上有几家人家，也有几棵大树。是槐树，春天一来，槐花如雪般飘飘洒洒。饥渴的时候，孩子们就爬到树，捋一把槐花塞到嘴里。

矿区小学放学的时候,这些野孩子就蹲在树下看背着书包的小学生手拉手走过铁道回家。他们眼神不屑,低头间藏着一点点不易觉察的失落。

这些"野孩子"是矿区和矿区附近农村失学的少年。他们多来自子女多生活困难的家庭,父母忙于生计管不了孩子。他们每天在煤矸石山上捡煤核(这个"核"在我们那时念"胡")。能干的孩子一天能捡两大筐,在煤厂里能卖一块多钱,当时的一块多钱也是一个临时工的工资了。我那时上小学四年级,每天放学后或星期天,跑去跟他们玩,成了朋友。能和他们成为朋友,是因为我订了一本《东方少年》,能给他们读杂志里的故事。

给我留下很深印象的是一个叫小成的少年,十一二岁,但看上去瘦小,身量只有七八岁的样子。他眼神冷冷的,一脸"孩子王"的生冷倔强,头发支棱着——煤灰渗进去,头发成了厚厚的毛毡。他的两只手墨黑,洗不干净。摸他的手掌,一层厚厚的皮,像带着胶皮手套,看不出指甲,指甲已经被石矸磨没了。每次他总是第一个冲锋陷阵,直扑从天而降的煤矸石,据说他每天捡的煤核能卖两块多钱——那时两块钱不是个小数目。他最恨背着书包经过煤矸石山的学生,有时远远地把矸石扔向上下学的学生。他也替野孩子们出头打架,惹出不少事情。学生们背后叫他"老黑子"。可他喜欢听我念《东方少年》,尤其喜欢听我念小说。有一次,他带着我走进黄土坡的荆棘深处,悄悄拨开草丛,我看到四只小土狗在土洞里朝着洞口卧着,听到小成的声音,小土狗撒着欢翻滚着扑上来,贴到他的脚边奶声奶气地叫唤。小成说,是他发现这四只小狗的,那时这些小狗还没有满月，狗妈妈不知道去哪里了，可能是一不小心被埋在滑坡的煤矸石山里了。当时小狗快饿死了，鼻子头干干的，有气无力地呜咽，头都抬不起来。他买东山上放羊老汉的羊奶泡着玉米发糕一点点喂他们，它们才缓过来。悄悄喂了一个来月，这四只小狗就把他当狗妈妈了。一听到他的脚步声，四只小狗竖起耳朵，会不顾一切连滚带爬扑过来。让他难过的是当矿工的父亲脾气不好，不准他把狗带回家，他只好继续把狗藏在荆棘丛下的野狗洞里。

小成白天忙着在煤矸石山上捡煤核，心里记挂着那几只狗。小土狗能跑了，跟着他跑来跑去。休息的时候，四只模样差不多的小黄狗在草丛里互相追逐扑打。一只被扑倒，亮出柔软的肚皮，肚皮上粉红的皮肤薄薄的，可以看出绒毛下的淡青的血管。这只小狗张大嘴巴轻轻咬住另一只的鼻子。后面一只呢，又扑上扯住上面一只小狗，把它扯下来。另外一只小狗围着它们跑着跳着转圈。小狗的眼睛亮亮的，鼻子黝黑湿润，身体像绒毛球，跑起来一拱一拱。只要小成一个眼神，它们都知道做什么。小成让它们排成一行，在太阳下蹲着，听我念书。好像它们能听懂似的，伸着脖子看着我。

这样的念书时间总是短暂。运送煤矸石的履带轰隆隆一响，小成就会弹跳起来，背着荆笆筐子飞奔而去。起初，四只小狗会吓一跳，见得多了，也就安静地看着小成跑出去，一动不动地蹲在那里等着他回来——小成不允许它们跑上煤矸石山，下滑的矸石多，也暗藏有温度高的深坑，要是陷进去，就会越陷越深。

过一会儿，小成就背着荆笆篮从一团煤烟中奔跑下来。有一次，小成的满是破洞的解放鞋冒起了烟，跑下煤矸石山的时候已经蹿出了火苗。四只小狗跑上去用身体去扑火苗，被小成一下子踢开。地上四只小狗乱成一团。小成放下煤篮，甩掉鞋子一下子平躺在地上呼呼喘气。四只小狗亲热地扑上去用嫩红的舌头舔他的脸。他的脸被小狗舔黑一道白一道，惹得孩子们哈哈笑。最瘦弱那只小狗还跳到他的胸口，去舔他的下巴和鼻子，小成痒得也笑起来，直打喷嚏。小孩子们很开心，各自摆弄着筐里的煤块，计算着一天的收入。这一天的收入交给大人，大人心情好的时候能给俩钱买个烧饼。

终于，小狗长成半大的狗了。听说小成喝醉了酒的矿工父亲来找小成，硬要把狗送人。至于怎么被送掉的，送到了哪里，我不知道——那几天我忙着期末考试。有人说卖给养狗场了，养大后杀了卖狗肉。后来，我见到小成时，他看到我新带来的《东方少年》杂志上关于小狗童话的插图，眼泪止不住地流。他很快也离开煤矸石山——和他父亲调到了另外一个煤矿。离别时，我送给他一本《东方少年》，告诉他还是要上学识字。他没有说话，背着筐子走了。之后，我再也没有见过他。

好几天之后，我听说那只最瘦弱的小狗自己跑了回来。只是一只前腿被打断了，只能一扑一颠地跑。

后来，这条小狗成为矿区最凶悍的野狗，眼神寂寞而倔强，有点儿像小成。

如果回忆变丑了

文／林特特

一切就像是电影。

雯在医院 B 超室门口遇见了十年前的男朋友。当时她正在推门，而前男友正透过那扇玻璃门向里望。电光石火间，两人杵在那儿，迎了个照面。

十年没见，短暂的惊诧后，两人竟连头都没点，就此告别。

第二天，雯和女友晴聊天，感慨起这一幕。她有些八卦式的后悔，后悔没看清楚谁是前男友的现任，但她又斩钉截铁地剖白："我绝无留恋，我们都当对方是毕生最大的耻辱。"

当年，前男友早她一年毕业来京工作。异地恋没多久，他就说"累"，"发现优秀的女孩太多了"，接着提出分手。于是，她带着简历冲向京城，边找工作边找他。她在前男友的单位、宿舍大闹了几次，问谁是所谓的优秀女孩，却一无所获。她还向前男友所有的好朋友哭诉，最后，在他"大街上随便拉个人都比你好"的话中，彻底一刀两断。"分手时，两人的形象都不够好，所以十年没见，见了仍像撞见鬼。"雯总结。

晴笑，笑着笑着，便提起她的前男友。分开两年后，有一次晴的手机丢了，补办卡时才想起当年用的是前男友的身份证。晴硬着头皮通过熟人找到他,说:"你能帮我去趟移动大厅……补卡吗?"晴没想到,当天下午就接到单位前台的电话说有人找,她以为是快递,看到的却是前男友他手中正拿着新手机卡。

晴用"感动"形容那一瞬间的感觉。当初分开时,两人如大多数情侣一样有许多不快的记忆,但自那天起,虽说再没联系,晴想起前男友,就想起他所有的好。"热心、仗义、爱帮助人。当然,也是因为我们的故事在那里停止。"晴分析道。

"故事在那里停止。"回去的路上,雯一直咂摸着这句话。

她回想自己的故事。如果不在"大街上随便拉个人都比你好"停,往前一年,还在热恋,停在那儿,她将一生怀念;往前半年,依依惜别之际,甜蜜忧伤参半,停在那儿,也未尝不是美好的回忆;就算往前三个月,在前男友提出分手时就停,她也不会丢掉自尊,两人也不会见到对方最丑陋的一面。如果人有前后眼,能左右每一段故事在哪一刻停,能清楚地意识到什么时候该画句号,是不是就没有那么多遗憾和对人对己的不满?

雯想起若干在她生命中曾经很重要、故事却已告一段落的人。

比如一位恩师,他远道来京,约雯吃饭。就在雯出发前,发现门被反锁,而钥匙找不到了,她在电话中一再致歉。恩师再次来京,再约雯,雯再度发生"事故"。至此,听说在恩师口中,雯"无信"又"忘本"。

又比如,大学时的闺蜜断了联系四五年后,忽一日给雯发邮件,请雯帮忙给与雯同行、应届毕业的侄女提供点就业意见。雯手上正好有个实习机会，便顺便推荐了该女孩。她们并无进一步的往来，但听说，在闺密口中，雯仍是难得一见的热心肠。

类似的人和事还有许多，雯有时懊悔，有时欣喜，现在她知道了，她懊悔、欣喜的都是留给对方最后的印象。早知某一瞬间是一段重要关系的结束，她将不惜力地出演，尽心画一个圆满的句号。

是夜，雯收到一条短信，是前领导发来的，"下个月移民加拿大，临走前聚聚吧。"正在孕期的雯本想推辞，但想到前领导过去对她的种种好，更想到两人的故事也许将就此结束，"好，我一定出席"，她回。

在每一个可能告一段落的时刻，她都不想在几年、几十年后抱憾了。

厕所里的书房

文／陆俊文

我高中念的是小城里一所寄宿学校，每周只有周日下午两点半到六点半，学校的大门才会打开放行。这四个小时对我来说太过宝贵了，所以我常常躺在床上盯着枕边的时钟看，快到点儿了，就嗖的一声跳起来——我们整个寝室的动作都如此的一致，翻身、吸气、掀被，难掩的兴奋如出一辙——要赶在木门打开的时候踏出去，仿佛有一条黑白分明的界限：外头是阳光，是新鲜的空气，是自由；而里面，则是黑暗，是陈腐，是拘束。

我一般是让三轮车夫把我拉到附近的书店，习题参考书买完后，囫囵吞枣地把那些不务正业的书翻来翻去，遇到喜欢的就买下，直到熬过四点半，我才依依不舍地移步离开。

学校小得可怜，校警们无时无刻不警觉地拿着手电筒，睁着那双火眼金睛，逮着那些饭后在树荫下闲坐的少男少女，盘问那些晚自习忧郁孤独地在操场上奔跑的人。而最令我恼怒的，一定要数隔壁理科班多管闲事的班主任，我曾经几度被他从寝室中揪出来，和舍友们并排穿着裤衩裸着上身站在大太阳底下晒，或在寒冬的夜晚绕着球场瑟瑟发抖跑圈，理由总是那么荒谬——午休晚休不能看书。

我们男生住的是十人寝室，门边有两扇大开的窗子，老师每日都孜孜不倦挨门挨户地查房，他们扫视着床上床下，可唯独有一个地方他们看不到，也管辖不了，那就是每间寝室的厕所。

于是这个阴暗潮湿逼仄而且味道并不怎么好闻的空间，成了我们每天争夺的战场。每个人都手不释卷地带了书本蹲在这个小角落，从看第一行字开始就不停地有人在小声催促着"你好了没，轮到我啦！""哎哎哎，怎么轮到你了，我还没进去呢！"而我总是等到最后一个，他们都累了睡过去，我则静悄悄抱着书蹲在那里翻看。

那个年纪看的书多而杂。十六岁的时候抱着王安忆的《长恨歌》断断续续在厕所里花了两周才看完，看那上海漆黑的弄堂阁楼，看王琦瑶跌宕起伏的人生，而读着王小波则叫我时常破涕为笑。那个时候最中意的作家是郁达夫和太宰治，我还不由自主地模仿那种叙述的笔调，把人生过得昏天暗地。

我开始上了瘾一般地买书，这个闭塞阴暗的空间仿佛已经成了一个固定的书房。我蹲在阴暗潮湿的一隅不时眺望着头顶开启的天窗，有星星和月亮，但总是只能看到一角，我要自己描绘出它们的样子，比如吴念真台北九份乡下的星辰，比如张爱玲香港有轨电车驰去的夜晚。我听见滴答滴答水阀漏的水落地的声音，听见咕咯咕咯缓慢的呼噜，听见风从远方吹过来，穿过平原在城市的高楼间变得狭窄，穿过山谷溜进山麓，到我们的校园从这破开的小窗子钻进来，灌入我的袖口，一阵清凉。

有时候夜晚失眠，或是做了什么噩梦惊醒，我都会悄悄然从枕边取一本书，蹑手蹑脚地爬下来躲进厕所的书房，困顿或是浑浑噩噩的情绪会在这里烟消云散。

这狭窄的空间让我有足够踏实的安全感，我在这里思考青春和人生，读萨冈的《你好，忧愁》，也读萨特的《恶心》，读塞林格的《麦田里的守望者》，也读加缪的《西西弗神话》，读世界历史，读中国地理，读科普杂志，读文学期刊。我高中几乎所有不务正业的书都是在这里读的。那段岁月我把吃饭的钱都省下来买书，在书店里买，在网店上买，在邮局汇款买，那些书铺天盖地地从四面八方过来，而我都将它们一一带进我的"书房"里。

已经离开高中时代有好几年了，从把所有的试卷教科书往楼下扔去，拖着行李箱昂首阔步走在校园里不理会巡视者虎视眈眈的眼神时，我就知道我已经和那栋破旧的老楼和那间阴暗潮湿的厕所彻彻底底告别了。告别其实意味着有些东西再也不属于我，哪怕我曾经是如此厌恶它或依赖它。

我现在已经再也找不到一间像高中宿舍里那样阴暗潮湿逼仄简陋的厕所，可我却总是会莫名地带着一卷书坐在马桶盖上看，侧耳倾听，希望有滴答滴答漏下的水声，可惜早已寻觅不到。我坐在马桶盖上抱着一本书发呆，一动不动的，像是木乃伊一样。

童话，你还活着吗

文／沈奇岚

我们什么时候开始不再爱看童话了呢？

当我开始成堆成堆地买"商务印书馆"和"三联书店"出版的书之后，童话就离我越来越远了。我把自己埋在了一堆充满了脚注尾注的文章里面，这些文章都充满了严密的逻辑和细致的论证，从来不会有一个突然从花园里冒出来的仙女，也不会有突然开口说话的老黄牛。如果是研究化身为人的白蛇，讨论的绝对不是它的爱情，而是探讨各种文献资料里这个故事的各种衍变。

就像小时候我们吃奶粉，长大了我们吃螃蟹，有硬壳的和丑陋的东西不再影响我们的胃口，我们的牙齿坚硬到可以咬碎那些外表，我们的肠胃强壮到可以消化地沟油。奶粉虽然营养充沛，却因为口味单一必须退出餐桌和我们的食谱。我们在不知不觉中远离了童话。随着年龄的增长，更复杂的故事和更重口味的情节会更吸引人。

有一次参加一个童话大赛的评选，一群孩子改写了各种著名的童话，"灰姑娘"成了"灰小子"，灰小子爱上了一个美丽的姑娘，但是又穷又没有地位，仙女出现后把他变成了高帅富，但是必须换一个样貌。美丽的姑娘却在心中只惦记着那个灰小子。最后在姑娘的生日派对上，他们认出了彼此，从此幸福地生活在一起——这是个不怎么成功的改写。原著中的故事里，最惊心动魄的看点在于水晶鞋的设置，以及半夜十二点一切都会被打回原形的倒计时。时时潜伏在故事里的生存危机，才是那只抓住读者的无形的手。

许多童话都是残忍甚至无常的。仔细琢磨那些曾经感动过我们的童话，那失去了声音的小美人鱼，每走一步都像走在刀尖上一样疼，为了和王子在一起，值得吗？这个时代不提倡这样的牺牲精神。这个流传了几百年的故事能一次次打动我们，还不是因为里面的主题就是那耳熟能详的"爱你是我自己的事"吗？那些一直痴痴地付出的姑娘们，对号入座吧。

童话之所以是童话，并非里面的故事多么美好，而是所有的危机到最后都能被化解。化解的过程匪夷所思，是十分靠运气的。被巫婆后娘一次次陷害，却一次又一次靠着运气度过危机的白雪公主，明显跟不上这个时代的精神。在这个需要越挫越勇的当下，不断晋级不断锻炼和提高情商智商的甄嬛，才是人们心中暗暗点赞的对象。

喜欢童话，是希望自己和主人公一样好运气。现实给了我们教训后才知道，不可等待，必须主动，运气是靠不住的。好莱坞大片《白雪公主》完成了这个口味转型。白雪公主身披盔甲，挥舞着宝剑，斩杀着敌人。这部影片的信息十分清晰：王子是靠不住的，美女穿蓬蓬裙已经无法征服世界了，这个世界是个战场，要把剑拿在手里才有安全感。

在这个越来越重口味的时代，我们还相信王子和公主最后幸福地生活在一起吗？结局已经不重要，反正女主角们要和王子们一样骑得了宝马，挥得动宝剑，还要保持身材，因为蓬蓬裙也是偶尔要穿一下的。

我很认真地比较了《宫》《步步惊心》和《甄嬛传》的女性观众群。尽管都是后宫故事，主人公越复杂、环境越险恶、越不像童话，受众群就越广，收视率也越高。因为当我们见过了也经历过了足够多的人生故事后，才会意识到童话原来是戴着面纱的悲剧。生活中充满了难以下口和下手的螃蟹，那些关于如何吃螃蟹的故事越来越受欢迎。

可我真心想念那充满甜香味道的童话。童话是个甜蜜的承诺，承诺给庸常的现实生活一点点微渺希望。在一个童话故事里，标准配置里总有皇帝皇后王子公主，过程不重要，重要的是最后大家幸福地在一起。可这样的童话，你还活着吗？

有一次，在电影院里看一个好莱坞大片，男女主角在强烈的音乐和各种蒙太奇镜头的引导之下，开始了观众们期待已久的亲吻。当时我就松了一口气，原来童话还是活着的，人们还是相信在这样的标准条件下会有真爱。对这份信念的再次确认，和电影院里的爆米花香一样安慰人。

我们都是平庸的沙和尚

文／王竞帆

我看到的第一本小说,是《西游记》;喜欢的第一个角色,是孙悟空;讨厌的第一个人物,是猪八戒;瞧不上的头一号,是唐三藏。

但我的心里,却有个寂寞的沙僧。

高中时,《西游记》作为家里唯一一本"藏书",我颠来倒去记不清看了多少遍,而莫名其妙的是,我最念念不忘的人是沙和尚。

本来我以为会是大师兄孙悟空的。那个足蹬齐云履、头戴紫金冠、手持如意金箍棒、通晓七十二般变化、大闹天宫、护送师徒西天取经的齐天大圣,可是在那个光怪陆离的西天取经途中,最终留守在我心里的,是那个寂寞的沙和尚。

大师兄牵着的高头大马上面,坐着面如冠玉的英俊僧人唐三藏,大师兄时不时地给师父指指路、化化缘、打打妖怪。中间懒散地行着似醒非醒的二师兄猪悟能,有时候大师兄玩心渐起就跟他说两句玩笑。只有沙和尚,总是挑着担,沉默寡言,走在最后面,不喊渴、不喊累、不闹情绪、不提散伙,没有赞赏,没有责骂,有妖怪来就打,打不过就被抓,被抓了就等着大师兄来救,救出来继续挑起担上路。

后来我想,也许那个时候我也正这样平庸

寂寞吧，经历过一些生活的动荡，变得沉默寡言，收敛了锋芒，温和待人，不争不抢，不声不响。

我没有不用听讲不用写作业却考第一第二的本事，也不是飞扬跳脱到处惹是生非的"坏学生"，三年的评语也仅止于老师笔下"勤奋踏实、刻苦好学"几个字。我不是班长或什么委员，没在全班面前唱过歌甚至是大声说过话，我只是那个搞值日时默默拿着扫帚抹布扫地擦黑板的人。我没有出现青春叛逆期，没离家出走，没讲究穿衣打扮，没有早恋或者沉迷游戏，我是那个穿了六年校服以至于毕业时候穿着牛仔裤都没有同学认得的人。我是如此隐忍而克制，静默而平凡，就像心里这个人前欢笑人后独坐的沙和尚。

我多像、你多像、我们都多像这个寂寞的沙僧。似乎每个平庸的中等生，心里都住着一个沙僧。十四年的取经路上，看着别人金蝉子转世，看着别人大闹天宫，看着别人波澜壮阔、风云际会占据了整个故事的三分之二，而你始终是那个老实的、不言不语的沙和尚。

有时候也会抱怨，觉得不公，毕竟你不是佛祖的徒弟，你没有翻天覆地的本事，天庭里没有关系，背后更没有一个强大的家族，连那些个妖怪好歹也是某个菩萨的坐骑。即使是哪一天取经散了伙，师父自不用管，西天净土的一帮佛祖菩萨不会让他受苦。大师兄可以回花果山做他的山大王，二师兄早就想回高老庄当回炉女婿，那个跟你交流最多的小白龙也可以一走了之，回家投靠龙族的亲戚朋友。可是你呢？你还能回到天庭吗？你还愿意回去做卷帘大将吗？你要回到流沙河去做一个"十分凶丑"的妖怪吗？

我猜你一定不甘心吧，毕竟如果取经成功了你还可以做个金身罗汉，虽说是师兄弟里职称最低的，可好歹强过伴君如伴虎的卷帘大将。你来这西天的路上走一遭不就是为了混个出人头地吗？没人提携没有关系没有背景，但不想没有未来，所以你才更要向前走。

向前走。看，多像不甘被生活抛弃的你我。沙和尚，你知道的，即使是走很远、走很久，有些东西你永远也得不到、比不上，就像大师兄的一个跟头十万八千里，就像二师兄的变化永远比你多。但沙和尚，你也知道的，有些东西他们永远也做不到，就像这十万八千里，只有你才是一步一个脚印走过来。这西游的十万八千里、九九八十一难，记下的是他们的精彩，修炼的却是你的苦行。

我们赞叹着孙悟空的勇敢，咀嚼着猪八戒的小聪明，感喟着唐三藏的善良，却在心里留守住了沙和尚的寂寞。我们都是寂寞的苦行僧。

这一路上，你寂寞吗，沙和尚？你说："且自换肩磨担，终须有日成功也。"

天上没有珍珠雨，而你有自己

文／乐颖

小妞：

你好吗？其实不用问我也知道这个问题的答案，你不好。

昨晚你父母打电话告诉我，你把自己锁在房间里整整一个礼拜了，连饭都是让你妈妈从门缝里塞进去的。

我们都很理解。你有一切觉得不好的理由。即使人生有再多的惊涛骇浪，高考不理想也绝对是一个让人感觉不好的充分理由。而且，生平第一次，我们谁也帮不了你。大概人生从这里开始出现了一条清晰的分水岭，你即将像一支射出了就没有回头路的箭，走上属于你自己的路。而我们其他人的努力，对你来说都只是隔靴搔痒。

你大概也看出了这一点，于是对我们很失望。一向像小燕子一样叽叽喳喳的你，关闭了和我们所有人的交流通道。

小妞，我们年纪只差十岁，虽然隔着一辈，但一向亲密。时间过得真快。一转眼，当你终于可以向青春说你好的时候，你的小姑姑正在努力准备向青春说再见。此刻，坐在传说中上海最高写字楼的格子间里，我在想，在这个按例到来的六月里，有多少如你的青春，猝不及防地被忧愁所包围?

别将战斗力浪费在做梦里

其实你的成绩并不坏。你上了重点初中、重点高中，一路顺风顺水，始终是父母亲的骄傲，但一切在高考的时候倏然拐弯了。你没有正常发挥，而是得到了一个你完全无法接受的分数，只能与梦想中的大学失之交臂。

不知道我接下来要告诉你的这个秘密，会不会让你的遗憾减轻一点，那就是：你的小姑姑，此刻正带着困意守着巴掌大的办公空间，唯一的绿意来自于电脑旁的一小盆仙人掌，而她的月收入，买不起心仪房子的一平方米。

关键是，她一点儿都不快乐。

你应该会大吃一惊。因为我一向被你视为羡慕和崇拜的榜样，也是努力的目标。出于对你负责任的精神，当然，更出于我的虚荣心，我在每年春节的家族聚会里，成功地扮演着自豪的"白骨精"形象，一边展示自己在国外出差的照片，一边向每个孩子塞上丰厚的红包。你所不知道的是，无论我积累多少航空里程数、游历多少高大上的机场，终究还是得回到我偏僻简陋的出租房里。而每年昂贵的春节假期，其实很让你的小姑姑肉疼。

你看，我绝非你想象中的那个"Winner"，但我也并不是"Loser"，我只是一个再普通不过的魔都移民一代而已。即使我拥有名校学历，长得还拿得出手，但这些在严酷的生活面前，都太苍白无力了。

但我想，是时候让你知道人生的真相了。二十出头的湘西青年沈从文，在穷途末路之际写信向时已成名的郁达夫求助，以下就是郁达夫给他的回复：

像你这样一个白脸长身，一无依靠的文学青年，即使将面包和泪吃，勤勤恳恳地在大学窗下住它五六年，难道你拿毕业文凭的那一天，天上就忽而会下起珍珠白米的雨来吗？

好犀利。但我相信他的目的和我一样，只是为了让你们早点醒来，直面这个世界的真相，别将丁点战斗力浪费在做梦里。

人生绝不会是一条坦途

所以你看，世界上并没有保证通往幸福成功的路径。考上好大学，也许是其中看起来比较像的一条，但最终也可能不是。你错过了复制小姑姑的道路的机会，现在你知道了，那条道路不一定通往成功。

那么，接下来的你应该怎样选择呢？是的，你还有选择，这样的你是多么幸运。你可以选择虽然不是那么心向往之，但仍然可以让你获得知识、爱情和快乐的大学校园，度过接下来的四年。你也可以选择更决绝独立的道路，一个人赴海外求学。

那无疑会很艰难，你将在短短的三四年里，从一个五谷不分的宝贝，变成一个烹饪和搬家高手，还有，习惯孤独的人。但对你而言所谓的艰难还不止如此，因为我的哥嫂，你的父母并非大款，所以，负担你的出国费用，意味着他们将在你大学毕业后无力再给予你任何资助，毕业的那一天，即是你完全独立的那一天。

你必须慎重选择，是国内相对轻松的四年，还是异乡未可知的生活？无论你怎样选择，唯一可以确定的事情只有一件：人生绝不会是一条坦途，像今天一样的糟糕情况，在以后的人生里还会时不时地缠绕着你，而那时的你，也许会感到更加无助，因为你连青春这个筹码都不复再有。

本来想写一封安慰信给你，结果一不小心写成了恐吓信。不不，小妞，我不是这个意思。其实我是想说，在一个过来人看来，站在你人生的这个节点上，放眼望去，无论如何都是美好，因为充满了各种可能性。

而每一个过来人都会懂得，在这个世界上最昂贵的，是可能性。希望你能够明白得比小姑姑早。

活得用力一点，选择得用力一点，一根筋一点，勇敢一点。这是小姑姑想对十年前的自己说的，也是对今天的你说的话。既然弯路在所难免，遗憾在所难免，还不如保证脚下的每一步都是自己真心想走的。用你阿修罗的利剑，不惜力也不患得患失地刺向你眼中的可能性，别管这可能性在其他人的眼中是多么不可能。这个世界总爱用循规蹈矩的教条来吓唬年轻人，而其实真正精彩的路，从来不是那些循规蹈矩的人走出来的。

亲爱的小妞，这就是小姑姑要给你说的心里话，只想让你明白，青春在手，你真的无须恐惧，这个世界到处是你的通行证。但是你要知道这通行证的有效期非常有限，所以，别再将时间浪费在幻想或忧愁之中，天上没有珍珠雨，地上没有金龟婿。

但你有自己，和爱你的我们。

大妞
于 2014 年暑假

体验吃苦

文 / 李桂芳

去参加奥数班吧？不去！

参加作文培训班？不去！

那就去英语训练营？不去！

那么，去物理班，还是化学班？你总得上一个吧！别人暑假都补习，从早到晚排得满满的。

闲着就闲着，我宁愿去捡垃圾，也不愿去补习。上学时整天都喘不过气来，暑假还得上课，还让不让人活了？

让你学习就像上刀山下火海一样，那就去体验吃苦吧。明天，把你送回老家吃苦去！

这是儿子和母亲接连几天的争吵片段。母亲以为，艰苦的乡村生活会吓退儿子。没想到，儿子竟毫不犹豫地答应了。

儿子去乡下了。母亲决定将计就计，在电话里一再叮嘱姥爷："爸，那小子就是不想念书，不能吃苦，你一定得让他体验吃苦，要苦得他自己想读书了，才把他送回来！"

"我知道，不就是让他吃苦吗？城里孩子，细皮嫩肉的，随便找点苦让他吃，他就受不了。放心吧，我有办法！"姥爷轻松地说。姥爷的五个儿女，个个吃苦耐劳，现在都挺有出息，姥爷有培养孩子的经验。

过了些日子，母亲打电话了解儿子的情况。姥爷说："嘿，这小子挺能吃苦的，我让他跟我上山捡柴，教他爬树，他一会儿就学会了，三两下爬上树，还背了一大捆干柴。问他累不，他呵呵笑，说好玩呢。"

"哼，那就再给他加码，让他挖地，在毒辣的大太阳下挖地，往地里挑粪，浇水！"母亲恶狠狠地说。

姥爷答应着，说只要外孙能够早日回心转意，回城去补课，他愿意"痛下杀手"。

又过了些日子，母亲蛮有把握地打去电话，她相信通过这一番劳动改造，儿子一定会在电话里哭着要求回城补课的。

电话通了，儿子没在电话里哭诉，反倒满是喜悦地对她说："妈妈，感谢你让我体验了这么有趣的农村生活，你怎么不早让我来吃苦呀？比起我那从早上七点到晚上十点的学习生活，这里简直就是天堂。妈妈，虽然挖地时，我的手上起了水泡，挑粪时，我的肩上起了血泡，可在那云淡风轻、鸟儿高唱、果子飘香、野花怒放的田间劳动，我觉得满心舒畅呢，妈妈……"母亲听了，叹口气，放下电话。

一天，姥爷突然打来电话，说孩子下地时中暑了，正躺在小镇医院里打点滴。

母亲急忙赶往医院。看着病床上黑瘦的儿子，母亲的眼泪扑簌簌滚落下来。

母亲说："都怪妈妈，不该送你来乡下。"

儿子说："不，妈妈，我喜欢来乡下过暑假。在这里，我开心。"

姥爷长叹一声说:"闺女呀,孩子在这里吃的苦,我看着都心疼,可他说那也比补习班强。我就不明白,上补习班真比在乡下干活还苦吗?"

母亲无言,呆呆地,如一截木桩。

哆基朴的灵魂

文／苏沧桑

五年前，她读初一。一个周末，她打开数字电视，边找动画片边说，哈哈，那些初三的人在中考。我说，是不是有点幸灾乐祸啊？她说，是啊是啊。

我们一起看了个动画片《哆基朴的天空》：一个美丽乡村的清晨，一只小狗在泥路上拉了堆大便，扬长而去。那堆大便长出了眼睛鼻子和嘴巴，成了一个生命——哆基朴，一个不被祝福、不被期待、莫名其妙来到世界上的生命。它自卑，孤单，问："我是谁？我为什么来到世上？我来到世界上有什么用？"

这时，一辆路过的牛车上落下一堆土，土对它说："上帝不会无缘无故创造你，一定会给你妥善的安排。"但是，它仍然迷茫而无助。整个世界，没有谁理它，除了那堆同样孤独而丑陋的土。

夜里，下雨了。它被打湿了，慢慢融进了土里。太阳升起时，它惊奇地发现，一棵嫩芽从它身上冒了出来，是一棵蒲公英的嫩苗！瞬间，它像是明白了自己的意义，说："我要把我整个地给你。"

一天一天，它慢慢消失了，一天一天，蒲公英长大了。

终于有一天,湛蓝的天空下,一朵美丽的蒲公英花开了,一阵风过,一朵朵洁白的小花伞带着哆基朴的灵魂飞到天空最高处。空旷的宇宙里,回荡着它快乐的声音:"原来,原来我来到世上,可以这么美丽!"

"哆基朴",大概就是狗屎的音译吧?

我和她都被感动了。我突然觉得,眼前的她,还有和她一样的孩子们,多么像那个孤独迷茫中的哆基朴。他们孤独又迷茫,日复一日年复一年地上课、练习、考试。分数仍然是唯一的标准,是让他们脱离苦海的方舟,或是让他们万劫不复的诅咒。他们从学龄前开始,就埋头学习低头走路,四体不勤五谷不分,从未好好看看真正的世界,更不知道,他们每时每刻为之付出一切在做的事,到底有什么意义?

但是,有什么办法呢?分数,相对来说,是最公平公正的。

无数次想对她说:"即使是一坨狗屎,我们也爱你。不用那么用功,不用不玩电脑,不用那么早起床那么晚睡,不用周末天天上补习课,不用剪短发,不用浪费最美的豆蔻年华……"

可我终究不敢冒险,我怎敢让她真的成为"一坨狗屎"?

于是,每天,我都违心地说:妞,加油!加油!

五年后的现在,她已是名牌中学高三学生,和同学一起租住在学校对面的小区里,只为晚上多看两小时书。

有一天,她说,我能不能请假一星期,让我自己处理我的学业?我很诧异。

她说,这么多年,她都遵循老师和父母的安排,从未违背过,现在,她就想试一试,一个人生活学习一个星期。她说实在受不了了,整天按部就班,昏昏欲睡。

那怎么行？高考在即，关键时刻，万一漏了老师讲的重点，万一漏了考试，怎么办？即使我答应，老师也不会答应。寒窗十几年都忍下来了，哪里就差这几个月？哪里经得起错一步？错一步，也许就再也跟不上。

"唉，我真不明白，这样的生活有什么意义。"她说。

"意义？"这个话题，我们不止一次聊过。我开始重复以前和她说过的话，但马上就有一种厌倦感、无力感。

我摇摇头说，现在不是聊人生意义的时候，你什么都别想，把这一关冲过去，把这一步走好，从此，你的人生属于你自己掌控了，以后，我们有的是时间聊人生的意义，聊你的理想，你想要的生活，好吗？

好吧，她说。

其实，我看见了一颗蒲公英的种子，在一坨狗屎里蠢蠢欲动。我知道，终有一天，她会变成快乐的蒲公英，翱翔旷宇。那时，她就会知道，即使有最伟大的意义在前方，总有一段狗屎路，是人生必经的。

大大的世界

文／张泉灵

亲爱的晨华：

昨天，我"不小心"看到你的网页浏览记录。你七岁，刚开始学会自己用电脑搜索这个世界，你还不知道消除浏览记录的技术方法和必要性。

你的浏览记录：1."哥伦比亚号"航天飞机失事。2."玉兔"还会醒来吗？ 3.航天员是怎样在太空拉屎的？ 4.猎户座的红巨星。

我当然笑了。你的好奇心离你的现实世界那么远。

"哥伦比亚号"在空中解体的时候，你还没有出生。"玉兔"是否还会在下一个月昼醒来，甚至连它的工程负责人都不能确定。你可能一辈子都不需要在失重条件下完成有技术难度的排泄工作。即便你当上航天员，以人类目前的技术进步速度，恐怕还无法接近冬季星空东方的猎户座。可你知道吗，这是多么宝贵的事情——你的好奇心。关注离我们非常非常遥远的事情，并不去问"这有什么用"，这，多么好！世界这么大，我们能抵达的这么少。时间这么长，我们的生命如此有限。如果我们失去想象力和好奇心，我们的世界就永远不会包括猎户座的红巨星。

小时候，我在蛋糕盒子里养过蚕宝宝，终

其一生，它们的世界只有蛋糕盒子那么大。它们结了茧，一天夜里，我听见扑棱扑棱的声音，发现茧破了，蛾子飞来飞去，产了一些黑黑的卵，然后就死去了。那时候，我在想，它们在生命快结束的时候，才发现世界比蛋糕盒子大得多，会悲哀吧。现在，你已经知道，太阳系也不过是宇宙中的一个蛋糕盒子，如果我们失去好奇心和想象力，我们就像那些从来没有离开过蛋糕盒的蚕，也会悲哀吧。

你二年级，在背九九乘法表。滚瓜烂熟之后，你就掌握了一个技巧和方法，多了一个拓展世界的工具。但是，如果你了解了乘法和加法之间的关联，你的世界就会有意思多了，你的数学世界就有两个打通的蛋糕盒子。

而在人类乘法的源头上，有更有意思的故事。你知道古埃及人还没掌握乘法，那他们是怎么解决"七个人每个人需要五个苹果，一共需要几个苹果"这样的问题呢？这些故事藏在我上周给你的漫画里，把时间倒退五千年，看看古埃及人是怎么做算术的，是不是很有意思？

只可惜，那本漫画是韩国人画的，它没告诉你，中国人早在两千多年前的春秋就发明九九乘法表了。那样你会多一点作为一个中国人的自豪感吧！

当你关注历史、关注人类如何走到今天的时候，你就打通了向下的蛋糕盒的通道，你的世界就是立体的了。

想想那些蚕宝宝多可怜，那些蛾子虽然看到过蛋糕盒之外的世界，却没有办法告诉它的儿女们。于是，下一代的蚕还是以为蛋糕盒就是全部的世界。有一个办法可以突破这种生死的隔离，就是DNA，而人类，除了基因，还有更好的工具——书。

在你这个年纪，让世界长大的最好方法是阅读。书里藏着别人的世界，你读懂了，你的世界就拓展了。

除了阅读，还有一个可以打通更多蛋糕盒子的好方法，那就是经历。现在想起来，我选择记者这个职业也许潜意识里和那些蚕有关。我总是那么渴望去别人没有去过的地方，经历别人没有经历的事情，见别人没有见过的人，和他们谈那些别人不知道的人生经验。

从小到大，我看过很多关于战争的书和电影。可是真正关于战争的概念，我是在2002年的阿富汗的一根电线杆子前建立起来的。那是一根铁铸的电线杆子，被从不同方向的炮弹穿过，留下三个孔。

炮弹打中一根电线杆子而它没倒掉是什么概率？在上面形成一个完整的圆洞是什么概率？而那根电线杆子上有三个这样的洞，又是什么概率？

后来，在一个废墟上的乡村课堂里，我看见几个三十多岁的男子坐在六七岁的孩子后面。我问他们是孩子的父亲吗，他们羞涩地回答我，他们也是学生，在扫盲。战争持续了二十六年，他们从没有机会走进学校。

在不倒的电线杆子后面，在活着的人后面，二十六年的战争，有多少轻而易举的毁灭。我只是看到最浅的表面。

那一年，我还去过罗布泊——一片巨大的无人区。穿过龙城雅丹，有一个叫土垠的地方，那里曾经是汉代的战场。有时候，我能在地上捡到一千多年前的箭头，不知道上面是否曾经沾染血肉。一天傍晚，残阳如血，映着古战场的沙砾。我躺在那儿，身边一个人都没有，四周能看见地平线。"醉卧沙场君莫笑"，那时真想醉一场啊。

简单的快乐就好，珍惜当下，才会有简单。那是2002年里，我在书之外的体验。

我说的这些，你现在也许不会懂。有一天，你会在自己的体验里读懂它。

你已经开始知道，世界不都是美的。有偷小孩的坏人，有治不好的疾病，还有雾霾里灰蒙蒙的天空。世界本来就是这样，我们能改变的很少。但是，有一点我们可以改变——我们心里的世界。我们始终要有一颗明亮的心来装这个世界，不然，我们就迷路啦！可是心怎么亮起来呢？让我们一起来点亮心里的灯。

第一盏灯叫善良。善良就是把姥姥邻居家枯萎的植物从垃圾桶里搬回家，救治它、养护它，等它开了花，再把它送回邻居家。善良就是同学伤心哭泣时，你给他的那个大大的拥抱。

第二盏灯叫原谅。那天，你告诉我，一个大个儿同学今天又打你的头了。隔了还不到十秒，你又说："不过，他今天中午还帮我把东西搬回宿舍来着，所以，我还是要和他做朋友。他可能只是个儿太大了，不好控制自己动作的幅度！"这就叫作原谅！恨意和生气常常比那些伤害我们的事情更长久地折磨我们。

第三盏灯叫相信。有一次，你听见一条狗狗走了上千公里找到自己的主人的新闻，你眼泪流下来了。狗狗之所以会找回去在于它相信主人是爱它的，在于相信自己能找到正确的方向。相信自己才能忍受痛苦而坚持，相信别人才能找到更多的爱。

有一天，你打算自己去闯荡，你也许会扭过头，犹豫着寻求我的鼓励。我会担心，但是我一定会笑笑让你自己走。因为我知道，你心里的灯会让你温暖，为你照亮更大的世界。

永远爱你的妈妈

那朵花,那座桥

文／李黎

晴儿刚念完大一的暑假,我决定带他去日本旅行,于是问他具体想去哪里,他说:东京附近有一座桥,我想去看看。

他有些腼腆又故作漫不经意地说:是一部日本动漫连续剧,用了一个东京附近的小城作为故事背景,片头是一座桥,里面的人物也常在桥上活动。他想看看那座桥真实的模样。

我问他小城和桥的名字,他找出两个汉字:"秩父"。是地名,也是桥名。我对日本地理还算熟悉,竟从来没听过。

跟很多美国少年一样,晴儿高中也迷上日本动漫。他给我下载了这部动漫连续剧,名字很怪很长,译成中文是《我们仍未知道那天所看见的那朵花的名字》,简称《那朵花》。

儿子愿意同妈妈分享嗜好,我受宠若惊,于是断断续续看完。看到最后,我隐约有点懂了。

一开始出现的是个邋遢颓唐的男孩,名叫仁太。他该上高中了,却躲在家里打电玩不去上学,他曾经有过一群好朋友,还是其中意气风发的领头,可现在大家疏远甚至瞧不起他。有一天,他那群好友中几年前因意外去世的女孩,忽然出现了。当然,她是个鬼魂,而现在只有仁太看得见她。这个女孩也长得跟仁太一样大了,但可爱善良跟当年没有两样。她的出现,是希望在转世前完成一桩心愿……

剧情就此展开:五个昔日伙伴,各自带着丧友的创痛和负疚孤独成长,刻意与老友疏离,同时穿插女孩未死前,六个孩子的种种往事。时而活泼幽默、时而温柔忧伤的调子,配着柔美而写实的背景画面(都是秩父这个地方的实景),生动描绘了几名少年看似冰冷叛逆的外表下受伤的心灵,如何被故友的鬼魂愈合。

看完《那朵花》,我对晴儿说:好,我们去秩父市,去看那座桥。

一

母子俩出了秩父西武站,一眼就看到对街的"秩父观光情报馆",里面不仅资料齐全,竟然还有《那朵花》连续剧的景点地图。

母子俩上了公交车,按图索骥,跟司机指着秩父桥的图片,司机点点头。到了桥前发现根本不必打招呼,那座桥跟影片上一模一样,怎样也不会错过。

走上桥才发现这是一座可通汽车的"斜张式"公路桥,专供步行的旧秩父桥就在旁边。母子俩又走上旧桥,看碑文知道这是一座颇有历史的老桥,最早的桥基建于明治年代。栏杆和桥身都很美丽,桥柱上立着古雅的路灯,桥面铺着红砖,还有花坛和日式园林里的观赏石,衬着背后新桥的桥柱和钢索,很上镜。难怪《那朵花》的片头用的就是这个景点,六个小孩在这里奔跑欢唱……

二

晴儿小时候也有两个最要好的朋友：威廉和艾里克。他跟威廉从幼儿园就同班，一直到高中还同校；和艾里克则是小学二年级开始同班。因为住得近，妈妈们也变成了好朋友，学校有什么活动常常是三个妈妈轮流开车带他们，妈妈们亲昵地称他们"三只小猴子"。

小猴子会长大，有了各自的性格，成长缓缓地把他们疏远分隔了——三五年的时间对妈妈们来说短暂迅速，对他们却是一段够长的成长岁月。

晴儿跟威廉虽然还在同一个游泳校队，但他们不再像从前那样大声说笑，只是像普通朋友那样淡淡交谈。晴儿跟艾里克原先组了一个乐队，可是因为两人对歌曲的选择不同，也渐渐不再一起练琴了。妈妈们还是常约了一道喝咖啡，谈谈孩子们的近况：英俊的威廉很有女孩缘，艾里克又组了一个乐队等等。

事情发生在晴儿高三那年。一个秋天的早上，我接到艾里克妈妈的电话：威廉出事了。

我一直很难描述那个早晨。记得我立即拨了晴儿的手机，告诉他——他很快就会听到威廉的事，但妈妈要做第一个通知他的人。这样可怕的消息，从妈妈的口中听到，可能不会像从其他人听到那样残酷吧。

三

威廉自杀了。前一个夜晚的深夜时分，在学校附近的火车道上。

他是在家人都睡下之后，偷偷潜出家门，脚踏车停在路旁，然后躺卧在铁轨上，静静等候末班火车疾驶而来……

那天上午我去威廉家。面对威廉的父母，我无言以对。我不知道世间有没有更难以回答的问题——当做父母的被问到："你们的孩子为什么自杀？"威廉的爸妈只能说实话："我们不知道。"谁都知道威廉生长在一个快乐和睦的家庭：乐天的爸爸、随和的妈妈、伶俐的妹妹，夏天时一家人出门露营，冬天到夏威夷过节，星期天上教堂……到底是为什么呢？合理的推测是青少年忧郁症，但威廉从小就调皮搞怪，难以相信他有忧郁的一面。

我静静陪威廉的妈妈坐着，客厅桌上放着威廉的照片，从小到大，在"三只小猴子"那张里，威廉眯着蓝色的眼睛笑得那么开心……

威廉的追思礼拜晴儿自己去了，后来威廉妈妈告诉我：她给少年们每人一张卡片请他们写几句话给威廉，结果晴儿密密麻麻写满了卡片的两面。晴儿从来就不是个善于用语言表达感情，尤其是深沉而难以启口的感情的少年。当我读着那些话——那些对童年美好的回忆，对多年好友的深情，对成长的惶惑，对生命种种疑问的无解，对朋友不告而别的不舍与哀伤……我原以为他们已经不再是好友，也许伤害不会那么深……我竟然大错特错了。

高三是困难的一年，课业繁重，要开始申请大学，而晴儿和艾里克经历着他们从出生以来最困难的时日。妈妈在旁边只能暗暗心疼却使不上力，孩子像紧闭的蚌壳，痛苦无从宣泄。有时我开车经过威廉家那条小街，恍惚觉得三只小猴子还挤在后座说笑，但我知道那些情景正如他们永不返回的童年一样：永远不再。

四

秩父旧桥上，六个天真活泼的孩子在奔跑。然后，下一个瞬间，时光已经流转，五个各怀心事的少年缓缓走过，后面静静跟着一个永远不再的女孩……

我对晴儿说："我想，我知道你为什么要看这座桥了。"

"我想你是知道的。"晴儿说。

我们上了开往火车站的公交车。车窗外的风景飞也似的掠过，童年在身后，成年在未来，这段哀乐少年岁月里，有些朋友没有能够一道走下去，就像有些花朵没有来得及知道名字，有的桥没有能够一同跨越……成长就是学会用自己的方式去纪念，去疗伤，去继续走。晴儿以后人生漫长的路，妈妈最多只能陪他走到桥头，目送他跨过，一座桥，又一座桥。

一只烟的故事

文／毕飞宇

亲爱的孩子：

你一直讨厌我抽烟，我也十分渴望戒烟，可是，我一直都没有做到，很惭愧。

今天就给你讲讲我抽烟的事，或许对你有所帮助。

1983年，十九岁的那一年，我开始了我的大学生涯。

我们宿舍里有八个同班同学，其中有两个是瘾君子。他们有一个习惯，掏出香烟的时候总喜欢"打一圈"，也就是每个人都送一支。这是中国人在交际上的一个坏习惯，吸烟的人不"打一圈"就不足以证明他们的慷慨。我呢，那时候刚刚开始我的集体生活，其实还很脆弱。我完全可以勇敢地谢绝，但是，考虑到日后的人际，我犯了一个错：我接受了。这是一个糟糕的开始，许多糟糕的开始都是由不敢坚持做自己开始的。

但人也是需要妥协的，在许多并不涉及原则的问题上，不坚持做自己其实也不是很严重的事情。我的问题在于，我在不敢坚持做自己的同时又犯了一个小小的错：虚荣。其实，所谓的"打一圈"是一个十分虚假的慷慨，如果当事人得不到回报，他也就不会再"打"了。

这是常识,你懂的。我的虚荣就在这里,人家都"请"了我好几回了,我怎么可以不"回请"呢?我开始买香烟就是我的小虚荣心闹的,是虚荣心逼着我在还没有上瘾的时候就不停地买烟去了。

不要怕犯错,孩子,犯错永远都不是一件大事情。可有一件事情你要记住:学会用正确的方法面对自己的错,尤其不能用错上加错的方式去纠正自己的错。实在不知道如何应对,你宁可选择不应对。

我抽烟怎么就上瘾了的呢?这是我下面要对你说的。

因为校内禁烟,白天不能抽,我的香烟并不能随身携带。放在哪里呢?放在枕头边上。终于有那么一天,你爷爷,也就是我的爸爸,来扬州开会来了。在会议的间隙,他来看望我。当你的爷爷坐在我的床沿和我聊天的时候,我突然发现了我枕边的香烟,藏起来已经来不及了。以我对你爷爷的了解,他一定是看见了,但是,他什么都没有说。你知道的,你爷爷也吸烟,但这并不意味着他会赞成他的儿子去吸烟——他会如何处理我吸烟这件事呢?我如坐针毡,很怕,其实在等。

十几分钟就这样过去了,我很焦躁。十几分钟之后,你爷爷掏出了香烟,抽出来一根,在犹豫。最终,他并没有把香烟送到嘴边去,而是放在了桌面上,就在我的面前,一半在桌子上,一半是悬空的。孩子,我特别希望你注意这个细节:你爷爷并没有把香烟送到你爸爸的手上,而是放在了桌子上。后来你爸爸就把香烟拿起来了,是你爷爷亲手帮你爸爸点上的。

现在,我想把我当时的心理感受尽可能准确地告诉你。在你爷爷帮你爸爸点烟的时候,你爸爸差点就哭了,他费了好大劲才忍住了眼泪。你爸爸认定了这个场景是一个感人的仪式——他是一个真正的男人了，他男人的身份彻底被确认了。

事实上，这是一个误判。

我们先说别的，你也知道的，作为你的爸爸，我批评过你，但是，不知道你注意到没有，爸爸几乎没有在外人面前批评过你。你有你的尊严，爸爸没有权利在你的伙伴面前剥夺它。同样，你爷爷再不赞成我抽烟，考虑到当时的特殊环境，他也不可能当着那么多同学呵斥他的儿子。我希望你能懂得这一点，做了父亲的男人就是这样，在公共环境里，如何和自己的儿子相处，他的举动和他真实的想法其实有出入，甚至很矛盾。这里头有一个公开的秘密：做父亲的总是维护自己的儿子，但这并不意味着儿子的举动就一定恰当。

我想清清楚楚地告诉你，父爱就是父爱，母爱就是母爱，无论它们多么宝贵，它们都不足以构成人生的逻辑依据。

我最想和你交流的部分其实就在这里，是我真实的心情。我说过，在你爷爷帮你爸爸点烟的时候，你爸爸差一点就哭了。那个瞬间的确是动人的，我终生难忘。就一般的情形而言，人们时常有一个误判，认定了感人的场景里就一定存在着价值观上的正当性。生活不是这样的，孩了，不是。人都有情感，尤其在亲人之间，有时候，最动人的温情往往会带来一种错觉：我们一起做了最正确的事情。你爸爸把你爷爷的点烟当作了他的成人礼，这其实是你爸爸的一厢情愿。如果你爷爷知道你爸爸当时的内心活动，他不会那么做的，绝对不会。一个男孩到底有没有长成为一个男人，一支香烟无论怎样也承载不起。是你爸爸夸张了。夸张所造成的后果是这样的：爸爸到现在也没能戒掉香烟。

孩子，爸爸最享受的事情就是和你交流。囿于当年的特殊环境，你爷爷和你爸爸交流得不算很好，你和爸爸的环境比当年好太多了，我们可以交流得更加充分，不是吗？

附带告诉你，爸爸一定会给你一个具备清晰表达能力的成人礼。

祝你快乐！

飞宇

2014 年 5 月 26 日于香港

VI

走到哪儿,哪儿就是你的路

短发与女汉子

文／孙晓迪

是女生留了短发后成为女汉子，还是女汉子都喜欢留短发？这是不是一个类似"先有鸡还是先有蛋"的辩证性议题？要我发表意见的话，我倾向前者。

Ella 在某期《康熙来了》里说："我以前挺淑女的，可是自从我妈给我剪了个蘑菇头……"小 S 问："是觉得要符合你这个发型，所以就变成今天这样了吗？"Ella 下意识地摸摸短发，调皮地说："当然喽。"

电脑屏幕前一边抠脚一边吃泡面的我，忽然就蹦出一句文言文："卿所言，于我心有戚戚焉。"

我真正有"女汉子"的意识，是上初二后开始的。那时我暗恋同桌，又不敢表白，就一心想离他近点。"中二病"很严重的我，选择了"变成一个男生就会离同桌很近"这样呼呼往外冒傻气的决定。正好我爸嫌弃我停滞不前的成绩，借这个引子，我削发明志，剪去了从小学留到初中的长发。

那天太阳很大，我从理发店走出来，后脖颈被阳光晒得有点疼。看看地上的影子，感到有点陌生。骑着单车回到家，面对我妈惊讶的目光，我理直气壮地告诉她："谁让我爸说我成绩差，我拿头发跟他发誓，不考第一就不留回来！"我当然没有考第一了，因为我要保持短发、变成男生，离我暗恋的同桌近一点呀。于是夹克衫、回力球鞋都招呼在身上了，连走路都带一点男生特有的潇洒。

这一招的确很奏效，同桌带着"女扮男装"的我去爬山、钓鱼、看漫画、玩街机，毫无压力。而我一度也恍惚觉得自己是个男生，坐公交车时被卖票大婶叫一声"小伙"，心里居然会感到得意。但不幸的是矫枉过正，同桌只把我当好哥们儿，从来没想过身边这个叫孙晓迪的家伙，其实是在内心里无比多情又细腻地爱恋着他的。

从初二到高三，整整五年时间，我没有跟同桌说过一句符合女生身份的话，"请和我交往吧。""晓波同学，我真的很喜欢你。"我只是豪气万丈地陪着他，洒脱地吐痰，拍人肩膀，踢着路边的小石子，变得比他还像男生。直到有一天他告诉我，他觉得王莲莲很漂亮。

那时的我，即便心里无比痛苦，依旧留着短发、穿着裤装，和同桌摆"龟派气功"的动作，讨论乔丹和马龙的最终对决。既然他不喜欢我，那就一直扮演他的好哥们儿到最后好了。

和同桌的故事，就像很多人年少时发生的一样，有一个人，藏在心里，一直在心里。即便岁月变幻，沧海桑田，记忆深处的那个人，永远唇红齿白、风度翩翩，永远永远是少年。

同桌变成了往事，短发却一直留在头上。直到现在，我都是短发，性格嘛，反正"待我长发及腰，少年娶我可好"这种妙词，跟我是不沾边的。

其实我留过几年长发，也曾买过很多漂亮的发饰，大热的山茶花发圈我也正经戴过一段时间。可是那几年正是我不堪回首的时光，人过得那叫一个披头散发。爱上一个人渣，为他做了所有荒唐事，把大半个青春、小半个人生都搭进去了。只是和他吵架时从未落过下风，即使被他动了手，也能勇敢地用独创的王八拳招呼回来。虽然梳妆台上放着山茶花发圈，但我知道，我的内心，还是那个义无反顾的狂放女汉子。

我离开他的时候，头发已经留了很长，没有怎么糟蹋过它，所以像一匹黑色绸缎。当时BOBO头热门起来，我跟女伴说要剪。她惊呼道："这么好的头发，留着嘛！"又神神秘秘地告诉我，"男人喜欢长发女子。"我只是笑，一边叉着腿在沙发上抠脚。

短发剪了没几天，过26岁生日，刚跟朋友宣布自己要抱定独身主义，第二天爱情就从天而降。

和高先生见面之前，我给他打预防针，我说我的外表可能不是你想的那样：第一我并不文艺，虽然我爱写小说，但棉布裙白球鞋什么的，跟我没关系；第二我没有长头发，没办法让你"穿过我的黑发你的手"。

高先生在电话里用地道的东北腔说："那又咋的？"于是我穿着衬衫和西裤去见他，唯一女人的地方是七英寸高的细跟凉鞋。而他也不负我所望，留着到肩膀的长发，老北京布鞋，一摇三晃地来到我面前，开口就是："我去，你可真高！"

于是我明白世间万物皆有道理，我为什么一直留短发到现在，就是为了等到这一位，知我、爱我、伴我，留着长发的高先生。

其实女汉子与否和头发长短并没什么关键联系，我见过留寸头却小鸟依人的，也见过一头大波浪却当街抬脚飞踹的。只是于我而言，头发长短影响性格，而短发和女汉子，显然是最适合我的一种。

我花了四年，才能和你一起聊电影

文／海参包

VI 走到哪儿，哪儿就是你的路

我刚入学的时候，对电影的认识非常有限。那天我在寝室看《大事件》，对面寝室的胖子过来蹭烟，走过我身边的时候很刻意地摇了摇头。

"怎么？你也看过《大事件》？那个长镜头是不是很碉堡？"我很兴奋地想和他讨论。

"你不觉得那个长镜头太做作了吗？杜琪峰的特点是对演员的调度，建议你去看看他的《枪火》，商场的那场戏才叫碉堡。"

我在胖子的建议下看了《枪火》。作为自尊心很强的白羊座，我同时看完了杜琪峰所有的电影，以期在和胖子的讨论中不落下风。

"除了《枪火》，《暗战》和《PTU》也很牛，《黑社会》更是证明了杜琪峰的老当益壮。"胖子再次来蹭烟的时候，我展开了这个话题。我甚至设想了他下一句会接什么，为自己立于不败之地做好准备。

"导演是靠荷尔蒙拍片的，杜琪峰已经不行了，你该看看银河其他人的片子，比如《暗花》《非常突然》，我很看好游达志和游乃海。"

这完全不按套路出牌啊，说的人我从来没听过。

我恶补了香港电影史。而为了对付胖子，

我决定提起陈果这个人物，作为一个文艺又小众的导演，陈果实在是显摆的首选。

"陈果你怎么看？是不是除了许鞍华之外香港最有人文情怀的导演？"注意，这里我还提到了许鞍华，以及人文情怀，简直进可攻退可守呢。

"《三更2》你看过吗？"胖子故技重施。

"嗯，陈可辛监制，李碧华编剧，奚仲文艺术指导，杜可风摄影，很豪华的阵容。"我故意说得很快，以显示自己对他们的熟络。

"我是让你注意其中的另外一个导演朴赞郁。香港电影已经死了你知道吗？如今只有韩国电影才能代表亚洲的最高水准，而朴赞郁又是其中的翘楚，《共同警备区》知道吗？复仇三部曲知道吗？"胖子一副哀其不幸的样子。

作为自尊心很强的白羊座，我开始没日没夜恶补亚洲电影史。不久后，我变成了亚洲电影专家，出口不离沟口健二和小津。

当胖子再次走进我们寝室的时候，我已经做好了击败他的准备，而且这次我决定后发制人。

胖子似乎知道我一学期的努力，心中有所忌惮，他并没有聊起电影，而是谈起了认同感。

"当代文化的中心在西方，亚洲永远只能逢迎，这个现状短时间内改变不了。"

"可黑泽明就很牛啊？他的电影影响了好莱坞。"

"好莱坞会被影响吗？不，好莱坞就像一块海绵，吸收各国电影的精华，而亚洲电影人总是希望得到他们的认同。世界电影都被好莱坞同化了。亨利·金、比利·怀尔德、奥逊·威尔斯，这些才是真正的 Master。"

胖子特意在结尾说了一个英文,把我衬托得更加窘迫。

于是在接下来的一个学年里,我把八十多年来奥斯卡所有得奖提名的影片都看了一遍。为了考验自己的实力,我还自己和自己玩电影人名的接龙,比如比利·怀尔德——德帕尔马——马丁·斯科塞斯——斯皮尔伯格。

一年后,我刚看完《阿凡达》,准备找胖子聊一聊。我来到胖子寝室的时候他正对着电脑屏幕发呆,一脸落寞。

"你看《阿凡达》了吗?巨牛!"

"今天能别和我提电影吗?"胖子打断了我。

"为什么?"

"因为哺育整个欧洲的电影诗人——侯麦,去世了。"

我没有说话,因为我从来没听说过侯麦。

接下来的剧情就是重复上面的过程,我开始学习欧洲电影史。每当我学习完一个大师,就去和胖子交流,但无论如何,胖子总能说到我的软肋。

就这样,直到离校的那天,大家都喝得东倒西歪,我拉住胖子,大发感慨。

"如果我不是白羊座,大学四年不会那么和你较劲,也不会到现在还没谈过恋爱。"

胖子笑了笑,没有说话。

"你到底看过多少部电影?你不觉得累吗?"我最终问出了这个困扰我四年的问题。

胖子猛吸了两口烟,提起行李,默默地走出了寝室。

几分钟后,我收到了一条胖子的短信,里面只有六个字——我也是白羊座。

我的王国

文／里则林

一

上小学时，我家住在上海。

我是我们那片小区的孩子王，每天放学都带着一群孩子到处跑。我是总司令，跟一个小胖子特别要好，只要我手指一指，大喊一声"有敌人"，他就会义无反顾地边喊着"杀啊"边朝一片虚无的空气冲去，一顿手舞足蹈，然后回头认真地跟我说："报告总司令，敌人已经消灭，可以继续前进！"

我们这支部队主要存在的意义就是每天瞎遛，敌人除了空气就是地上的小昆虫。同住一栋楼的施阿姨每天站在三楼晾衣服，看着我们在楼下跑来跑去，总会问我："则林啊，又去打仗啊？"

我家旁边有个社区幼儿园，我和小伙伴们常常避开看门的怪老头，偷偷爬进去玩。某个周末，我们趁怪老头不在，爬进幼儿园，在草坪上玩放大镜，用放大镜对准一堆草，过一会儿，草就冒烟了。玩得不亦乐乎的时候，小胖掏出一盒火柴，说试试这个。我点燃了一根火柴，丢到草坪里，大喊一声："跑啊！"我们就又喊又叫一起跑了起来。我们都以为这次也会像玩放大镜一样，过一会儿它自己就灭了。

没想到火没有灭，反而呼啦啦越烧越大。当时我们脑子一片空白，迅速翻出了围栏，一路狂奔。跑远了回头一看，草坪已经冒起了滚滚浓烟，最后只剩一整片焦黑。

小胖哭了起来，过了一会儿，另外几个小伙伴也哭了。

二

回到家，我跟妈妈坦白了错误，于是我再也出不了门了。每天放学必须准时回家，周末经常被反锁在家里。我家住一楼，有个自带的院子，爸爸觉得我可怜，就在院子里挖了个水池，放进好多鱼，给我做了个钓鱼竿，没有钓钩，没有鱼饵，我就那么傻不拉叽地坐在池边一动不动地钓鱼。

后来憋得慌的我突发奇想，决定在水池旁的一片小泥地里种东西。不管吃了什么水果，只要有核，都往里面丢。每天蹲在旁边盼着开花，有尿就往里面撒。爸爸和我用竹竿修了一个葡萄架，十多天过去，除了杂草，什么都没长出来。我问爸爸，爸爸说他也不会种东西。我想起了幼儿园的那个怪老头，他的传达室旁边种了好多菜。

我跑到幼儿园传达室，不知道怎么跟怪老头搭讪，只好说："上次我把草坪烧了！"

他看了我一眼，说："我知道，你妈跟我说了。"

然后我继续站在那里，一动不动，直到他奇怪地问我"怎么了"，我才说："我想种东西，可是我不会。"他一改严肃的样子，笑了起来，问我种什么，我也不知道种什么。我拉起他的手往我家走，他也没反抗，跟着我去了我家。

　　一整个下午，他带着我把小泥地里的石头、砖块都捡了出来，然后松土、施肥。第二天他又给我拿来一些不知名的种子，帮我撒进土里，种在葡萄架下。没过多久，果然长出了很多藤蔓植物，爬满了整个架子。

　　爸爸看我小有成效，又在水池和泥地之间挖了一个水井，方便我浇水和换水。

　　我渐渐就变得不再疯野，每天放学狂奔回家去看我种的花花草草和养的鱼。那些鱼已经跟我很熟了，我只要站在池边，它们就会自动浮出水面，然后我开始数数，发现一条都没少，就安心了。我经常去跟花花草草说说话，赏它们一泡尿什么的，偶尔去水池边站起来又蹲下，看着那些鱼一下子浮起来，一下子又沉下去。

　　楼上的施阿姨看我在那里忙忙碌碌的，偶尔会问我："则林啊，今天不打仗了啊？"

　　我说："不打了啊。"

　　施阿姨又说："这是你的小王国啊？"

　　我说："是啊。"

　　那时我们正好学了一篇课文，讲小蝌蚪怎么长尾巴又长腿，然后有一天它就"呱呱呱"了。学完我很好奇，就去弄了一些蝌蚪，放进我的小水池里，并且告诉那些鱼不准吃。

　　那些鱼就真的没吃，我每天对照着课本，观察小蝌蚪。直到有一天它们真的长成了青蛙，整天成群结队地叫喊一个通宵，搞得我每天临睡前，都要去给青蛙们训话，学着爸爸妈妈的语气，说："晚上不准吵，不准呱呱叫，要按时睡觉，不然你们就不能在家里待着了！"

可惜它们完全不怕。后来整幢楼的人都受不了了,我只能把它们全装进桶里,拿到外面的草地上丢掉。它们都傻愣在原地不动,我顿时感到很心酸,于是坐下来,跟它们告别,我说爸爸不能照顾你们了,因为大人都不喜欢你们。最后我还是舍不得,又偷偷带回来两只。

妈妈怕我伤心,给我买了只乌龟,说乌龟不吵,又好养。

我渐渐就习惯了自己玩自己的。小胖来找我,我说现在我有一个王国了,我是国王了,不带兵打仗了。我带他到院子里,给他展示我的花花草草和葡萄架,还指挥鱼群浮起又沉下。小胖惊奇了一整天。

那只乌龟成了我的大将军,两只青蛙是我的参谋,水池里的鱼是我的一艘艘军舰。我那些玩具、赛车、机器人,则是士兵和战士。

它们每天被迫打仗,被迫讲和,被迫上演着一幕幕自编自导的故事。它们有些成了坏蛋,有些成了英雄。两只小青蛙总是被迫乘上四驱车到处晃,而乌龟被我固定在水池边,因为我觉得它要指挥那一艘艘军舰。

我熟悉院子里的每个角落,我知道哪里藏着西瓜虫,哪里会有成排的小蚂蚁,我知道里面每一株植物每一个动物的名字。偶尔还要自己调石灰给院子里掉灰的墙壁打补丁,在墙上画满乱七八糟的东西。每天临睡前,我都去院子里打一桶井水,给花花草草浇一遍,每个周末,都给鱼池换一次水。

我时常玩累了,就把乌龟和青蛙放在肚子上,躺在地上静静地听着周围不知名的昆虫和鸟叫声,最后迷迷糊糊地睡去。

某个清晨,我爬上院子里的杂物房,趾高气扬地俯瞰着整个院子,从东看到西,从南望到北,就像在俯瞰着自己的整个王国。那一刻我觉得很骄傲，我站在上面想了很久，也没想出来自己心里还想拥有些别的什么，于是我断定自己那一刻已经拥有了一切。

三

十多年过去，我走过了许多地方，搬离过许多房子，早忘记了许多关于童年的事情。直到有一天，我看到一篇别人写的上海的故事，才忽然想起我曾有过一个王国。去翻旧照片，看到那时的"小国王"正站在院子里，对着镜头不谙世事地傻笑着。

很明显那时的他并不知道，自己最终没有成为船长，也没有成为带领千军万马的司令，更没有成为一个国王。但他曾经虽然渺小，却能站在高处，充满骄傲、心无旁骛地看着自己喜爱的风景，没有一丝惶惶与不安。

是那么的幸福。

总有累觉不爱时

文／孙晓迪

三月里的一天，外头阳光正好，电脑里放着陈奕迅的歌，不知怎么的，心情一下变得很差。无论多大年纪，经过多少事，总会有这样的时刻吧。某个瞬间，毫无缘由，忽然就觉得疲惫，莫名其妙地悲从中来。

常常会回忆高三那一年，总觉得现在经历的很多人和事，都能在那一年找到对照。

家境好、有背景的人可以不学习就去念心仪的好大学，就像社会上那些从出生就不为前途发愁的富二代，没看过书就能写出百万级别畅销书的作家，没考过电影学院，当两天群众演员就变成当红炸仔鸡的明星……这样的人就好像那些上课不学习、课后不复习却能保持成绩名列前茅的学霸；天天闷在课桌前连厕所都舍不得去，成绩却怎么也上不去的人的处境，跟那些社会上努力打拼却不得要领总是失败的可怜虫也很像；压根就不想学习每天吊儿郎当只求上个民办专科就好的同学，和工作中不上进的人也是同一类型吧……

所以就会自然而然地回忆，高三那年，出现如今这种状况，目标不定，动力全失，拔剑四顾心茫然时，我在想什么，又在做什么呢？

高三那年能让我感到灰心沮丧的原因只有

一个：我的数学成绩太差。

物理化学可以撑到高二就早早抛弃它们，可是数学，简直是文科生们的命脉。考不到 120 分以上，就算语文卷子上作文满分，政治历史题全部背会，也做不到在模拟考试时排到本科线以上的名次。一上高三就认清了这一点的我，为了奔赴美好盛大的未来，下狠心封了所有小说漫画，开始恶补数学。我开始在每天的课余时间多做一份模拟试卷，会找老师询问，会仔细订正错误，会翻来覆去研究难题。

两个月后，信心百倍地参加模考，数学的成绩是 95 分。

彼时的我，从来没有经历过如此灰心失望的事。怎么会付出没有回报呢？我明明有努力过，而且是那样认真，那样诚恳地努力过。难道我每天在晚上十点该睡觉的时间再做一份难到死的卷子，就为了考试时比以前的成绩多两分？这不科学，这不公平。一丁点思路也没有，一丁点轮廓都没有。

那些夜深人静时的努力，那些强大美好的自信，面对一张冷酷的试卷，统统不值一提。

那次考试之后的第二天中午，毫无来由的，我趴在桌子上哭了起来。就像如今，明明是阳光大好的午后，我却深感难过，不知道明天该如何生活下去，不知道应该怎样做，才能把数学考到 120 分以上。哭过之后就选择了自暴自弃，想着干脆念个二本或者专科得了。于是我泄愤般的把题库都锁在了书柜。下晚自习时再也不急匆匆地回家做题，而是和同学去路边摊吃臭豆腐，看别人打游戏机。

第三次模考的数学是 82 分。数学老师忧心忡忡地找我谈话："语文可以考到 132 这种高分，连数列的应用题都不会做？应用题不就是文字游戏吗？"

我垂头丧气地回到座位上盯着红叉连篇的卷子，真不知道该拿它怎么办。如果真的是因为偏科没有考上大学，那我是不是对不起其他学科，对不起语文、历史、英语这些我希望上了大学能够进一步精修的美好学问？

于是在沮丧过、失落过、自暴自弃地撕破卷子、得过且过地虚度时间后，我还是老老实实地把题库又搬回书桌，把卷子用胶带贴起来。订正错题，补写笔记，对着那些泪痕斑斑的考题努力研究解题思路。

没有别的办法，不甘心放弃，就只能在似乎永无止境的黑暗里，对着试卷默默做题。做了一份又一份，不会做的题总是很多，做错了的也不少，"双眼爆题"的神技，看来这辈子也不能掌握。

那是记忆里很惨淡的冬天，穿着臃肿的羽绒服，头发长了，油乎乎地披在领子周围，没有心思打理。偶遇暗恋的男生，没有以前心头乱跳的兴奋，满脑子都是"数学不好没脸见人"的自卑茫然。每天都挣扎着做题，实在做不下去了就背答案，还好我记忆力不错，错过的题，不会再错。

数学真是一门神奇而残忍的学科。

就在我觉得自己马上就要淹死在这些该死的题目里的时候，寒假来了。名正言顺地休息了一周，回学校就迎接新学期的第一次模拟考试。我考了年级第一，数学是147分。

我只考过那么一次年级第一，实在是不敢相信的奇迹。我不是万年偏科鬼么？上小学一年级就跟数学做斗争，努力维持及格，怎么会考出147分的高分？到底是为什么考了那么高？

是因为那一整个冬天，我都在一边沮丧失落、一边随时想自暴自弃、一边咬牙切齿地做题吗？一边抱怨，一边吐槽，时常会摔笔，恨不得掀桌咆哮，大吼老子不干了，一边强忍着，用最笨的方法一步一步求解，寄希望于每一步都不错……

挺着，努力挺下去，挺不下去也咬牙挺着，然后就终于迎来了147分的高分吗？

所以人生的惊喜，高峰上的景色，总是需要这样漫长而辛苦的积累么？唉，好像真没有别的办法了呢。除了咬牙挺着，坚持努力、默默付出，想变得更强大、更美好、更聪明、更漂亮……似乎只有这样的一条路吧。

在那个忽感"累觉不爱"的午后，一个人想了想高三的那个冬天。

对于每一个"累觉不爱"的瞬间，心情沮丧到极点之后，真正能做的，还是应该像高三时那样，深吸一口气，埋下头，淹在数学题的海洋里。坚信着只要挺下去，总会看到希望和变化，努力地前进啊！

校花们都已嫁为人妻

文／慕容素衣

事到如今，当年那些照耀过我们青春期的校花们，多已嫁为人妻。在经历几次伤筋动骨的恋爱后，她们最终嫁给了那个能陪她们看细水长流的人。

一

头一个传出婚讯的是亦静。

亦静是我的学姐，我曾经特别渴想成为她那样的女子。

我现在还记得，亦静在学校国庆晚会上跳《天鹅湖》的情景。小小年纪的她，穿着白纱裙，身材修长柔软，已经呈现出天鹅般的姿态。

现在想来，亦静其实不算很美，可是她的举手投足，有种说不出的味道。等长大了我才知道，原来那就是优雅。在一群乳臭未干的疯丫头中，娴静端庄的亦静，自然鹤立鸡群。她说话柔声柔气，总是未语先笑。她从来不穿那些我们认为可爱的粉嫩少女装，而是偏爱藏青、淡碧这类颜色。

亦静的淑女气质，实在和广大初中女生不搭。所以多数时候，她都是一个人独来独往。

初中毕业，亦静没有读高中，而是去了师

范。这在当时是很流行的,因为可以搭上包分配的末班车。

读师范期间,她和以前的一些老同学保持着通信。其中有个隔壁班的男生,每次考试都是全校第一,念高中后常常有一搭没一搭地给她写信。毕业后,亦静如愿分配到以前就读的镇中学。如果不出意外,将和很多师范女生一样,教教书,选个老师或者乡镇公务员做男朋友,平淡度过一生。

那个和她通信的男生顺顺当当地考上了清华,之后他们写信的频率越来越高,言语也越来越炽热。亦静是个心气高的人,这个男孩的出现唤起了她对另一种生活的向往:在他身后,是整个清华园、北京乃至一个广阔无边的世界。

两个人就这样相爱了。然而在小镇上人看来,他是清华男,她是乡村女教师,不像会有结果。

亦静发誓不让他们瞧扁了。在清华男的鼓励下,她开始准备考研,而且定的目标是清华。可是她的英语只有初中水平,专业书更是隔阂得如同天书。

就这么忙活了几年,她遭遇了两次落榜。转眼清华男毕业了,准备去美国留学,而她决定继续准备第三次考研。这次总算过线,因为改报了一所普通院校。但此时他们的恋情已经意兴阑珊。

他在美国很快有了新女友,她也有了新的男朋友。他们在为对方耗尽生命中的热情后,终于不约而同地过上了中规中矩的生活。

有一天在 QQ 上,她和我聊起过去,她说:"也许我并没有想象中那么爱他,我想他也是。"当我还在对着这行字发呆时,她已经下线。

二

不久前,瑶瑶在校友录上传了一张照片:她穿着婚纱,双手揽着她腰的男士，看上去有点儿面熟。

下面有校友评论说：祝贺瑶瑶和老张成为某中九七届第一对校园伉俪。

我这才发现，原来瑶瑶身边的那位男士就是当年参加数学竞赛次次都拿第一的老张啊。

瑶瑶怎么会嫁给老张呢？老张当年多木讷啊。带着一丝惋惜，我叫老公过来："快来看看我们当年的校花！"

老公迅速扫了一眼电脑屏幕，马上提出质疑："这是你们校花？照这个标准，我看你也能勉强评个班花。"

我白了他一眼，心里却不得不承认，就算经过无数次 PS，还是可以看出瑶瑶已经泯然众人了。

瑶瑶这个名字，在我们镇中学一度是个传奇。瑶瑶长相古典，一张雪白的鹅蛋脸稍稍有点婴儿肥，更加显得肤如凝脂，她是真正的柳眉杏眼，盯着人看时眼里像有水在脉脉流动。但是和那些古典美人的自怜自艾不同，瑶瑶看起来特别朝气蓬勃。

长得美不算什么，关键是还很有才。瑶瑶进校第一次期中考，就考了全校第一，这样的纪录保持了多年。当时的校长不知是出于爱美还是惜才之心，拿着一箱苹果主动上门拜访，想认瑶瑶做干女儿。这个故事直到现在还被大家津津乐道。

初中女生已经有了爱美之心，瑶瑶却从不把自己的美当回事。她一年四季都爱穿肥大的运动服，只有在国庆晚会上，人们才看到舞台上穿着裙子的瑶瑶那玲珑的腰身。瑶瑶不爱打扮，她的衣着发型却被很多女生偷偷模仿，而她三年不变的马尾更是成了镇中学的风向标。

现在想来，初中其实是瑶瑶美貌的巅峰时代。高中我再见到她时,她已经越来越像一个典型的理科女生了,仍然穿着运动装,马尾剪成了短发,最遗憾的是,她动人的大眼睛被关在了厚厚的黑框眼镜里。

很多年后,瑶瑶男友中的一位曾向我说过他们的故事。"你知道吗,我喜欢她超过了十年。"用十年来暗恋一个人,这样的故事,我以为只能发生在"山楂树之恋"那个年代。

他们读大学时一个在北京,一个在广州,却爱得如火如荼。毕业后,他去广州与瑶瑶团聚。没想到这时他父亲生意失败欠下了一大笔钱。为了还债,他过上了无比拮据和煎熬的一段生活,他省吃俭用地拼命打工赚钱,心里只有一个念头,就是快点把债还清,好娶瑶瑶过门。

然而瑶瑶终于还是扛不住家里的压力,向他提出:要么结婚,要么分手。家里负债累累,他拿什么和她结婚?于是只有分手。

后来,他开始在网上做起生意,取得了意想不到的成功。两年后,债务终于还清了。

然后在某一天,他通过同学得知瑶瑶的婚讯,于是搭车去了她所在的城市,找到了她上班的银行,远远地看着她在柜台里忙碌。他想起很多年前他还是个内向小男生时,也是这样站在人群里远远地眺望着她。这次他知道,他再也没有办法走近她了。

直到现在,我的这位男同学还是单身一人。

三

在我们那里,校花是才貌双全的化身。当年的阿乐美则美矣,却因为成绩不好,拖了后腿。

阿乐的母亲在镇上卖卤菜,身材敦实,身上长年有股麻辣香干的味道，她的父亲也相貌平平。因此阿乐的美纯属石破天惊。

初一新生报到的那天，阿乐就轰动了全校。高年级的男生成群结队地涌到她的班上，只为看一眼传说中的美女。阿乐爱打扮，那天她穿着当时还很少见的粉色雪纺连衣裙，越发显得她皮肤雪白。

阿乐打扮得这样隆重，脚下却随随便便趿一双凉拖，鞋跟有五厘米高。初中三年，阿乐总是踩在这样一双高跟凉拖上，懒懒散散地走在校园里，对那些投射在她身上的灼灼目光视而不见，应该说是习惯了。才读小学时，她哥哥班上的男同学就会借口问功课到她家去。

哥哥成绩好，阿乐进校时，老师们也对她寄予了厚望。阿乐不笨，只是没把心思放在学习上。她看起来乖乖的，可骨子里叛逆。当时人人奉行好好念书出人头地这样的主流价值观，只有阿乐不屑于此。一次寝室卧谈，聊到对未来的憧憬，阿乐气定神闲地说："我对读书不感兴趣，以后就嫁个有钱人，在家相夫教子。"

几乎所有人都笃定地认为，阿乐一定能成功地嫁入豪门。在小小年纪的我们心中，她的美具有所向披靡的魔力。

阿乐读完初中就辍学了，和母亲一起卖卤菜，她的美貌很快为她赢得了卤菜西施的美名。

我原本以为，阿乐会火速出嫁，以实现她初中时许下的宏愿。没想到她卖了很多年的卤菜，风吹日晒，脸上渐渐有了风霜之色。那些借买卤菜一亲芳泽的人，终于对她的美貌无动于衷了。

直到有一天，卤菜摊子前来了个面生的客人，杂七杂八买了一大堆，结账时，阿乐要给他抹去零头，他涨红了脸拼命摇头说"不用不用"。还是阿乐母亲认出了他，原来这是阿乐哥哥当年的学霸同学，名校毕业后去了上海，是传说中的金领。他来买卤菜，自然是醉翁之意不在酒。

　　金领哥哥的到来轰动了整条街，阿乐父母觉得女儿白白地美了这么多年，这下子终于得其所哉，大有扬眉吐气之感。摆在阿乐面前的是一条金光大道。没想到，阿乐居然拒绝了。她的理由是"学历悬殊，说不到一块儿去"。为这事，她差点被扫地出门，整条街上的人都在替她惋惜。

　　不久后，阿乐找了一个本地开服装店的小伙。两人婚后，各做各的生意。阿乐还卖她的卤菜，小伙有空会过来帮她。两人边干活边窃窃私语，像有说不完的话。

　　上次回老家，路过阿乐的铺子，里面有个小女孩在帮忙打包收钱，雪白的一张瓜子脸，眉眼颇有阿乐年少时的神韵。阿乐呢，依然趿拉着五厘米的高跟凉拖，落落大方地招呼我："老同学，来买卤菜啊，给你打折！"

　　和绝大多数人一样，阿乐终究没有实现她年少时的理想。可是那又怎么样呢，偏离了理想轨道的生活，也可以有滋有味。

罗大哥

文/巩高峰

那是我第一份工作,在上海培训半年后被外派到福州。分公司的欢迎晚餐上,我被一位姓罗的同事镇住了。他干净利索的儒雅气质贯穿全场:一句玩笑打消了我初到陌生地方的拘谨,几眼就准确识别出我不习惯与特别爱吃的菜,在端着领导范儿的经理面前他没有一丝谄媚,对嬉皮碎嘴的司机他没有一点厌恶。

总之,他面面俱到地调和了一顿各得其所的晚餐,领导很满意,同事很尽兴。私下聊天时,我叫他罗大哥。不知道罗大哥的这种游刃有余我以后能不能做到,但我希望可以。职场第一步,身边就有个好的模仿对象,我觉得是一件幸事。

我学着让自己的发型、语气、肢体动作都像他那样舒服,碰到打折的衬衫我会买一件和他一样的,还模仿他点菜时丰俭由人并照顾所有人的口味。我把自己想象成一块海绵,想要尽快吸收他的一切优点。

可是因为帮他完成展厅,超支了样品,被经理质疑。因为帮他尽快发货,缩减了程序,被总公司警告。我报的培训班的课越缺越多——因为下班后的时间都耗在了牌桌上。我不觉得这些算什么问题,相对于我的内向、自卑、敏感、轻度人际交往障碍，罗大哥几乎没有缺点，即使严苛地挑毛病，也不过就是工作上进心不强。可是业绩马马虎虎过得去不就行了吗？

人生不过几十年，享受远比拼命有姿态。罗大哥这句话深得我心，对酒当歌人生几何是一种境界，二十出头就能品尝，对我而言就是走了狗屎运。

离目标越近，被光芒笼罩得越严实。所以当罗大哥和同事抱怨公司庙小、领导脸难看时，我义愤填膺地帮腔。我和罗大哥的想法、感觉很一致，觉得他做一个销售太过屈才，他应该有更大的天地。所以在业绩持续落后、售后敷衍塞责等问题相继爆发时，罗大哥很潇洒地辞职了。

罗大哥收拾好东西走的那天，我把写好的辞职报告给他看，告诉他我准备声援他。罗大哥像兄弟一样跟我干了三杯酒，并向我展示了他接下来的打算：开一家闽粤风格的酒店。

正当我带着憧憬和兴奋准备辞职时，经理说，你们不一样，年龄、背景、未来，都不一样，你最好再考虑一下。我这才如梦初醒，是啊，我们没有对比过，罗大哥土生土长，三十四岁，结婚六年，女儿四岁，有房子两套一住一租，车一辆代步；我离开家乡，二十三岁，单身，租房子一间，旧自行车一辆。

我突然怔在那里。我从来没认真想过，我出来打拼为了什么，我二十三岁的人生应该什么样，我的未来和三十四岁在哪里？

我觉得找一个目标来模仿没有错，因为我希望尽快找到通往这个世界的捷径，可时间似乎错了。在好多年后的前方，我难道希望看到一个没有棱角、圆滑世故的自己吗？我其实从没打算成为一个滴水不漏、面面俱到的人。

没多久，我还是辞职了。这次没冲动，我跟自己谈好了。我不知道三十四岁时我会不会儒雅得人见人爱，可我确定二十三岁的我不想过成"罗小哥"。

这些年，我不时收到罗大哥的消息，开始是他的酒店势头迅猛，后来因为餐饮业不景气关张了，他又开了一个茶社，没多久也关了，然后做血燕燕窝的生意……最新的消息是他开了一个淘宝店卖饰品，让我帮忙拍下六个，好积累好评尽快上钻。

回想这些年，有时很累，有时挺难，但好在我没后悔，也不沮丧。流经了两三个城市，我一直在离开和到来之间动荡，后来竟然在最不适合生活的北京安顿下来。但庆幸的是，每一步都是我想走的。我依旧内向而敏感，人际交往仍然有问题，反正离干净利索的儒雅还早，距圆滑世故永远有距离，但没人再笼罩过我，我也没覆盖过别人，因为每个人都是自己。

如果一辈子只能重复某一天

文／刘同

"如果一辈子永远重复在某一天，你愿意吗？"那时我还在读高一，来实习的男老师第一堂课问了我这个问题。

"如果这一天，可以让我自己选择，我愿意。我会选择世界上最幸福的一天，这样这一辈子该有多好啊。"

全班都笑了，老师也笑了，他示意我坐下，接着对我说："某一天，你再问自己一次这个问题，如果答案有所改变的话，就证明你开始不再为了生活而生活，而是为了自己而生活。"

后来我考上大学，参加了工作，在进入传媒圈之前，每次在电视里看到有趣的节目、有观点的新闻、胸有成竹的主持人，就好希望以后能从事那样的行业。可当我终于如愿以偿进入娱乐记者的岗位后，突然发现好的新闻似乎不是自己能够做出来的。

没有知名的采访对象，也没有劲爆的独家新闻，每天主编告诉我第二天有怎样的娱乐新闻发布会，有哪些人参加，我要做几分钟新闻。

于是提前一天约司机和摄像，第二天上午赶到发布会现场，签到，接着在观众席坐上两个小时，等待媒体群访时间，每家记者问一两个问题，然后结束。回来拿着主办方给的新闻通稿，花一个小时编辑一条新闻，播出。一天娱乐记者的工作结束。

刚开始还会积极争取第一个提问，后来一想，直接用其他家媒体的采访算了。

刚开始还会交代摄像一定要拍摄什么镜头，后来约不到摄像也没关系，大不了就直接去问其他记者拷一份现场的素材。

再后来，连坐都懒得坐了。反正一条主办方希望的娱乐新闻，无非就是根据他们的通稿，配上雷同的画面，播出就行。就像公关公司的同仁说的那样：任何节目、任何记者对我们来说没什么大区别，都是宣传工具罢了。

记得听到这样的评价时，我愣了好一会儿。我想起大学那几年为进入娱乐传媒圈所做的努力，一切的一切都是希望自己能有一个"不一样"的工作，没想到，多年的努力最后却被各种各样大同小异的发布会刻上了"宣传工具罢了"六个字。

我把这些疑惑告诉当时的节目制片人小溪哥，他问我："你昨天与今天有区别吗？你觉得你的今天和明天会有区别吗？"

我仔细想了想，摇摇头。

他继续问我："如果你未来能在这个行业中出头的话，是什么原因？"

"待的时间比别人长？资历比其他人老？"当我说出这样的答案时，有些不寒而栗。不知从什么时候开始，我已经把人生翻盘的决定权交给了时间或他人。

小溪哥看着我，笑了笑："如果你自己每天没有进步，只是在等待一个命运垂青的话，十年后的你与今天唯一的区别，就是你老了十岁，与思考诀别的日子更长了一些而已。"

我突然想起高中实习老师问我的那个问题，那时我的回答是，我愿意永远重复某一天的幸福。而现在我却迷惑了，因为无论是重复每一天的枯燥，还是重复每一天的幸福，对于人生而言，一辈子也仅仅是活了一天啊！

后来，我几乎再也不去这样的发布会了，而是自己报选题给制片人，做全省各个节目的幕后花絮。采访不到省级选秀的冠军本人，我就去还原他的生活环境；无法破解世界级魔术师的实景大魔术，我就通过慢镜头的方式破解他发布会上表演的小魔术。我开始去找各种关系邀约到湖南做宣传的艺人，哪怕是所有媒体都到场的娱乐事件，我也希望自己能做出不一样的新闻来。现在回想起来，和刚参加工作那几年相比，我真的"不一样"了。

有人对我说：刘同，你太不安于现状，太好动了，不然你在职场会更加风生水起的。我不置可否，但我知道，如果一个人一辈子只能重复同样的一天，那该是世界上最寂寞的事情吧。

你走到哪儿，哪儿就是你的路

文/闫红

我没有经历过高考的恐惧，在离它一步之遥时，我逃开了。

起初，是物理课上和老师的一个小小龃龉，下课时我做出了重大决定，退学。这是1994年年初，我读高二。表面上看，我是负气离开，但我始终都明白，课堂上的这个小风波，不过是将长久的困惑推向顶峰。

从进入高中起，我就不太清楚我在学校干什么，以我当时偏科的程度，不大可能考上像样的学校。接下来的情况可以推想：煎熬上一年半之后，拿到一个惨不忍睹的成绩，再靠家人想方设法，进入某个末流大学读个大专，出来，再继续混惨白的、没有边际的人生。

我当时已经发表了一些作品，早想好了要当个作家，为什么还要在这里随波逐流，任凭命运将我推动？

第二天，我没去上学，背着书包去郊外溜达，到某大学的教师阅览室看书。

记不得这样的日子过了多久。当小城里飘起了第一场雪，无论是去郊外，还是阅览室，道路都变得泥泞，我厌倦了这种东躲西藏的日子，心一横，在某个夜晚，对我爸说出了真相。

我强调以我的情况，不宜于再回学校。他思索了一下说：这样，也好。你就在家里写作吧。老爸再养活你二十年也没有问题。但是，我爸又说：你现在年龄还太小，在家写作不现实，你还是应该去学校学习。要是你觉得中学的课程没有意思，我们可以想办法去大学旁听。

我于是去了看书的那所大学旁听，搬个桌子就进了历史系的教室。

如是过了大半年，有天我爸下班时，带回一个信封，里面是复旦大学作家班的招生函，我爸说，他已经联系过了，像我这样的，可以入学。

我们是在第三天出的门，那是我一生里坐过的，啊不，站过的最拥挤的火车，甚至不能将整个脚掌着地。更要命的是，随时会有售货员推着小车穿行而过，两边的人压缩再压缩。

"无立足境，方是干净"，重心在两脚之间不停置换的同时，我爸兴致勃勃地和我谈起文学和理想来。乐观如他，认为这是我人生的一个新境界，从此，我要在世界一流的大学里，汲取更多更有效的知识，展开新的生活了。

天亮时我们下了火车，坐公交车来到邯郸路上的复旦大学，很快办好了入学手续。我爸带我来到宿舍，帮我安置了一下，便匆匆离开。

那天晚上，对着窗外的晚风，我哭了。一方面是对于在火车上受罪的父亲的愧疚；另一方面，是对于像夜色一样深不可测的未来的恐惧。在家乡小城时，我可以认为我的人生还没有开始，只是个预备状态，现在，在复旦，人生正式启动，我要赤手空拳打个天地，于穷途中开一条道路，我没有信心一定能做到。

我去听作家班的课，也去听中文系其他班级的课。与小城那所高校不同，复旦老师开课非常自由，愿意讲"论语"就讲"论语"，愿意讲"老庄"就讲"老庄"，还有世纪初文学、魏晋文学等特别门类。我蜻蜓点水般一一试听，感觉生命有了归宿。

但人毕竟是个复杂的动物，在这种如鱼得水的学习之外，还有一件事，占用了我一半的精力，那就是恐惧。虽然我当时已经开始在杂志上发表文章，但这些零零散散的小散文，不能让我看上去像个作家。在当时，还没听说谁靠在家写散文吃上饭，我爸说可以养活我二十年，但我怎能容忍自己和他落到那步田地。

结束了两年的作家班学习，回到家乡小城，这问题真切地逼到我眼前。我不是学成归来，没有锦衣可以堂皇地还乡，我只是多发了几篇文章而已，而这不足以让我在小城里找到一份像样的工作。

我多次写过那种惶恐，很多个夜晚，我睡不着，直到听见鸡叫。那是另一种心惊，我觉得自己像一个女鬼，在光天化日下无法存身。但同时我仍然在继续写着，向各个报纸杂志投稿，这些虽然不足以让我在小城找到工作，却让我来到省城，顺利地考入某家报社，做了副刊编辑。

似乎生活从此走上正轨，也不尽然，毕竟别人都持本科学历，这种先天不足，使得我在很长一段时间里担心被辞退。那时是冬天，寒风萧瑟，落叶在脚下翻卷，我走在街上，看到旁边小店里挂出招工启事，写着"月薪五百"。我就想，要是我失业了，能到这里当个售货员吗？我这样一步步走来，难道就是为了当个售货员吗？那时，我恨我自己放弃高考。

请原谅我这种"政治上不正确"的想法。当售货员和当所谓作家没什么区别，但我更愿意理解当年那个二十多岁的女孩子的惶恐。

我能感觉出自己和别人的不一样，我想，别人看我，也一定是不一样的吧。犹如带病生存，我带着这种惶恐生活了好几年，直到靠着写作，给自己赢得了一点免于恐惧的自由。现在，我觉得，和别人不一样，其实也没什么不好。

生活没有你想象的那么可怕，它尊重才华，也尊重努力，不管你选择怎样的道路，都别犹豫着老想折回。我怀疑大多数人都是被自己吓住了，为了不必要的隐忧浪费太多时间，不然也许普遍能过得好一点。

有一年，"纵贯线"全球巡演，我买了票，坐在体育场高高的看台上，看那四个老男人嬉皮笑脸地出场，听他们唱：

出发啦／不要问那路在哪／迎风向前／是唯一的方法／出发啦／不想问那路在哪／运命哎呀／什么关卡／当车声隆隆／梦开始阵痛／它卷起了风／重新雕塑每个面孔／夜雾那么浓……

这歌词像暴雨，兜头而下，粗暴地敲打着我的神经。它的名字叫作《亡命之徒》，不是什么好词，但打出生起，有谁不是行走在亡命之旅上？哪有绝对的安全？又哪有绝对的不安全？不妨按照自己的意愿去生活，路在哪儿并不关键，你走到哪儿，哪儿就是你的路。

VII 成为一道光

大礼堂电影院

文／马伯庸

因为工作关系，父母一直在全国各地奔波。我从小学开始，就已经习惯了父亲或者母亲突然出现在教室门口，然后我会冷静地收拾好课本与书包，跟着他们离开学校，登上火车或飞机，前往一个从未听过的城市，一所新的学校，甚至来不及跟原来的同学告别。

我就像是出海冒险的辛巴达，面对过无数性格各异的班主任，领教过无数校园小霸王的铁拳，交过无数交情或深或浅的同班朋友，暗恋过无数全国各地争奇斗艳的班花，见识过不同学校的奇闻逸事。

而这些经历里，最值得一提的，是一个关于大礼堂的故事。

我高中的时候，来到了桂林附近一座小县城的县中。经过一个多月的磨合，我在班级里建立起了自己的人际关系，习惯了宿舍、食堂和教室三点一线的生活，也初步掌握了各科老师和教导主任的习性。

不过对这所学校的校长，我一直没搞清楚他的脾性。他是个小老头，个子不高，花白头发，喜欢穿一身洗得略显发白的中山装，厚眼镜片。校长有事没事都会在校园里巡视，而且总是在最敏感的时刻出现在最致命的位置。比如晚自习快结束的时候,他会沉默地站在教室后排窗边,看看谁胆敢提前收拾课本;比如早上他会出现在操场和宿舍之间,看看谁胆敢赖床不去晨练。

我曾经栽在他手里一回。县中的行政楼旁有一块大黑板,上头用粉笔写着各种通知。有一次学校发布考试通知,我恰好路过,一时童心大起,用指头擦掉了一个数字。没想到当天晚自习,校长突然出现在教学楼里,全年级搜人,气氛紧张至极。校长找人的方式很简单,一个教室一个教室讲话,先说明案情,然后说私自篡改通知的严重性,最后说如果不自愿站出来,就要承担后果。我不知道他是唬人还是真有手段,总之被吓得屁滚尿流,主动站出来承认了。校长把我叫到办公室去,足足训斥了三十分钟,还让我写了几千字的检查,当着全年级同学念出来。

经过这次事件之后,我给这个其貌不扬的老头打了个标签:"凶狠毒辣。"他简直就像是电影里的纳粹军官和日本军曹,这种印象一直持续到"大礼堂事件"。

这所县中有一座大礼堂,大礼堂的布局很传统,前面是一个半圆形的舞台,台下是四十排可以翻转座板的椅子。出口上方有一个凸起的房间,这个房间是干什么用的,谁都不知道。大礼堂平时很少开放,只有在文艺会演或者召开全校大会时才会使用。

那一天晚上,我们正在教室里伏案苦学,忽然班长被校长叫了出去。没过一会儿,班长神情严肃地跑回来,说全班住读生立刻去礼堂集合。我们面面相觑,不约而同地想起了黑板篡改事件。而且从全体到大礼堂集合这个细节来看,恐怕这次的事情比那次更严重。

在班长的催促下，我们忐忑不安地收拾好书本，走出教室。看到其他班级里的人也都出来了，我心中一惊，看来是大事。礼堂的门已经打开，里面灯火通明，学生们正鱼贯而入。我下意识地在最后一排选了一个位置，大概是觉得离讲台越远越安全吧。

等到人差不多到齐了，我发现来礼堂里的是高一、高二两个年级几乎全部的住读生。没有人说话，连窃窃私语都没有，礼堂里的气氛恐怖而压抑。这时候校长从侧面走上舞台，没用话筒，就那么背着手用洪亮的声音对台下所有学生说："大家学习日程很紧，没时间，也不应该出去看电影。我有个朋友在电影局，我从他那里借来了最近才上映的《泰坦尼克号》的电影拷贝，今天给大家放松一下。高三面临高考，我没叫他们，只给你们高一、高二的学生放。"

包括我在内的学生们都傻在那儿，愣了一分多钟才意识到这不是开玩笑。校长赶紧挥了挥手说："你们声音不要太大，不然会打扰到别人。"这时一个监督晚自习的老师发出了疑问，说他看过这电影，这电影有两个多小时长，看完都快半夜了，会不会影响学生休息。校长大手一挥："明天晨练取消，早自习照旧。"最后他还补充了一句："虽然不是什么大不了的事，但你们要尽量保密。"

学生们没有欢呼，但是所有的人都抑制不住地激动起来。校长没多说什么，跳下舞台去。这时我才第一次知道，原来舞台上垂着一块白色的幕布，而礼堂后头的那个小房间，分明就是个放映室。幽蓝的光芒从放映室的小孔里射出，照射在幕布上。

这是充满梦幻的一夜。我们在一所县中的礼堂里看到了《泰坦尼克号》，看到了杰克"我是世界之王"的经典站姿，还看到了露丝的裸体。少年们瞪大了双眼吸着气，少女们垂下了头，唯恐与男生对视，但到了结尾的时候，她们哭得很大声，这次轮到男生垂下头，唯恐别人看到自己软弱的泪水。

当电影播放完毕后,学生们走出礼堂,已经接近午夜,璀璨的星星挂满天空。最奇妙的是,这一切居然出自学校最严厉的校长的手笔,就像是一个最荒唐的童话故事。

次日上课的时候,那些走读生发现,住读生们个个神采奕奕、精神饱满。他们好奇地问到底发生了什么,却没有一个人泄露秘密。从那次之后,整个高一、高二学生的精神面貌极好,校长的任何命令,都得到发自内心的支持。学生们走过礼堂边时,嘴边总带着微笑。

而让我懊恼至今的是,那一夜我居然选择了最后一排。

人生有时候就是这么奇妙。

天是怎样黑下来的

文/张战

我读书早,上高一时才十三岁。那时,我梳一对垂肩短辫,整天睁着眼睛做梦。我的高中语文老师是一位六十岁的老先生,满头白发向后梳得整整齐齐,清瘦,一生气嘴唇就会颤抖。他曾是一位名记者,后来打成"右派",平反后就到我们中学来教书。他允许我上语文课时看小说,或者逃课去新华书店,但对我写的作文很严厉,从没给过高分,每一篇都有很多批语,几乎全是批评。比如我写"夜幕降临了",我们那时候写夜晚到来都是这么写,而且觉得这真是"好词好句"。他批道:滥语。不动脑筋。为什么你不老老实实看一看天到底是怎样黑下来的,然后把它写出来?有一次,作文题是《记一件有意义的事》,我写星期天去看望一个孤老婆婆,帮她搞卫生。我写道:"我买了一些水果,顶着炎炎烈日去看望罗娭毑。"老师批道:什么水果?为什么不把名字写出来?每一种事物都有它的尊严,说出它的名字就是尊重它。还有一次,作文写《冬天的田野》。我恼了,因为我从没注意过冬天的田野。那不是一片萧瑟,什么也没有吗?我看看周围的同学,个个愁眉苦脸,一脸绝望。我仿佛行侠仗义的英雄,霍地一下站起来说:"我不写,我写不出,这个作文题根本出得不好。"于是,老师的嘴唇剧烈颤抖起来,瞪着我说:"你是瞎子吗?是聋子吗?这世界上难道没有冬天的田野吗?你出去,站到我的办公室去。"

我不知怎么走出去的。外面下着雨,很冷。我站在雨里,泪水和雨水混在一起。我不去老师的办公室,真愿意这时候突然死了。这时,头上的雨停了,一把大大的黑布伞撑在我头上,老师站在我身后。我回过身,望着老师,哽咽地说:"我恨你。"说完就跑掉了。

我找了把伞,跑到郊外田野里,渐渐忘记了哭。我看见冬天有的田里种了油菜,浅浅的,叶子绿中带着暗蓝色,那颜色仿佛把周围的光线都吃进去了。有的田里没种油菜,也没翻耕,稻茬三四寸长留在田里,在雨中有暗金的光泽。雨很细,落在田土里没有声音,细听又仿佛有声,是土地在缓缓地呼吸。冬天的田野很清透,也很轻盈,让人心里觉得平安。我把这种感觉写在作文里,把作文本从老师办公室的门缝里塞了进去,但我很久不肯跟老师说话。老师并不管我的态度,望着我笑,摇头感叹说:"你太敏感了。"他个子高,望着我说话和笑时总是俯着头,眼神从上往下把我罩住,很无奈,也有无限的宠爱。

一直到现在,我都很留意去体会天是怎样黑下来的。不同时间地点,不同心境,天黑下来的方式不一样,给人的感觉也不一样。有时候,天黑得很慢,从容优雅,层次分明,像走T台的模特,不停地换装。先披一件灰蓝的纱衣,然后是灰黑色,最后是深黑色,上面缀满闪烁的钻石。有时候,天黑得生猛,像一个沉沉的黑色渔网,哐的一声铺天盖地下来,天就黑了。有时候天黑得那么温柔,真像小猫的脚步，一点一点地移到你的身边来了。城市里没有真正的天黑，有也是破碎的。乡村的黑夜有狗吠，也有灯光，那是真正的天黑，不透明，厚重柔软，有天鹅绒的质地。

　　我的高中语文老师教我学会了观察，学会了真正用自己的眼睛去看周围的事物，学会正视自己的心灵。盯住它，不要躲闪，看，这是你的心，它就是这个样子，这是你内心真正的愿望，是你心灵最深处的梦想。你学会慢慢认识自己，察觉正在自己身上发生的变化，有意识地让自己往好的方向努力。你也学会观察和思考周围的世界，我们正处在什么样的生活中，我们将面临什么样的生活，我们将会有什么样的命运。然后，你把它们写下来，不要有任何伪饰，诚实而自由地写，同时思考：我们应该怎样做，我们可以做些什么。

遇见青春遇见你

文／葛闪

初三那年，班主任是一个年过半百的老头。我们这些"嫌老爱幼"的捣蛋鬼们，盼星星，盼月亮，希望能盼来个年轻的美女或者帅哥老师的这种愿望，在初中阶段算是完全破灭了。

我们带着失望，慢慢地平复了心情，继续投入波澜不惊的生活中，和我们背地里叫他"范老头"的班主任一起生活。

第一次班会课上，范老头突然向我们征求意见：以后所有同学之间，不直呼其全名，把姓去掉。比如某人叫陈展源，就直接称呼其为展源；某女生叫张诗雨，就叫她诗雨。如果遇到姓名本来就两个字的怎么办？直接把姓后面的那个字改为叠字，比如，陈童就成了童童，林月就叫月月。

范老头说完，我们都在面面相觑，怀疑他今天是不是哪根神经搭错了。要知道，20世纪90年代初期的中学还是很封建的，别说"童童""月月"这么亲昵的称呼，就连有时候跟异性说个话都得防着老师。而今天，范老头居然如此主动要求我们？

看着窃喜的我们，范老头一笑说，只可内部称呼，不可外传。那是自然——我们把头点得跟小鸡啄米般。打那之后,我们都感觉和范老头之间的距离仿佛近了一些。当然,没人敢叫他德旺——他的全名叫范德旺。

那段时间,我们彼此叫着对方的昵称,在新鲜的同时,居然话音里还藏着一丝激动。

没想到,惊喜还不止如此。

不到一个月,范老头问我们,在班级里有没有欣赏的异性?如果有,不妨把他或她的名字写在纸上交给他。起初,我们不敢这么做,觉得这简直是找死。

但是后来,范老头用了激将法,说我们居然懦弱到不敢将自己欣赏的人的名字说出来。他还用他那细小的老鼠眼情真意切地扫向我们,说,相信我,没事的!我们被他那眼神给融化了,就抱着试试看的想法答应了。

我们既紧张又兴奋,颤抖着双手,互相提防着同桌,用手遮掩在纸上方,各自写下了自己欣赏的异性名字。尽管范老头着重强调,是欣赏,不是爱!但是,那个时候,那段岁月,谁的心底没有一个倾慕的人呢?欣赏就是爱嘛,不爱,又怎能欣赏?所以,我们写下的都是爱慕的人的名字。

范老头把一张张纸郑重地堆放好,小心翼翼地揣在怀里,居然调皮地向我们一笑,然后挥挥衣袖,不带走一片云彩地走了。他那一笑不打紧,除了几个胆大的说,为了爱,谁都不惧。其他人,都被吓得自认为是上了范老头的当,以后有苦日子过了。

然而,我们误会了范老头。我们慢慢发现,在以后的调整座位时,有相当一部分人彼此的同桌竟然就是上次写的互相倾慕的人。而更绝的是,范老头下了一道命令:每门学科,每节课后,每个课余的时间段,彼此间都互相检查对方一天的学业。

范老头说的时候，满脸的轻描淡写。他却不知道，他那副云淡风轻的小模样给我们造成了多大的麻烦。——学习努力的，比以前更加努力了；学习不努力的，变得努力了。即便是班级里几个死活都不学习的顽固分子，也每天都抱着书本啃读起来。谁想在自己欣赏的人面前丢脸呢？谁又想自己这一对输给另一对呢？

    其实我们也常讨论，范老头怎么就这么大胆，敢出这么多奇招怪招？这些事要是让学部主任知道了，他肯定是挨训的。要是被校长知道了，说不定会卷铺盖走人——他只是一个代课教师，没编制的。

    而我们唯一给他的回报是主动自发的，亦是潜滋暗长的。学习方面，范老头在教育教学管理上和其他班的班主任一样，甚至比他们还轻松。但令他们羡慕嫉妒恨的是，我们班的成绩却远远胜过别的班级。

    中考前的第二个晚上，整个年级都在临阵磨枪。彼时的中考，隆重的阵势不亚于现在的高考。第三节晚自习时，范老头悄悄地来到班里，又低声问我们，最近都学累了，想不想来点新鲜的娱乐节目？我们异口同声地说想，他马上把手指放在嘴上："嘘，小声点！"

    范老头带着我们，猫着腰，一个个贼似的摸到了学校餐厅的二楼。大家都不知道会发生什么事，但都有一种预感，一定会如范老头所说的那样：刺激、新鲜。

    餐厅二楼黑灯瞎火的，范老头打开随身带的小手电，将光线贴着地面射出去，这样楼下的人就不会发现光亮。范老头嘿嘿笑了几声，压低着嗓子问我们："小兔崽子们，以前我给你们讲过的那个交谊舞还记得吗？"我们傻愣愣地只顾点头。

    轻柔的舞曲飘入耳朵，范老头打开了录音机，沉声说："跳吧，跳完咱得抓紧回去！"

我们这才反应过来，各自结对，踩着极度不成熟的舞步，在水泥地面上来回转动。那晚，我们第一次面对面地牵着异性的手，甚至能感受到对方因为紧张激动发出的喘息声。那晚，我们好多次踩着了对方的脚，但没有一个人叫出来。我们跳着、跳着，而范老头就猫在窗口那里，随时注意着下面的动静。有人看到，范老头一面望风，一面偷偷笑着，脸上满是幸福和怜爱。

数支舞曲作罢，乍然停下的我们才感到眩晕，差点没能站稳。范老头领着我们走出餐厅，催促我们赶快回宿舍。临别时，走了几步的他突然回头，露出一口大黄牙问我们："我好不好？"我们瞬间就泪崩了，每个人都应了一句："范老头，你挺好的！"

次日我们听说，校长问及范老头，全年级都在自习，怎么唯独缺了他的班级？范老头的话掷地有声："拉出去操练，考前动员，潜能培训。"范老头也真能耐，撒起谎来都理直气壮，连个红脸都没有。

那年中考，我们班考取县一中的人数占了全年级的三分之一，考上其他高中和师范的人也数我们班最多。当然，也有七八个落榜的人，最终回家去了。不过，他们都说，刚入初三时，以为中考时几门功课加起来不会超过150分，最后竟然考了近300分，尽管没考上，想想也很美。

从那时到现在，这么多年来，其实我们心里都很感谢这个聪明又可爱的范老头，谢谢他在那个年代里为我们那宛如一潭死水的青春注入了活力，感谢他在我们那段味同嚼蜡的青葱岁月里，给我们提供了一道又一道精美的菜肴，拼成了至今难忘的盛宴！

我们知道，那桌盛宴只关青春，无关爱情！

德旺，谢谢你！

成为一道光

文／照人

一

高一下半学期，我们有了一个新体育老师，年轻又潇洒的他立刻拥有了一个有趣的绰号——司马光。因为他的姓，更因为他常挂在嘴边的口头禅："像光一样跑起来！像光一样穿过去！"

体育委员史晨是我的好友，他很喜欢模仿新老师说着"光！光！光！"的样子，戏谑中不无崇拜。我却不喜欢体育课，初一时在体育课上摔断过胳膊，后来就对体育产生了厌恶，每逢阴雨天我都以胳膊酸为理由请假。

雨季时，我独自坐在教室里，书桌上摊着一本《萤》。脱离集体令人感觉自由，然而想到此刻大家正在体育馆里愉快地玩耍，又寂寞了。正想着，门开了，是体育老师，"哈哈，来看你了。"

"在看什么书？"老师问。我把封面翻过来。

"好书呀。"老师赞叹说，"村上春树嘛，他也很热爱体育运动，还是个马拉松好手呢！"

老师说着弯下腰挽起裤腿，"我这条腿也断过。"他给我看那条疤痕，"你看，现在我当上了体育老师,在雨里跑都没事。下次来体育馆上课吧?"

"唔。"我随口答应着。

就试一次吧。去上体育课那天,我从侧面的小门进去时,大家一齐扭头,像看转校生。

"啊,你来啦!"老师跑过来,把我领到队伍前面。"史晨,你们是好朋友吧?我宣布,从现在开始,周宁就是新的体育委员了!"老师说,"史晨是副体育委员,协助工作!"

"啊?"大家一片哗然。

"我……跑得慢,也不会喊口号。"

"谁说体育委员就一定要跑得快?当然,跑得快是很好的,但还有更重要的事!今天,我们没有人去拉他、逼他,周宁自己走到这儿来上体育课,这就是真正的体育,真正的体育精神是超越自己!"

不久后的一天,英语课快下课的时候,英语老师李老头掏出一沓卷子:"现在开始小测验,课间不休息,连下堂课一起。"

试卷做了一半,体育老师就来了。李老头坐在讲台上转过头去:"嘿,这节体育课给我吧。""这可不行,这是大家的体育课。""马上就统考了,又下雨,你歇歇吧。""这是大家的体育课,"他又说,"你、我、高考都不能剥夺。大家排好队去体育馆吧。"

我第一个站了起来。

就这样,我有点儿喜欢体育了。当了一段时间的体育委员,我好像也真的是个体育委员了。

二

运动会检阅式的队形是全班一起决定的,讨论了一节课,十分完美。

"好点子！那么，谁来做这个'光'呢？"老师说。"老师你做？""不行。"老师摇摇头，"这可是你们的队列演出。""体育委员？"班长说。"行也是行的。"老师看看我，带着点挑衅的意味，"不过要获得好的效果，一百米差不多要跑进12秒吧。"我噌地站了起来，"我会跑进12秒的！"

"哈哈，那就好。"老师也是校田径队的教练，他邀我放学后去操场训练，我拒绝了。

我有自己的打算。放学后我来到父亲的学校，"伯伯，我要跟你训练！"体育系曹老师是父亲的好友，我说了自己的目标。"12秒？"曹老师皱着眉头，"谁给你出了这个难题？"我说了老师的名字，他哈哈大笑，拍着我的胳膊，"走！先跑两圈试试。"

我用攒下来的零用钱买了套金黄色的田径服，每天放学后就去训练，晚上回家做深蹲、仰卧起坐、摆臂练习。速度以微不足道的程度提高着。

——那是一个傍晚，晚霞落在陈旧的塑胶跑道上，夕阳把我金色的田径服照成了一道光。站在跑道的起点，我感觉整个世界都凝结到这儿，一种从未有过的火焰裹住了我的脚尖。跑道那一头，曹老师大叫："预备——"他指尖在夕阳中悬停着，然后像闪电一样落下了，在猛烈蹬地的瞬间，我感觉地面晃动了一下！

跑起来，跑起来！我倏地穿过了终点，像小马驹一样欢快地往弯道跑了半圈，绕回来时曹老师高兴地向我挥手，"11秒74！""哈，哈哈！"我还在激动，曹老师说："有个和一流高手竞赛的机会，要报名吗？进12秒就可以申请了。"

一共七个名额，我被抽签选中了。我将作为学生代表在黄金联赛开幕式前一天，和世界第一飞人进行一场百米友谊赛。

我激动极了，然而很快就又犯了难，比赛那天正好统考。父亲那头说不通，学校就更别提了。

第一门考英语，我坐在教室里，阳光落在面前的答题卡上，是能跑出速度的好天气啊！跑鞋和田径服就在书包里，但——

"周宁。"体育老师忽然敲门进来，"你爸爸来学校了，快跟我走。"我们急匆匆地跑下楼梯。

"哈哈！我瞎编的！"老师说，"咱们去比赛！"天晓得他是怎么知道的！"哎呀，就要来不及检录了！"我看了看手表着急起来。"别担心！看我的！"老师说着钻进车棚。——那是一辆摩托车，那银色的光芒让我不禁屏住了呼吸。

"咱们走！"老师把头盔丢给我，"那可是世界飞人！管他的统考！说好了要去和飞人比赛，怎么能半途而废！跑起来！让他看看我们的体育！"

三

体育老师走了。我们由隔壁班的老师代课，军训式地练了一套"锻炼身体，保卫祖国"的正步操，作为开幕式检阅用的队形。

运动会那天到了。起床时，我鬼使神差地将金色田径服塞进了书包。藏青色的方阵走到主席台下时就停住了。大家并不喊口号，也不做动作，整体看来像是一块黑色方砖。主席台上一阵窃窃声。我一个人站在百米起点，挡住了之后的队伍。

脱下校服，丢在一旁。我在起点线上深深地俯下身子，阳光照着我金灿灿的田径背心，远远看去就像一个光点。

"三！二！一！"我猛地蹬地，以光的速度向黑色的方阵冲去！三十米，二十米，五米，一米！

光束撞击砖块的瞬间，奇迹出现了！像几十次排练时那样，大家把衣服一扯，瞬间变换了鲜亮的颜色，橙光、黄光、绿光、蓝光，鲜艳的光芒向周围扩散开去。"哇！哇！哇！"人们被这光的海浪惊呆了。光芒持续地传递，像是喷涌的彩虹！大家纷纷从看台上站起来大声地欢呼，鼓掌。

　　"光嘛，是世界上最厉害的东西，它可以传递能量，也能击穿岩石，"老师曾笑眯眯地说，"最重要的是，一道光可以点亮其他的光，这就是体育。"

　　那已经是很多年前的事了。

　　去年，我第三次参加上海马拉松，跑到十四公里的地方，第二梯队黄皮肤的运动员们跑了过来，哎呀！中间靠右的那个身影不正是——我想喊"老师！"却脱口而出——"司马光！"

　　老师看见是我立刻就笑了，我们只来得及挥了一下手，就又像光一样地跑去。

你是我生命里最重要的缘分

文/陈苒

一

她叫黎静，补习班的老师。

一年前，我父母离婚，两人各自忙着开始新生活，我成了没人管的小祖宗。

人什么都可以选择，唯独是否到这个世界上来自己说了不算，否则，我真的不愿生而为人。小时候还好，到了中学，我爸的生意做大后，家里钱多了，但再也没消停过。隔三岔五家里的电器就会遭殃，碎了一次又一次。没关系，他们有的是钱，旧的不去新的不来。可是，谁能告诉我，心碎了该怎么办？

我总是一个人在外面游荡，逃学、泡吧。老师们都失望了，那个聪明听话的好学生再也不见了，连我自己都悄悄在心底埋葬了她。

后来，父母各自有了新家，无暇管我，而我也不肯跟他们其中的哪一个。他们不放心我独自在空荡荡的大房子里，就把我塞进了全托的补习学校，课外的所有时间我都在那里度过。

黎静是班管兼英语老师，初见面我把大眼睛娃娃脸的她当成了学生："喂，妞，哪个班的？"她嫣然一笑，露出好看的酒窝："孔小薇，我是你们班管。"我直翻白眼，快30岁的人了还这么萝莉,真的没天理啊。

补习学校的氛围还不错,活泼民主,那些年轻老师之间的称呼也挺特别——亲爱的。起初我觉得酸、矫情,可时间长了也就适应了。

去补习的大多没什么好学生,我所在的班二十多人,各色人等,有时我觉得黎静难以应付,因为她脾气太好,根本压不住阵脚。那天,她的英语课,我捧着本小说读,后面三个男生从一开始就没消停过,叽叽喳喳,跟母鸡抱窝一般聒噪。黎静提醒了几次,三个小子置若罔闻。我一下火了,腾一下站到他们面前,把桌子上的课本摔得震天响:"你们光知道带了嘴,忘了嘴旁边那张脸了吗?"他们没防备,被我的河东狮吼镇住,没了声息。

课后,黎静叫住我说:"谢谢你,孔小薇,我决定班长就由你来担任了。"我愣住,看着她好看的身材飘然远去,忽然有一种掉到坑里的感觉。

二

我的第六感是准确的,事后黎静承认那是她对付我的招数,于是,我给她冠上了"腹黑"的美名。其实,人最怕的不是打击贬低,而是尊重。黎静从不会对哪个人冷嘲热讽,她总是微笑着和学生沟通。哪怕是批评人的时候,也会露出好看的酒窝,让人觉得跟这样的女子调皮捣蛋简直是犯罪。

比如,我在课上看小说,她会俯身耳语道:"小说放到课下去看,现在先认真听我讲课好吗?"我瞬间就浑身燥热,脸像煮熟的虾子。我原来学校那些老师才不会这般温柔,他们一般都会暴跳如雷,没收我的小说,然后将我请出教室。那一刻,我会有种壮士般的慷慨悲壮感。可是,这妞怎么会让我平生第一次有了罪恶感?

她让我陪她去做头发,她和理发师一唱一和,我还没明白过来怎么回事,一头红发已然变黑。她在店里买了发卡头饰,亲手给我束起马尾,看着镜子里那个神清气爽的女孩,我有点不敢相信自己的眼睛。她趁热打铁,摘下我身上那些叮叮当当的首饰:"年轻就是最好的资本,这些不配你。"我不知道自己为什么要听她的话,就那样由着她去了。

我生理期躺在宿舍疼得死去活来,她闻讯赶来,买了红糖和药扶我喂下,又风风火火去买了暖宝宝敷在我小腹上。冷汗渐渐褪尽,被她握着的手也开始转暖,我有气无力地说:"我可以叫你亲爱的吗?"她说当然可以啊。我把头埋在枕头里,眼泪无声地流下来。多少次,我都是一个人滚在大床上挨过这痛苦的时光,没有人在乎过我,她是第一个。

此后,我自由出入她的办公室,大呼小叫"亲爱的",和她勾肩搭背,别的老师都说,看你,把学生惯成什么样子了,但她笑而不语。

其实,我知道她远没有那么好脾气。有好多次,她关起门来差点把作业和试卷摔到我脸上,气急败坏地说:"以后别叫我亲爱的,我嫌丢人。"我只有敛眉顺眼地捡起试卷和作业本,低声下气地说:"别生气了,我以后好好学还不成吗?"我真的是怕她给的那些温暖转瞬成空。

她帮我订了计划,从初一的课程补起,还不忘刺激我说:"孔小薇,你可真行,都高一了,还得补初中课程。"我把头埋进课本里装死,她一把揪住我的辫子说:"成绩上不来看我怎么收拾你。"

三

我不怕那些冷漠疏离与打击,可偏偏吃黎静那一套,成绩一点点提上来,到高二时已经从后几名到了中游。黎静不满足,敲着我的脑壳督促:"这才哪到哪,你给我争点气,我还指望你挣奖金呢。"补习学校规定,每考上一个一本,任课老师就有可观的奖金。我冲她一翻眼睛:"财迷,大不了我给你啊。"她柳眉倒竖:"有本事你给我挣。"望着她可爱的娃娃脸,我当时就在想拼了这条命也值得。

可真的不是我食言,班里那个英俊的男生总是在梦里飘,搞得我六神无主。

我想我可能是昏了头,才给他递了纸条。谁知他看完后随手扔进了垃圾桶,有些不敢相信地看着我:"孔小薇,你确定明白自己在做什么吗?我将来是要上北大的。"说完转身趾高气扬地离开。我傻了,忘了他是成绩那么优秀的男生,忘了自己在他眼里不过是个不学无术的小太妹。从学校出来,我没有去补习班,一个人走了好长的路回到空荡荡的大房子。

我不知道自己哭了多久,然后昏沉沉睡去。后来是被砸门声惊醒的,打开房门,黎静一脸焦急地站在门外。看到我,她声音提高了八度:"你怎么回事,打了那么多电话都不接,想急死我呀!"那一刻,我颓然地扑在她怀里,泪如雨下。

听我抽抽噎噎说完,她说:"小薇,不懂得尊重别人感情的人不值得留恋,敢不敢也考个北大给他看?"我一抹眼泪:"喊,不就是个北大吗,有什么了不起?"

后来,我没有上北大,而是考上了与之齐名的一所南方大学,她比我还开心，抱着我直喊："我就知道你能行。"

为了庆祝我考上大学，她带着我从未见过的"师公"请我吃饭。那个人举手投足都是对她的宠溺，看得我羡慕嫉妒恨。分手时，我借着酒劲拥抱她说："亲爱的，为什么对我这么好？"她拍拍我的背，半晌才说："小薇，我们都曾经是孤单寂寞的孩子。"那一刻我才知道，她自小父母双亡，跟着外婆长大，而老公是陪她一起成长的人。

我去上大学，她送我到车站，临行时她说："记住，一定要找一个拿你当宝的人。"我点头说："放心，拼不过师公绝不嫁。"

后来，终于遇到那个人，我给她打电话，她笑："总会有那样一个缘分等着你。"我喊她一声："亲爱的。"她问："干什么？"我说没什么，就是想你了。其实，那一句话我没有说出口：你也是我生命里最重要的缘分。

人间卧底

文／马良

我本来应该成长为一个怨毒的人，每个怀才不遇的失败者都有资格这样做，但幸好我没有。如今已经想不起到底是什么拯救了我，只能谢天谢地了，甚至谢谢所有那些无意间狠狠踩过我一脚的人。

讲个故事，有关我失败的初体验。17岁那年学校安排去太湖边写生，那是个叫杨湾的小村庄，杨湾在上海话里和"阳痿"同音，名字里带着几分不详和尴尬。我们驻扎在一个废弃的学校改成的招待所，睡的是课桌，吃的是村民大婶临时组团凑合着烧出来的盒饭，手艺粗糙，但原料都是上等湖鲜，新鲜的银鱼和湖虾只当咸菜一样胡乱下饭。一大早我们就出门去湖边画画，面对湖光山色或者旧街村落画写生，每天必须完成几张水粉画和速写。晚饭后会聚在一个曾经的运动室里，把作品放在两张残旧的乒乓桌上，由老师点评。这本来也是个挺质朴的学习程序，听上去甚至有些乡村生活的田园诗意，但事实上这段时日是我人生里最惨烈的一段记忆，一直忘不了。

带队老师是个三十多岁的青年画家，寂寂无闻却颇有霸气，他肌肉发达，黝黑健壮，总是紧锁眉头，眼神暴烈茫然，讲话时候眼光总是掠过我们的肩头,直直看着远方,哪怕我身后只有一堵破墙。不过这是好事儿,本来我也不敢和他对视,他的坏脾气是出名的。值得一提的还有他的一头浓密长发,油油地贴着头皮和他血管暴露的脖子,莽撞披着,沉重得像是戴着有锁子护甲的武士头盔,猛回首时发型竟然纹丝不动,单这一点产生的孔武之感,便让我惊惶不已。

日光灯苍白昏暗,乒乓台上是我们在烈日下戴着草帽鼓捣了一天的收成,密密铺满了两张大桌子,待铺陈完毕,班长便通知老师过来验收。他缓缓走进来,房间里鸦雀无声,他划了根火柴点起一支烟,根本没有多看我们任何人一眼。他敞开着衬衫的纽扣,领口处随着吞云吐雾可见强健的胸肌一起一伏,我的心提到了嗓子眼儿。

我死死盯着躺在那一堆画稿里的我的几个"孩子",那几张小画儿分明在瑟瑟发抖。他缓缓伸出手,用粗壮的手指探向那一张张早先春光灿烂,如今却面如死灰的画儿,只轻轻一划,如同拂去桌上的灰尘一般的轻易,几张他看不入眼的画儿便飞出了乒乓桌的边缘,坠向深渊,一头栽在地上,死在尘土里。然后,他坚定的大脚竟一脚踩了上去。是的,他真的踩了那些画上。我仓皇转头,只见那画的作者我的某同学正闭上眼睛,轻轻叹出一口气。待再扭回头的一瞬,我的那几张小画儿,我的孩子们也正坠向万劫不复。是"万劫不复",这个词儿并没有用得太重,我不知道如今你们读文章的人会怎么感受,那一脚对于当时的我可真是万箭穿心啊。他的脚踩中我的画儿的瞬间,我只觉得那些阳光下曾见过的所有美好事物瞬间都黯淡了,我笔下曾经细细流淌的温情,那些慢慢在纸上堆积起来的热爱,顿时土崩瓦解一文不值。

眼泪几乎要夺眶而出,但只能忍住,不想让别人看到我的脆弱和幼稚。低着头死死盯着那个踏在我心头上的脚印,眼角余光里那些画儿，那些纸片还在纷纷扬扬，我根本没有勇气再抬头。桌上最后只留下几张作品，满地断壁残垣。他走出门前吩咐了一声，桌上是谁的作品，谁自己钉在墙上。房间里一片安静，我走上前去捡起自己的画，其他人也在默默收拾，几个幸运儿也如同做错了事一般悄无声息地拿起那几张无瑕的作品，匆忙慌乱地钉在墙上。远处村里的土狗们突然狂吠不止。这昏黄的房间如同一座轰炸之后的城市，踯躅在废墟间的侥幸生还者，唯有以沉默面对被摧毁的一切。

　　从那天起，我一次又一次满怀希望地奔赴羞辱。在记忆里的那个初春的日子，那个湖边小村的每个夜晚，我心爱的"孩子"都会在我充血的眼睛的注视下，眼睁睁被处决，无一幸免。我曾经拼命努力想证明自己，反复地撕了画画了撕，只差把心血一口喷到画上，可那只大脚没有饶恕我，从没有饶恕过我。烈日下，面对浩渺的大湖我终于一笔也画不下去了，我想到过退学，也想过要杀了那个每天折磨我的暴君，可我与日俱增的自卑越来越庞大，庞大到成为死死压住我的阴影，庞大到我最终不得不承认自己的失败。墙上的画越来越多，我的心伤痕累累，在一个一无所有的少年将全部骄傲都孤掷一处的日子里，屡战屡败的我最终只能学习去演一个冷眼旁观者，满脸不在乎的样子。

　　事实上不可能不在乎，那么多年过去我还如此清晰地记得这一切。那之后很长一段时间，我不再认真画画，痛恨"才华"这个和我无关的词儿，对未来的职业也充满了幻灭。在这没有刻度标准的天平上，这场我看来谁也没有资格做裁判的博弈里，我再也不愿把自己和盘托出，不敢轻易把热爱押上去。再后来，下意识开始在其他领域找寻一些自信，喜欢看书写日记，着迷电影，幻想去学导演，这些不务正业的念头，如今看来不过是个自信跌到谷底的三流少年，在内心里组织策划的一场维护尊严的反击罢了。

再次遇到这位老师，已经是我成为一个所谓"知名艺术家"之后。阔别二十多年的再见并无戏剧性，他从海外归来，我们寒暄热络和所有久别重逢的师生一般无二。说话时候，他的眼睛还是会掠过我的肩头，怔怔望着远方，我也想学他，但眼光始终掠不过他如今早已稀松斑白的长发。

我知道他一定一点儿都不记得那些日子了。那些"杨湾"的日子，对一个少年来说太残酷了，我曾经以为自己根本无法作为一个冷静的叙述者来说这个故事，甚至永远不愿再提起。如今终于坦然，也许是我老了吧，变得不太计较了，愿意和这个世界和自己都保持几分清醒的距离，也或许只是搞明白了生活的本来面目就是如此。这世上多的是和我一般的盘缠不够却志在千里的难兄难弟，到处都是无趣却运转有效的规则，大部分的人都苦苦挣扎无法左右自己的命运，你我不过是其中之一。

想来想去还是要谢谢他，虽然逻辑反常，我也不是受虐狂，但还是要实话实说。真的要谢他，在我青春年少爱追梦一心只想往前飞的年纪，给我上了人生最重要的一课：怎样成为一个 Loser。在这个遍地悲伤 Loser 的世界，我当仁不让地成了一个资深人士。不同的是，如今的我不再悲伤，无论成为钉在墙上供人观瞻的成功人士，或是被淘汰出局的旁观者，都泰然处之。我终于明白，一个真正成功的 Loser 必须是不动声色的，活在世间，像个卧底。

VIII 站在世界的中心

中了『学习好』的魔咒

文／斌斌姑娘

据说夸一个姑娘,最好是夸她漂亮,如果不漂亮,可以夸她有气质,如果这也没有,可以说她善良,再不济,就说"你真健康"。很可惜,从小到大,这些美好的形容词都与我无关。大人们见到我,无一例外都会用非常夸张的语调对我爸妈说:"你家小孩学习真好!"然后拉过自家孩子,语重心长地教育道:"你看看人家!"这一刻,从那些小男生小女生射来的锐利目光中,我就知道自己再次成了不受欢迎的"别人家的小孩"。

"学习好"是一句魔咒,飘荡在我的整个青春期。个中滋味,一言难尽。

上小学时,性别意识尚处于模糊阶段,我从头到脚基本和男孩子无异:短发、运动服、运动鞋,从来不穿裙子。这种情况在六年级时出现了微妙的变化,有的女孩开始羞羞答答地不上体育课,只娉娉婷婷地站在一旁看着我们跑步。谜底在一节生理卫生课后被揭晓,我突然意识到,我也是个姑娘。知道真相的我并不快乐,因为在小学毕业后的那个暑假,我跟着爸爸去商店买电风扇,店家热情地招呼我爸:"你跟你儿子坐着歇会儿,我去仓库给你拿新的。"

上初中后,我依然是短发,只是偶尔把运动裤换成牛仔裤。那时候似乎有个不成文的规律,越爱打扮的女生学习越不好,如果把"爱打扮"换成"漂亮",在老师眼里估计也是一样的意思。老师们很喜欢我,总夸我"学习好"。如今回首,有点恐怖。

一天放学后做值日,我和一个女同学在教学楼前的一片空地扫地。一墙之隔是一所职业学校,里面的学生年纪比我们大,当然也更"成熟"。几个男生居高临下,把头探出窗户,冲我们吹口哨。女同学似乎不是第一次经历类似事件,和他们还有暧昧互动。这一幕被40多岁的班主任看到了。在第二天的早自习上,她点名道姓地说:"×××(指女同学)做值日,都要和别人搞不清楚!"女同学小声辩解:"是他们惹我……"班主任一听更气了:"肯定是你自己招来的,不好好读书整天不知道在干吗!你看看人家×××(指我),怎么没有男生惹她!"

事隔多年,我早已忘了初中拿过多少奖,考过多少第一,记忆犹新的只有班主任的这句话。我一直想当面问她:"老师,您确定这是在夸我吗?"其实,当时我和班上几个混社会的男生关系也不错,因为我从来不打他们的小报告,还常常借作业本给他们抄。他们对我很客气,不给我取绰号,还尊称我为"好学生",可是从来不带我一起玩。

到了高中,我留起了长发,偶尔穿个裙子。朋友圈中,都是和我一样中了"学习好"魔咒的孩子,我们有一个共同目标:干点儿坏事。然而,即便我光明正大地"早恋",从不参加晚自习,甚至号召全班同学给校长写信要求罢免不喜欢的班主任,老师们都是睁一只眼闭一只眼。

每次随爸妈出去聚餐，但凡有我和其他女孩同桌，对方一定会获得"漂亮"的赞语。因为"学习好"永远属于我，不管我之前花了多少时间决定穿哪件衣服。这样的日子，我过了12年，直到来北京念大学，身边环绕着众多国家级的学霸，"学习好"成了最大的浮云。

在这个当时男女比例6∶1的大学里，在入学不久后的新生舞会上，就有男生问我要手机号。之后的岁月中，虽然你不漂亮，可是会有人夸你可爱，男孩子不再向你请教这道题怎么解，而是会问你这首歌感觉怎么样。连我自己都第一次知道，原来除了"学习好"之外，我还有这么多的优点：我笑起来眼睛是弯的，我说话很温柔，我懂得真多，我画画线条很爽利，我善于收拾屋子……这才是一个正常的姑娘应该拥有的称赞啊！

结束了学生生涯，"学习好"的标签自然慢慢消失，不过据说在我读过的初中、高中，仍然流传着我的故事。相信在这些90后、00后孩子的想象中，我大概是一个只会念书、毫无情趣，关键是长得肯定不怎么样的呆板眼镜妹。借此文，双眼裸视5.1的我想说，不要被"学习好"的铁幕掩盖了生命的趣味，"学习好"的姑娘也有一颗骚动的心啊！

一天用来醒来，一天用来出发

文／艾小羊

岁月是个奇怪的魔法师

我人生中第一个"那一天"，在15岁时清晰起来。

那一年，我读初三，日子过得浑浑噩噩。在我父亲单位的子弟中学那片不大的天地里，我从未觉得有什么事情是重要到需要争取、需要珍惜，于是放任自己的懒惰以及青春期少女特有的对不被成年人待见的执着与迷恋，走在"坏学生"的流金岁月中。

5月到来，离中考越来越近，我一点儿也不害怕，未来似乎仅仅局限于这个巴掌大的小城，在这里，我是女王。

那是晴朗的一天。早晨起床，我在脸上抹了一层永芳美容膏，还偷偷用了姐姐的紫罗兰香粉，马尾辫上又绑了一条浅紫色的丝带。做完这些，赶到学校，早读已经开始，班级门口站着一位迟到的同学，我推了他一把，说："进去啊。"

班主任忽然怒吼道："谁让你进来的？你进去，你，出来！"

她站在我们面前，侧身将刚才站在门口的同学让进了教室，却将我驱赶至走廊上。

大约站了10分钟，班主任出来了。她将

近50岁,在我眼里已是老态龙钟。

"你如果在脸上少抹点白面,肯定不会迟到。"只有女人对女人的讥讽才会如此尖利、准确,直达内心。

"你每天打扮得花枝招展,上课除了睡觉就是跟同桌男生聊天,还趴在桌子上聊,你直接把桌子搬回你家炕头算了。"她的讥讽变得更加明确,声调也提高了。原本空荡荡的走廊上,如蘑菇般地冒出一个个脑袋,此起彼伏,隔壁班的老师甚至直接冲出来一探究竟。那是一位年轻漂亮的历史老师,刚刚毕业分配到我们学校,她的父亲与我的父亲是老乡兼好友。

第一次,我感受到时光的残酷。它一分一秒、小心翼翼地淌过这条走廊,无论我如何祈求,都不愿意快走半步。当时,倘若手握一把小刀,我愿意切掉这段时间,像切掉一块有肥肉的香肠。

终于,早自习的下课铃响了,我被允许走进教室。同学们嘻嘻哈哈地打闹,似乎没有人注意我,而这份不被注意更加刺伤了我,让我觉得自己是因为某种缘故被孤立了。

那一天之后,我带着对一个将我的自尊扔在地上踩碎的老女人的愤怒,开始发愤图强。我读一本本书,做一道道练习题,将落在地上如烂葡萄般的自尊,一粒一粒重新捡起——在它们尚未被践踏之前,我甚至没有意识到它们是存在的。

我中考的成绩相当不错。"浪子回头"与"黑马"这两个词,在我毕业多年之后,还被那所学校的老师用于激励那些不求上进的学弟学妹。

那一天拯救了我,它唤醒了我的羞耻心,在以后的岁月中,我越来越意识到,这对于一个人的重要性。然而,我却一直没有机会告诉班主任老师。后来的偶遇,她总是显得局促而尴尬,使我没有办法开口。

岁月是个奇怪的魔法师,温情的一天可能是后来悲剧的开端,而被伤害的那一天,在日后无数次的回忆中,变得越来越温暖。尤其是在一个人年轻的时候,被狠狠地伤害一次往往比被狠狠地爱一次更有意义,因为年龄所造就的肤浅,决定了我们对于爱总是熟视无睹,而伤害,抵达的恰恰是我们一次次逃避却并不自知的内心。

"我只有两天,我从没有把握,一天用来路过,另一天还是路过……"许巍在歌里唱。如果每一天都在路过,注定只有少数的路过会留下印记。

一封只有两个人读过的信

另外的一天,出现在我工作的第五年。

之前的那一天所积累的能量,在我考上一流大学后,便一天天地消失殆尽,随后便是目标实现之后漫长的迷茫期。

大学毕业后,我在一家企业做着与兴趣、专业毫无关系的工作。工作十分轻松,每天,我将所有的报纸从头看到尾,连每一个广告都经过细心钻研。终于,闲得实在无聊,我决定写点小文章打发时间。

稿子投了很多,可每天的报纸副刊上都没有我的名字。

那一天,是武汉初夏阴沉闷热的桑拿天。

"有一封你的信。"传达室的女孩对我说。信封上印着"武汉晚报"四个字,信是薄薄的一张纸,红色条纹信笺。

"来稿《你无法孤独》已刊发在本周四的副刊上。文字清丽,寓意深刻,希望继续努力,多赐优秀稿件。"

我边走边读,一遍又一遍地看。身后有一辆洒水车开过来,旁边只有一个斜坡，我慌张地爬上斜坡，手里紧紧握着那张信纸，报纸散落一地，被洒满细小的水珠，我的白裙子上也有泥点，如此狼狈的一刻，我却欢欣鼓舞。

如果没有那封信，我也一定会在周四的副刊上看到自己的名字，会开心一阵子。但那样的开心，终究是不一样的。这封信，让我与城市另一端的一个信息源建立了联系，不是与那份每个人都可以看到的报纸，而是与某个具体的人，通过一封只有我们两人阅读过的信件。在这个举目无亲的城市里，在被岁月的激流不小心冲上岸的这个孤寂的坐标点，有另外一个点，一个坐标上的人，关注着你的努力，盼望着你将努力的成果捧到她的面前，这样的感受，未经历过迷茫的人大约不容易理解。

那一天之后，我迷失于生命中无法承受之轻的生活忽然有了目标。

一年后，我拿着装有在晚报副刊发表文字的沉甸甸的文件袋，去一份刚刚创刊的杂志应聘、工作。

后来，有缘见到了那位写信的编辑，说起那封我一直珍藏的信件，她竟然脸红了，说想不起来曾经写过这样的信。我并不觉得受打击，反倒暗暗高兴——一个富有的人无意中遗失的一粒金子，改变了另一个人的人生，这样的故事，比刻意地塑造一个人更温情有趣。

如今，我经常收到陌生人的电子邮件，被询问各种生活难题，我总是尽可能地回复他们，虽然并不指望以一封信改变他们的人生，却忍不住幻想，或许我花费的那一点点时间和笔墨，能够温暖孤海中航行的某一个人。

一个人活到80岁，他的人生是由近三万天组成的。大多数时候，人生如一条平稳的河流，一日如同一年，一年如同十年，我们最终记住的，是站在转折处的日子。它们仓促地站在那里，虎视眈眈或相逢一笑，之前的许多日子，原来是为了抵达这样的一天，而之后的那些日子，又是这一天的延续与注解。

这样的日子稀有而光辉，却又势利而狡猾，倘若你对人生过早地放弃，匆匆忙忙设定了生活的终点，它便可能绕过你。终究，我们的人生不是被哪一天所改变的，而是那一天，恰巧撞到了想要改变的那个人。

站在世界的中心

文／绿亦歌

大概是因为高考结束了,微博上收到很多姑娘的私信,说高考失败,不知道该复读还是去读专科;或者高考成绩出来了,觉得很迷茫,不知道以后要做什么;又或者和家里人吵架了,因为排斥他们给自己安排的专业。

在回答这些问题之前,我想要先跟你们聊一聊我的表哥。

表哥比我早出生十个月,和我八字不合,从小一见面就打架,不见面又相互想念。这独特的相处模式导致了我从小就爱和表哥攀比,小学时,同样得了双百分,我非要说他写了一个错别字。

可表哥不是很在意我,他喜欢的是《动物世界》和《走近科学》。可我依然耿耿于怀,每次月考完都要和表哥比比成绩。

高中的时候,我每天悬梁刺股,铆足了劲儿学习,表哥却依然每天准时收看《新闻联播》,读科学杂志,逛学术论坛。我也渐渐看开了,表哥偏科太厉害,数理化全市第一,语文却只有两位数,我们总分差不太远,说不定大学还能在一起。

我们得了一样的高考分数,表哥有省三好加分,总分比我多十分。填志愿的时候,我愁眉苦脸，表哥问我，你喜欢什么？我想了想，说数学，我喜欢数学！他说，那你就去学数学啊。我一脸鄙视，谁没事学数学啊，一穷二白，毕业就失业。

表哥没说话，挂了电话。等我定下专业后，去关心表哥，说你去上交学机械吧，好就业，他说我不。我说那你去同济学建筑吧，工资高，他说我不。我说那你去华西学口腔，本硕博连读，亚洲第一，他说我不。

我火冒三丈，问那你想要学什么！他淡淡地说，环境科学。我不可置信地重复了一遍环境科学？你要研究臭氧空洞、温室效应和全球荒漠化？他说是啊，保护自然，拯救人类，从我做起。

我说你神经病吧，毕业之后哪个单位要你？就算走狗屎运撞到一个，一个月撑死开1500元工资给你。他反问我，那又如何？

那又如何？我瞠目结舌，恶狠狠地挂掉电话，心想等着瞧吧，等我开宝马的时候，你肯定还蹬着自行车在后面追呢。

于是就这样，我选了一个虽然不适合女孩子，但是就业和薪水都有保障的工科专业。而我哥，背着他的书包，头也不回地去了天津大学，理由是那里的环境工程系有一位他很崇拜的导师。

大一的时候，我哭着画制图，问我哥，你在干吗？他说，拍昆虫啊。

大二的时候，我吐着写代码，问我哥，你在干吗？他说，拍植物啊。

大三的时候，我通宵写报告，问我哥，你在干吗？他说，拍星云啊。

大四毕业,我开始失眠,打电话哭着给我表哥说,我想要转专业,因为我不喜欢它,让我每天写代码,还不如回家种田。

我哥叹了口气说,每个人都要为自己的选择负责,你有所舍,才有所得。

同样大四毕业的他放弃了清华的保研,每天顶着四十度的高温在森林里记录采集大气和水土数据。

过去几年,我认识了很多人,学考古学的那位,被剑桥录取了;学西班牙语的同学,去了斯坦福;学生物学的,去了 Promega。

而这些,都是我曾经最瞧不上的,预言"一穷二白毕业就失业"的专业。

推动这个世界向前的,不是那些天之骄子,含着金钥匙出生的二代们,也不是像我一样随波逐流的人,更不是胆小懦弱到连理想都不敢拥有的人。

推动它,站在世界的中心的,永远只是一小部分的人,他们专注、纯粹、全心全意,一生只做一件事。

回头望自己的青春,一路跌跌撞撞地走过来,哭过、笑过、得意过、失落过,可是让我遗憾的事情,却只有一件。

那就是十八岁的时候,当我迷茫地站在十字路口的时候,没有一个人走过来,拍拍我的肩膀,温柔地告诉我,去做你热爱的事情吧,去实现你的梦想吧。

所以,此时此刻,我想要对你们说——

去做你热爱的事情吧,去实现你的梦想吧。

宝贝,别怕。我希望你们能够成为,我想要成为却没有能成为的那一种人。

水晶

文／八月长安

一

我妒忌世界上所有数学好的人，从过去到现在。

被奥数折磨过的人都有过一个怀疑自己的过程。成年人总是喜欢用"人人生而平等"来哄骗小孩子，直到有一天，他们发现，原来大家并不"平等"——就像我绞尽脑汁无法理解的鸡兔同笼，在某些人眼中像解开鞋带一样容易。

我第一次想要问"凭什么"，差点忘记了曾经的自己春风得意时，也一定有人对着天空默默地问："凭什么？"

以前有个朋友说过，她觉得这世界上只有两种东西值得被妒忌：智商和美貌，因为这是老天给的。

在学生时代，我们在审美上往往是蒙昧的，所以更容易引起注意的是成绩。但做过尖子生的人都知道，在尖子生的世界里，也有等级划分，你见过的所有"假装自己并不努力"的尖子生，内心都有一个最深沉的向往，那就是成为一个聪明的人。

努力本是可贵的优点，但是在肤浅的年纪里，它是我们伪装天才道路上最大的绊脚石。

伪装天才曾经是我的好戏码，甚至一度骗倒了真正的天才。

二

初二的时候我和班里的一对好朋友玩到了一起，两人结伴变成三人同行。那时候台剧《流星花园》风靡全校，大家给这对姐妹花分别起名为大S和小S。

大S数学很好，小S人缘很好。我自然是先和小S成为朋友，即使后来变成了三人行，中心人物也永远是小S。没有她，我和大S就只能说些不咸不淡的话。回头想想，真是奇怪的关系。

直到今天，我一闭上眼睛，仍然能清晰记得大S的样子。我们初中的校服难看得无以复加，肥大的藏蓝色上衣，红棕色西服领，难以想象的撞色，丧心病狂的款式，穿在她身上，却丑得很柔和。她并不算美人，却连这种校服都能够驯服。她的鼻翼两侧有些淡淡的雀斑，却因此透着一股机灵劲，像刻板化的美国青少年电影，最聪明的那个总是长着一点雀斑，仿佛智商满溢，洇透了面皮。

记忆里比她的外貌更清晰的是一个画面：我们三个前一秒刚因为一个八卦而哈哈大笑，小S忽然说要去买支水笔，转身跑进了文具店，而我和大S就这样默默地站在原地等她，一阵风吹过来，笑声被吹散，我们并排站着，看向不同的方向，中间总是隔着一大段距离。

大S拥有很聪明冷静的头脑，写一手漂亮的连笔字，数学成绩总徘徊在满分档。她是个腼腆的人，我不是，所以这沉默多半是我的错。时至今日我终于能轻松地承认，我妒忌她。

这看上去是没道理的。在大家最简单粗暴的比较体系里，论总成绩她从未超过我，性格上我比她开朗活泼，人缘也更好，如果我说我羡慕乃至妒忌她，连大 S 自己也会和其他同学一起说，我这只是在假谦虚，不地道。

可是妒忌还是滋生了。在老师抛出一道高难几何题并殷殷期待地巡视全班时，在我担惊受怕地低下头而大 S 被点名时，在她随随便便用了几种解法时……妒忌就这样生根。然后每天每天汲取营养茁壮成长——有时候用她的聪慧，有时候用我的笨拙。

数学老师总是喜欢拿我们作比较，当着班级同学的面。她被夸奖了很多方面，而我只得到一个字——稳。就是笨，细心的笨。

我的虚荣心总是以各种面目搅乱我的生活，它时常伪装成上进心，在耳边悄悄地、不怀好意地提醒我，大家都觉得你只是努力，其实你不如她，你可怎么办？我原本应是个春风得意、心高气傲的第一名，现在却在内心被一匹隐藏的黑马追赶得灰头土脸。

更糟糕的是，我短暂地喜欢过一个高高的男生，皮肤很白，笑起来带着一股邪气，对谁都嬉皮笑脸吊儿郎当，对谁都薄情寡义翻脸不认账，唯独对大 S，有种奇怪的耐心和温柔。他们是同桌。你看，我有这么多理由恨她。

但是我"良知未泯"，所以我有更多的理由告诉自己，你这是在无理取闹。所以我把所有燃着暗火的情绪都摁灭在了道德的海洋里，逼迫自己好好面对她，不敢流露一丝真实的阴霾。朋友就这样以奇怪的方式做了下去。

三

也有过短暂温馨的瞬间。

初二下学期的运动会，我们一起跑 400 米，我们两个都是小组倒数，但好歹没有垫底。小 S 体贴地拉着我们在跑道散步至心跳平稳，之后我们三个偷偷溜到场外的花坛边，坐在树荫下聊天。中途小S又跑去买水，就这么剩下了我和大S。

沉默中，她突然没头没脑地开口，说一起唱歌吧。我还没反应过来，她就开始哼起来了。是徐怀钰和任贤齐的《水晶》，很老的歌曲，旋律和歌词都很清新甜蜜。大S自己一个人唱男女对唱，万分认真。她的嗓音和徐怀钰不同，是一种略带清冷的沙哑，所以一首甜蜜到腻人的歌被她唱得很清新，很温柔。

我大概知道她为什么忽然这么开心。跑400米时，她的同桌溜了出来，站在跑道内的草坪上为她喊"加油"。

她唱完就朝我不好意思地笑了一下，笑得我心虚不已。我龌龊的心思像是突然暴露在光天化日之下，被曝晒得干干净净。我也朝她笑了，说："唱得真好听。"

从今天开始，也许能够真的做朋友了吧，我想。

然而就在几天之后，我们一起被数学老师抓去参加奥林匹克竞赛。数学老师的希望在大S身上，我们都知道。

进考场前，大S说她紧张，我笑着鼓励她，说："你没问题，你很有天分的，聪明得让我妒忌。"

不知道是不是紧张情绪让她崩盘，这句十二万分真诚的、剖白内心的话，竟被她冷冷地打了回来。

她从来都对我客客气气的，那天却讥讽地笑着说："我爸说过，有些人就是放屁带沙子，连挖苦带讽刺。"说完之后她自己也尴尬了。

我没有还击，但也没有解释或者圆场。我们就肩并肩，僵硬地随着人潮涌入考场。最后谁也没进复赛，但只有她让数学老师失望了。

小 S 听说了事情的经过，觉得不可思议，两边说和了很久。对我，她说大 S 绝对不是故意的，而你也不要因为她口不择言而生这么大的气。我说："问题根本不在这简单的一件事上。"

小 S 沉默了很长时间，才坐到我旁边说："你都感觉到了，大 S 的确和我说过，她很讨厌你。她也知道自己不应该妒忌你，可她就是讨厌你。"

原来她们竟然都被我伪装出来的"从不努力学习的永远笑嘻嘻的第一名"的样子骗住了。大 S 觉得我说自己妒忌她，实际上是一种变相的漂亮话，不过又是在假谦虚，骗取好感而已。

多有趣。我那么讨厌她的时候，行为无可指摘，放下了妒忌心后想要靠近她，却暴露了自己的丑恶嘴脸。

而真正让我释然的，却是小 S 说的她一直很讨厌你。我无比感谢她的讨厌，她给了我一枚"被天才视为对手"的荣誉勋章，又给了我一面可以从此光明正大讨厌她的挡箭牌。

我很高兴，我们再也不必做朋友。

四

韩剧《大长今》里面有个我很喜欢的坏女配，她喜欢了男主角一辈子，男主角喜欢了女主角一辈子。坏女配拥有不输给女主角的天赋和远见，却命运不济，同时被家族使命紧紧捆绑，做了许多坏事。在大结局里，坏女配被赶出皇宫前来向女主角道别，一生的对手就此成王败寇尘埃落定。

我本以为她会说："如果我是你，我得到了×××的爱，我师从×××，我也会拥有和你一样的命运，所以凭什么！"然而她只是说："这就是我。我没有完整的自信，也没有完整的自卑；没有完整的才能，也没有完整的野心；没有完整的爱，也没有完整地被爱。"对于自己落败的一生，她没有埋怨，只是诚实地说，我输在不纯粹。

当时我那位美国室友看着《大长今》的结局，无比艳羡地说她喜欢女主角长今——Like a crystal，她拥有一颗水晶般的心。

那么我们呢？我和大S这样的女生，拥有的又是怎样的一颗心？

初中毕业之后，大S中考失利，那天我们在校门口相遇，都停下了脚步。和以前无数次单独相处时一样，只有沉默。她用那双冷淡又冷静的眼睛看着我，她对我来说至今是一个谜，正如我对她。

我武断地猜测，我们的存在对彼此来说又都是幸运的吧。成长终归是孤独的，然而在漫长的、和自己较劲的岁月里，幸而我们还有对方，这样那些自怜、反省、妒忌、不满和困惑，忽然都有了安放的位置。我们有天赋却不安心，够努力却不甘心，永远在担忧，永远在寻找。

就像两只井底的蛤蟆，困在小小的格局里，以为只要弄死对方，自己就是这世界的王，直到跳出去，淹没在广阔的天地间。时隔多年，突然怀念起那种以为只要赢了一个人就能永远开心的年纪。

然而最好的事情是，我们长大了，我们跳出去了。我和她这样的女生，都不曾拥有一颗水晶般的心，可我并不觉得有什么可惜。

100 种生活

文／里则林

我曾有一个风流不羁的朋友，初中就开始早恋，做得最多的事情就是换女朋友。那时年少无知，甚是羡慕。一直到二十岁时，他仍然如此，他常问我们的是怎么做到可以跟一个女孩子相处那么多年。

他相处过最久的，只有半年，分手那天，我陪他坐在楼下，我说，这个挺好的，而且你们相处得也挺好的，为什么又要分手呢？他只是呆滞地看着天上，过了很久，才若有所思地说："我感到害怕，害怕和一个人相处那么久，一辈子就对着一个人，这样的生活太平淡了。"

我也曾想过这个问题，同样无法想象，一辈子对着一个人，过着一种生活，看一种风景。后来我告诉朋友们："以后我结婚了，和妻子生一个儿子，然后去父母面前跪磕三个头，说我是独子，好在如今咱家有后了，再见。从此一生漂泊四海为家。"朋友们听了只是觉得好笑。

回想起十多岁那时，总觉得每天待在教室会闷死。那是我人生里最想变成一只鸟的时期，希望可以飞起来，甩开这钢筋丛林，在天空眺望远方，去我目所能及或者目所不及的美丽地方。

年少的不安和躁动，也许是每个人必经的。小时候我以为我爹是一只没有脚的鸟，永远都在飞，没有办法停顿下来，所以我的成长过程，难免很漂泊，小学时我就会说粤语、上海话和重庆话了。后来某年回到老家，去到父辈们生活过的老房子，走进爸爸的房间，看到桌子上放着一些布票和一本满是灰尘的笔记本。打开来，第一页写着"走尽天下路，看遍天下景"，才明白爸爸年少时那颗和我一样躁动的心。

　　初中毕业，我不想再上学，当舅舅问我，那你打算干吗时，我一个答案都没有。我只是想与众不同，不想与千万人过同一种生活，却不知道这种与众不同的意义是什么。就像小时候美术课老师要我们画西瓜，全班就我一人画了个黑底绿纹的西瓜。

　　后来我去海口上高中，那是最难熬的三年，孤独而且寂寞。坐在大海边，我忍不住笑自己，现在终于与众不同了，一个人跟曾经所有熟悉的地方和人隔海相望。我，开始有淡淡的后悔。

　　那堂小时候的美术课，最后老师语重心长地对我说："虽然你画的和所有人都不一样，可是全班也就你一个人没有画出西瓜来啊。"因为追求不同，反而毁了事物的本质。

　　大二的冬天，那个最风流不羁的好朋友告诉我：他要结婚了。我觉得不可思议，连问了好几个人才确定是真的。

　　回到重庆参加他的婚礼那天，看到他站在台上，和新娘四目相对的瞬间，他忍不住流出泪来，然后说感谢父母，又流出泪来。那天他和所有人一样，摆起所有人都会摆的酒席，而身旁牵着的那个平凡姑娘，绝不会是他交往过的那么多女孩子里最特别的一个。我们站在台上为他唱起张宇的《给你们》，感触良多。我们曾最害怕波澜不惊，此刻却真心地为这所有人都会经历的平凡幸福感动不已。

不管我们曾爱过多少人，最后留下来的，一定是那个让你习以为常的人，也只有平凡和平淡才是能让人习以为常的生活。

记得某一天，爸爸对我说："想回到南方，每个人总要落叶归根。"我想问他，是否还记得自己写在笔记本上的那句话，但是看着他真挚的眼神，回想起那么多年来，其实他都是一个普通的父亲，而不可能是永远年轻的悸动少年，我默默地点起头来。

前段时间，无意中读到杨绛先生的一百岁感言："我们曾如此渴望命运的波澜，到最后才发现：人生最曼妙的风景，竟是内心的淡定与从容。"漫长至一世纪的生命，最后凝成的只是这普通的只言片语，却和自己在成长里无数的弯路中得出的真理不谋而合。就像《中国合伙人》里，王阳在婚礼上说的："我以前只会过一种生活，就是跟别人不一样，现在我知道了，大多数人都会选择的生活，才是值得的。"

年轻的爱不要有恨

文 / 晚睡姐姐

某明星见面会的门票难求,只能通过他代言的某品牌橙汁中奖的方式获得。小洁姑娘是这位明星的铁杆粉丝,很想要一张票,于是她的男友小迪干脆去超市买了12箱橙汁,还真的喝出来一张。小洁很感动,拿着门票在朋友圈报喜,大家纷纷拍照发微博,称赞小迪为"中国好男友"。

可惜好景不长,就在见面会前一周,小洁向小迪提出了分手,理由是:"感觉两人还是不合适,感情的事情是不能勉强的。"于是"中国好男友"小迪失恋了,小洁自己拿着门票去见偶像。

有媒体以"男生喝12箱橙汁为女友赢得偶像门票被甩"为标题报道了这事。仅从标题上,就能明白记者隐含的立场,无非意在谴责女孩多么的无情和势利。

感情的内幕大多是复杂的,很难简化成一个辜负了另外一个的程式。换个角度想,感动不能代替爱情,小洁了解自己的感觉,敢于抉择,是个清醒理智的姑娘。

当然,比较理想的做法是,既然不喜欢别人,就不要接受别人那么厚重的心意,这是一种应有的"情感道德"。实惠、便宜都想要,难免会被人诟病。

但换一种做法又会有什么区别呢？她把票还给他，说："我们还是不适合在一起，你的心意我不能收下。"如果他爱她——看他为她做的事情，他应当是爱她的——估计还是会说："你去吧，留给我也是没用。"

本来就是为她而做的，何不让它最后发挥点作用呢？

"可是这岂不是很窝囊，很吃亏？"一定有人这么想。对，真爱的那个人，就是容易丢不下，舍不了，会"吃亏"。这是感情世界永恒不变的残酷逻辑。

爱是情感，是情怀，是经历，结果只是它的副产品。

在年轻的时候，我们都曾经为自己所爱的人做过一些笨事和傻事。上学时，宿舍的女生日夜赶工为自己的男朋友织毛衣，熄灯后的室内一片漆黑，只有上铺她的帐子中有一团手电光的昏黄，我想：这就是爱情的光亮吧。

他们最终没有走到一起。若干年后，我们聊天的时候提起这件事，我问她：那么辛苦值得吗？她说值得，"那其实不是为了他，是为了我自己"。

有些年轻的爱，只为了给自己一个交代，和对象无关，和结果也无关。

青春如此短暂，又如此漫长。我们只有在那一段时间会如此蠢笨地用力去喜欢。不要去恨。对年轻的爱，失败了的爱，不要恨。它和成长中别的痛一样，是必须要经历的，像我们站在阳光下，身后会有长长的阴影。

不能说出来的秘密

文／刘同

2005年,我到一个技校参加了一个面对学生的交流活动。交流会下午5点开始,5点钟我们准时进入会场,同学们还没到。又过了5分钟,老师匆匆地跑进来说已经强制要求,人马上就到。不一会儿,同学们背着书包陆陆续续走进会场,没有人打量我们这群陌生人,大概还未相遇,便准备以萍水相逢来做结局。

只有一个把挎包挎在脖子上的男孩,坐下没几秒钟,就站起来问:"老师,你们还要做什么?我要赶回去给家里做饭。"大家哄堂大笑,然后一些同学开始附和:"是啊是啊,我们都有事。"

为了不耽误大家的时间,我便说:"其实我们也不想占用大家的时间,所以这一次过来只是想作为朋友和大家交流一下。"

底下有女孩很大声地说:"你们怎么会和我们成为朋友?不就是来随便聊聊吗?"

我更正了我的说法:"如果你们愿意和我们成为朋友,当然是最好。如果不愿意,我们随便聊聊就可以。比如你们有什么想问的,有什么想了解的。"

说完后,底下同学鸦雀无声,似乎在用这样的方式进行抗争。

我从未想过会遭遇这样的场面，顿时觉得人与人之间的交往，如果一开始就有隔阂的话，再强调要如何融合，多少有一些别扭。

我决定放他们一马，其实我是决定放自己一马。

最后我说："如果大家不提问的话，我们换个方法，大家可以写纸条给我，什么都可以问，写上自己的名字。我不会念出来的，但是我想知道你是谁。"

说完之后，大家沉默了几秒。先是一个同学打开书包，拿出本子，"唰"的一声，撕下一张纸，开始写。然后陆续有同学问他借纸，慢慢的，三张纸条递上来，五张纸条递上来……

翻开第一张纸条，上面写：你们这样的人为什么要和我们这样的人做朋友？

我看着这张纸条，在心里揣摩该如何回答，最后说："我在你们这个年纪的时候，和你们大多数人一样，觉得看不到未来，生活似乎也一成不变。偶尔遇见一个和我生活不一样的人，也不敢交谈，我怕了解之后，他继续过他的生活，我继续过我的生活，没有其他结果。我们成为朋友并不是朝夕相处，而是希望你们能看到一个真实的我，然后对未来和自己都有一个参照物。"

传上来的纸条越来越多，还没来得及回答第二个问题时，讲台上已经摆了满满一桌。

把面前的纸条打开，我发现 80% 的问题都极其相似。

"我很自卑，我该怎么办？"

"周围的人都不理我，我觉得自己很孤独，朋友为什么那么难找？"

……

好在纸条上面都写了名字，于是我说："刚才我收到一张纸条，大概意思是说觉得自己很自卑，不敢与周围人聊天，我想知道这位同学是谁？请举手。"

一秒，两秒，三秒，底下的同学超过一多半都举起了手。那一刻，我的眼泪下来了。

"你们看看你们的四周，有多少同学都举了手。因为大多数人都认为自己是自卑的，别人瞧不起自己。其实真相是，每一个人都希望和对方成为朋友，只是每一个人都不敢迈出那一步。"

同学们先是不好意思地低下头，然后自嘲地笑，然后如释重负地笑，然后对着彼此灿烂地笑。

我拿着纸条继续回答问题，但之后的之后，已经是阳光下的风景，留在了过去的回忆里。

每个人都有不能说的秘密，这些秘密或许在多年之后才发现是如此雷同。打开自己，交出内心，或许容易被伤害，但更多的可能是收获另外一颗真心。今天的我，对于很多事都采取这样的方式，交出自己最真实的想法，即使得到的是打击，也无所谓。拿合作来说，我总是抱着听噩耗的心情打每一通电话，"如果这一次不行你就告诉我，下一次我提早要求……""没关系，你现在告诉我，我还能想别的方法……"

30岁后的人生，我似乎一直拿着自己的坦荡去带领别人的坦荡，原以为人生路会越来越窄，没想到心境却越来越开阔，收获的朋友也越来越多。

我和你一样，和世界没有默契

文／李小丢

告别了懵懂无知的幼儿年代，我对周边事物的反应越发敏感，"尴尬"二字如影随形，可是对外还偏要做出一副镇静自若的样子。事实上，我活在他人的眼光和议论的恐惧里，我希望自己被别人注意，但同时又害怕被别人注意，像是一个巨大的悖论。

在唯成绩论的学生时代，这个问题还不是很明显。但我不是个会来事儿的姑娘这个事实，偶尔也会让我有些懊丧，毕竟，做个人人都喜欢的姑娘是件多让人向往的事啊。因此，我会用自信的外表来掩饰我内心的紧张，我会和好友们着意看艺术片、听摇滚、写颓废阴郁的文字，以此来证明自己是个充满个性魅力的姑娘。

我用我所认为的优势来抵消我的怯懦和尴尬。我像勃朗特姐妹那样全心投入阅读和写作中，以此弥补永远无法成为舞会焦点的遗憾。那是我们找寻到的一种独特地与这个世界达成默契的方式，在这个我自己掌控的小小世界里，我不必刻意讨人欢喜，我只需做我自己，其他人就可以透过我略显疏远的外在表现，直达我的内心。

但暗地里，我依然幻想自己也能成为一个会来事儿的姑娘，可是我的种种努力在我看来不过是东施效颦。这种挫败感在我刚进入职场时特别明显，我始终学不会大方得体地微笑，也不具备迅速和同事打成一片的能力，和上司待在同一部电梯里总找不到合适的话题。而同时和我加入公司的新人小薇，每天都能很亲切地问大家早安并且露出甜甜的微笑，她会很贴心地和大家分享她带去的午饭，并且不露痕迹地夸赞女上司的衣着并很快地交流起穿衣经验……这些都是令我可望而不可即的能力，当时的我绞尽脑汁希望可以给我的女上司留下一点深刻的印象，我认为她恐怕连我的名字都没记住。所以，当她在月度总结会上，宣布我是"最佳新人"的时候，我简直以为我还沉醉在哪个我编造的玛丽苏幻境中没有清醒过来。我到现在还记得她鼓励地看着我，说："你的稿子写得很不错，比在座的很多老人都强。"

这是我第一次意识到，原来，不会来事儿的女孩儿也会被人欣赏、认可，原来人生并不仅仅是学会讨人喜欢便可以一往无前。

也是从那一刻，我开始懂得，我不必勉强自己成为什么人，只要我有自己坚持去做的事情，并且能从中寻找到乐趣，那我就不会被这个世界摒弃。也许这就是造物主的神奇，每个人都是独一无二的个体，拥有不同的样貌和个性，然而就算有再多不同，我们也可以用不同的方式接近同一个梦想——被这个世界接纳，并且找到最适合我们的位置。

敬 启

《17岁的怦然心动》由青年文摘图书中心编选，虽经多方努力，截至发稿时尚有部分作者未能取得联系。敬请未联系到的作者见谅并来电来函，我们将尽速奉寄样书和稿酬。

通讯地址：北京市东城区东四十二条21号中国青年出版社305室
邮编：100708　电话：010-57350371
邮箱：qnwzbc@163.com　联系人：吴老师

（京）新登字 83 号

图书在版编目（CIP）数据

十七岁的怦然心动 / 李钊平主编；青年文摘图书中心编.
— 北京：中国青年出版社，2015.9
（青年文摘彩虹书系. 第 2 辑）
ISBN 978-7-5153-3835-4

Ⅰ.①十… Ⅱ.①李… ②青… Ⅲ.①散文集 – 中国 – 当代 Ⅳ.① I267

中国版本图书馆 CIP 数据核字（2015）第 213560 号

17 岁的怦然心动

青年文摘图书中心 编　李钊平 主编

责任编辑：彭慧芝
助理编辑：刘　莹　余婷婷　廉亚茹
内文摄影：曾　翼
装帧设计：后声 HOPESOUND
出版发行：中国青年出版社
社　　址：北京东四十二条 21 号
邮政编码：100708
网　　址：www.cyp.com.cn
编辑中心：010-57350371
营销中心：010-57350370
印　　装：三河市君旺印务有限公司
经　　销：新华书店
规　　格：880×1230mm
印　　张：11
字　　数：250 千
版　　次：2015 年 11 月北京第 1 版
印　　次：2015 年 11 月河北第 1 次印刷
印　　数：1–12000 册
定　　价：28.00 元

如有印装质量问题，请凭购书发票与质检部联系调换　联系电话：010-57350337

青年文摘图书中心精品书目

青年文摘白金作家系列

《我相信中国的未来》（梁晓声 著）
《给自己的头脑几分尊重》（梁晓声 著）
《困境赐予我的》（梁晓声 著）
定价：39元（平装）58元（精装）
《跨越百年的美丽》（梁衡 著）
定价：36元（平装）48元（精装）

毕淑敏作品珍藏系列

《女生，我悄悄对你说》（毕淑敏 著）
定价：32元（平装）48元（精装）
《男生，我大声对你说》（毕淑敏 著）
定价：32元（平装）48元（精装）
《青春当远行》（毕淑敏 著）
定价：32元（平装）48元（精装）
《出发和遇见》（毕淑敏 著）
定价：32元（平装）48元（精装）

青年文摘彩虹书系·第一辑

《亲爱的玛嘉烈》（恋情卷）
《年轻总免不了一场颠沛流离》（青春卷）
《别在能吃苦的时候选择安逸》（人生卷）
《谢谢你，让我成为更好的人》（智慧卷）
《成为所有地方的所有人》（旅行卷）
《每个人都有泪流满面的秘密》（暖爱卷）
《内心没有方向，去哪儿都是逃离》（励志卷）
定价：28元（单册）196元（套装）

青年文摘典藏系列·第一辑

《成为世界的光》（励志卷）
《爱吧，就像没有痛过》（爱情卷）
《平流层的小樱桃》（成长卷）
《生命灿烂如花》（人生卷）
《在有限的人生彼此相依》（温情卷）
《推开虚掩的智慧之门》（哲思卷）
定价：22元（单册）132元（套装）

青年文摘典藏系列·第二辑

《那段奋不顾身的日子，叫青春》（成长卷）
《当我已经知道爱》（爱情卷）
《赠我一段逆流路》（励志卷）
《爱是永不止息》（温情卷）
《梦想照耀未来》（人生卷）
《生命从不绝望》（哲思卷）
定价：22元（单册）132元（套装）

当当网、亚马逊、京东网、淘宝网及各大新华书店均有销售

青年文摘图书中心　电话：010-57350371　邮箱：qnwzbc@163.com　新浪微博：http://weibo.com/qnwzbook　腾讯微博：http://t.qq.com/qnwzbook